# My Uncle Jules
### *and*
# Other Stories

---

# Mon oncle Jules
### *et*
# autres contes

# My Uncle Jules
## *and*
# Other Stories

---

# Mon oncle Jules
## *et*
# autres contes

A Dual-Language Book

## Guy de Maupassant

Edited and Translated by
STANLEY APPELBAUM

DOVER PUBLICATIONS, INC.
Mineola, New York

*Bibliographical Note*

This Dover edition, first published in 2007, includes the original French text of twelve stories first published between 1876 and 1890 (see Introduction for individual periodical and volume publication dates), together with new English translations by Stanley Appelbaum, who also wrote the Introduction and the footnotes.

*International Standard Book Number: 0-486-45753-2*

Manufactured in the United States of America
Dover Publications, Inc., 31 East 2nd Street, Mineola, N.Y. 11501

# CONTENTS

# INTRODUCTION

## Guy de Maupassant

Maupassant's secretive nature, and the lies fostered by his parents, as both resolute social climbers and protectors of the family's reputation, have left numerous uncertainties for biographers, beginning with his birthplace. There is no doubt that Henry-René-Albert-Guy de Maupassant (the "de" of nobility having been adopted by his father on a vague historical basis) was born in Normandy in 1850, but it is now generally believed that it was not, as his mother always claimed, in the Château de Miromesnil, near Dieppe (which had merely been *rented* for the occasion), but in the town of Fécamp, where she went into labor unexpectedly. His younger brother Hervé was born in 1856. By 1860 their parents, who were of bourgeois Rouen stock, separated, after much squabbling painfully witnessed by young Guy, and the boys were raised in Normandy by their mother, an intellectual, but flighty, protective, shallow, and snobbish woman who was to dominate them all their lives (Guy never married, and even as an adult was to live with his mother for long periods).

After the unbounded rural freedom of his earlier years, Guy felt confined in his lycée in Paris, 1859–1860, and his parochial school at Yvetot, 1863–1868, from which he got himself expelled. During further schooling in Rouen, 1868–1869, he was mentored by the great local novelist and story writer Gustave Flaubert (1821–1880), a friend of his mother's family, who was to remain a foremost influence on, and furtherer of, his writing career, as well as an older boon companion sharing his delight in pornography (there was even a canard abroad that Flaubert was his real father). Maupassant was about to begin law studies in Paris when the Franco-Prussian War broke out in 1870 and he found himself a disgruntled soldier, traumatized by the swift collapse of the Second Empire and infuriated by the loss of Alsace and Lorraine; memories of the war and hatred of the Prussians informed

many of his later stories, including the one that would catapult him into fame.

Maupassant's parents weren't wealthy, and after the war he became a poorly paid, bored civil servant from 1871 to 1880, working in the Navy and Education Departments, and leading the rollicking bohemian life of a weekend rowboater on the rural stretches of the Seine just downstream from Paris. He supplemented his income by writing stories and reportage for newspapers and magazines (he had been trying his hand at writing from the age of fifteen, but for some years he found it difficult). His first published story, in 1875, "La main d'écorché" (The Flayed Man's Hand), which he signed with the pseudonym Joseph Prunier, was inspired by the dead hand given to him by the great English poet Algernon Charles Swinburne (1837–1909), whom he had saved from drowning in Normandy in 1866.

In 1874 Maupassant had met the novelist Émile Zola (1840–1902) at Flaubert's home. Around 1876–1877, a group of writers, including Maupassant, gathered around Zola's Naturalistic banner; they were called the Médan group, after the location of Zola's suburban villa. In 1880 Zola, Maupassant, and four others (including Joris-Karl Huysmans, 1848–1907, later famous for his 1884 novel A Rebours [Against the Grain]) contributed one story each to the volume Les soirées de Médan (Médan Evenings). By far the most highly regarded way Maupassant's cynical war story "Boule de suif" ("Butterball"), in which the Prussians and the complacent, hypocritical Norman bourgeoisie come in for equal vituperation. After that resounding success, Maupassant, who until then had literally "not given up his day job," was able to resign from the civil service and live comfortably by his pen, thanks to contracts with leading magazines (though his spendthrift ways never let him accumulate much of a nest egg). He eschewed academies, decorations, and literary coteries.

It is amazing to reflect that the bulk of his achievement—most of his over three hundred short stories and two hundred or so sketches of Parisian life, and all six of his completed novels—was produced in the ten-year period that followed, punctuated by a hyperactive sex life (three natural children, by one especially well loved mistress, are credibly attributed to him), much sailing on a series of bigger and better boats (including seagoing ones), much travel (to the south of France, Corsica, and Algeria), and many forays into the cosmopolitan high society of aristocracy or finance (though he didn't lose his fascination with the countryside of Normandy). Enchanted by the theater, he also tried his hand at plays, but seldom with much success; he also

wrote travel journals and poetry (to be a great poet had been an early ambition).

But this stocky, well-muscled, athletic, almost herculean idolater of physical existence was already a sick man, subject to progressively worsening eyesore, headaches, and other bodily discomforts, including attacks of nerves and hallucinations, his eventually ever-present anxiety being reflected in a large number of his stories. (He attended lectures by the eminent psychologist Jean-Martin Charcot, 1825–1893, a mentor of Sigmund Freud, 1856–1939.) Some biographers have spoken of madness inherited via his mother (Hervé was to die insane in 1889 after two years in an institution), but most scholars today attribute Maupassant's condition to syphilis, which he had contracted by his twenties.

By 1890, when his last stories and last novel were published, Maupassant had deteriorated badly (though his writing was as good as ever, reaching some new high points), and he abandoned his unfinished work in 1891. On New Year's Day of 1892 he tried to kill himself, and he was subsequently put away. He died in a Parisian asylum in 1893. Zola delivered the eulogy at his funeral, which his parents failed to attend.

## The Stories

Maupassant felt that novels were more prestigious than stories, and was concentrating on novels in his last years (the 1885 *Bel-Ami* had been wildly successful), but he will always be remembered as one of the chief exponents of the short-story form, "the greatest French short-story writer," "the French Chekhov," admired and emulated by such writers outside France as Dreiser and Dos Passos; Tolstoy and Chekhov; Stefan Zweig and both Heinrich and Thomas Mann; Katherine Mansfield and D. H. Lawrence; Pirandello and Moravia. (His writings also inspired over thirty films between 1908 and 1960, especially Jean Renoir's sublime *Une partie de campagne* [A Day in the Country; 1947] and Max Ophüls's *Le plaisir* of 1952.)

Though Maupassant refused to acknowledge any pervasive influence, he had been minutely trained by Flaubert to observe life carefully and cultivate a chaste style; Maupassant's eminent biographer, the novelist and playwright Armand Lanoux (1913–1983), has said: "No major French writer ever wrote so well, using so few words." Maupassant poured his (sometimes eccentric) personal philosophy

and obsessions, his hobbies and experiences, his loves and hates, into his stories, some of which are thinly veiled autobiography.

The twelve stories chosen for this Dover volume,[1] all of which have been singled out by critics for their quality, cover a wide range of years (1876 to 1890) and represent most, if not all, of Maupassant's major recurrent subjects and themes, both tragic and comic. They all appeared in periodicals before being included in volumes of stories, often with revisions. In this Dover volume, the sequence is that of the original periodical publications; the texts, those of the definitive volume publications.

"**Sur l'eau.**" First appeared in the March 1876 issue of *Le bulletin français* with the title "En canot" (Rowing) and the pseudonymous signature Guy de Valmont; later included in Maupassant's first story collection, *La maison Tellier* (The Tellier Brothel), Victor Havard, Paris, 1881.

This early story is an eerie twist on Maupassant's often jolly experiences as a rower on the Seine. It also reflects his fascination with water (for which Armand Lanoux subtly finds counterparts in sister arts as practiced by two of Maupassant's contemporaries, the painter Claude Monet, 1840–1926, and the composer Claude Debussy, 1862–1918). Lanoux also points out that, to signify "river," Maupassant here deliberately uses the feminine noun *rivière* (usually meaning "stream") in place of the more ordinary (but masculine) *fleuve*. The verse quotation is the final lines from a poem that was a favorite with Flaubert and Maupassant, "Oceano nox" (July 1836), by Victor Hugo (1802–1885), later included as no. 42 of the volume *Les rayons et les ombres* (Beams of Light and Shadows), 1840. The narrator's specific habits of rowing and smoking were the author's own. The shock ending, typical of many Maupassant stories, though he later usually handled it more subtly, can readily degenerate into a mannerism and cheap trick in the hands of epigones such as O. Henry (William Sydney Porter, 1862–1910). This story, "Sur l'eau," should not be confused with Maupassant's 1888 book of seagoing reportage

---

1. Eleven other Maupassant stories are included in four previous Dover dual-language volumes. *French Stories,* edited and translated by Wallace Fowlie, includes "Menuet" (1990, ISBN 0-486-26443-2). *Maupassant: Best Short Stories,* edited and translated by Stephen Jupiter, includes the most famous items: "Boule de suif," "La maison Tellier," "Mademoiselle Fifi," "Miss Harriet," "La ficelle," "La parure," and "Le Horla" (1996, ISBN 0-486-28918-4). *Nineteenth-Century French Short Stories,* edited and translated by the editor of the present volume, includes "Mademoiselle Perle" (2000, ISBN 0-486-41126-5). *Great French Tales of Fantasy* (same editor) includes "Un cas de divorce" and "Qui sait?" (2006, ISBN 0-486-44713-8).

with the same title. The story has been called "Afloat" and "On the River" by earlier translators. The descriptions of nature are remarkable, as frequently in Maupassant.

**"La rempailleuse."** First appeared in the September 27, 1882, issue of *Le Gaulois;* later included in the volume *Les contes de la bécasse* (The Tales of the Woodcock), E. Rouveyre & G. Blond, Paris, 1883.

This antibourgeois meditation on the nature of love, one of Maupassant's studies of simple souls, use a narrative technique that was a favorite of his: a framing situation followed by the story as related by by one of the characters in the frame. A *rempailleuse* is literally a woman who "re-straws" chair seats.

**"Pierrot."** First appeared in the October 9, 1882, issue of *Le Gaulois;* later included in *Les contes de la bécasse* (see "La rempailleuse," above).

This sympathetic animal story also pillories rural Norman stinginess and pettiness. The Pays de Caux is an area of chalk hills, with steep sea cliffs, between Dieppe and Le Havre, including such typical Maupassant "turf" as Fécamp and Étretat. Marl is crumbly earth, rich in calcium, used to fertilize land that is deficient in lime. The marl pit in this story has been seen as an example of an obsessive circle theme of Maupassant's.

**"La peur."** First appeared in the October 23, 1882, issue of *Le Gaulois;* later included in *Les contes de la bécasse* (see "La rempailleuse," above).

One of Maupassant's tales of irrational anguish and delirium, this story is dedicated to Huysmans, a fellow contributor to the 1880 *Soirées de Médan* that established Maupassant's reputation. Ouargla is an oasis in the Algerian Sahara. Here, Maupassant is still offering at least partial explanations for the weird phenomena, one for each of the two adventures recounted. By the time of such stories as "Le Horla" (1887) explanation will be beside the point.

**"A cheval."** First appeared in the January 14, 1883, issue of *Le Gaulois;* later included in the first full (Parisian) edition of the volume *Mademoiselle Fifi,* Victor Havard, 1883. (A *Mademoiselle Fifi* volume had been published by Kistermaeckers in Brussels in 1882, but that collection did not include "A cheval.")

This is the sardonic story of a pathetic Navy Department clerk (earning the same salary that Maupassant did when he was twenty-two) and a shrewd old charwoman who finds a "fortune cookie." The author might have been that very clerk, but for his brains and guts. As

in the more famous "La parure" (The Necklace), which is enacted in a similar financially depressed milieu, a single misadventure threatens an already precariously balanced existence; but "A cheval" is even preferable, because it is much less far-fetched and belief-straining; it doesn't rely on a surprise ending; the mishap is a result of the protagonist's propensities rather than a stroke of blind fate; and—it's funny. This story also contains good examples of a favorite device of Maupassant's: enunciated predictions that turn out dead wrong.

The carriage known as a break had one seat in front and two behind at the sides. The barouche, or calèche, was a four-wheeler, open in front. Le Vésinet is eighteen kilometers west of northern Paris. The Palace of Industry, demolished in 1900, was on the site now occupied by the Petit Palais museum.

**"Deux amis."** First appeared in the February 5, 1883, issue of *Gil Blas;* later included in the full 1883 edition of *Mademoiselle Fifi* (see "A cheval," above).

Like the title story of the volume in which it was collected, this is an example of Maupassant's lingering hatred for the Prussian invaders of his country, whom he often depicted as brutes or sadists. The story has been praised for its "moving simplicity," and hailed as one of "a few small masterpieces" by Maupassant. The places named are all to the northwest of Paris, at no great distance. Apparently, the Île de Marante is now a riverside park on the Colombes side (left bank) of the Seine.

**"Mon oncle Jules."** First appeared in the August 7, 1883, issue of *Le Gaulois;* later included in the volume *Miss Harriet,* Victor Havard, Paris, 1884.

The element of surprise (or, as lofty critics term it, "ironic reversal") is strong here, but it isn't reserved for the end, like a punchline, and it's the reaction to the surprise, and especially the narrator's sympathy, that's the most touching part of the story (which begins as a satire, once again directed against Norman bourgeoisie and their pathetic respectability). Ingouville is a suburb of Le Havre. Granville is in Lower Normandy, on the Channel, not far from Mont-Saint-Michel.

**"La mère Sauvage."** First appeared in the March 3, 1884, issue of *Le Gaulois;* later included in *Miss Harriet* (see "Mon oncle Jules," above).

Another Franco-Prussian War story, but with considerable differences: the four young German occupiers are depicted quite sympathetically, and the simple French peasant woman doesn't hate them—

personally. The end of the story indicates that the name Sauvage
("savage, wild") is a nickname, though it could very well have been an
ordinary surname, as it is in "Deux amis." Maupassant often made his
peasants funny (see "Toine," for example), but this story is deadly serious. The remarks on patriotism still carry weight. Virelogne is probably a fictitious place; at any rate, it isn't listed in a ten-volume French
encyclopedia that was consulted.

**"Toine."** First appeared in the January 6, 1885, issue of *Gil Blas*,
under the pseudonym Maufrigneuse; later included as the title story
of the volume *Toine*, C. Marpon & E. Flammarion, Paris, 1886.

The jocular Norman peasant Antoine Mâcheblé (Anthony Chew-
Wheat) lives in the clearly fictitious village of Tournevent (the story
explains the village name and Toine's various nicknames; the name of
his neighbor Maloisel can be taken to mean "evil bird"). The town of
Montivilliers is near Le Havre. The Norman-dialect coloration is generally easy to understand—for instance, *bé*=standard French *boire or
bois*, *pé*=*père*, *té*=*toi*, *qué*=*quel*, *i*=*il*, *a*=*elle*, *mé*=*mer*, *mère* or *moi*; and
so on. The unusual words *sapas, quétou,* and *maujeure* have been
translated conjecturally from the context, earlier translations having
skirted around them. Maupassant, frequently very skillful at unifying
his stories with pervasive imagery, here gradually creates a world
dominated by obsession with chickens.

**"Mouche."** First appeared in the February 7, 1890, issue of *l'Écho
de Paris;* later included in the volume *L'inutile beauté,* Victor Havard,
Paris, 1890.

A completely lovable hail and farewell to his own madcap youth on
the river, this bohemian tale of poverty, friendship, and casual sex
(with Maupassant's perpetual brooding over the implications of paternity and illegitimacy) is timeless and all but matchless. The narrator,
dubbed Joseph Prunier, is clearly the author himself; he had signed
his first published story with that pseudonym in 1875. Scholars dis-
agree as to the identifications of the rest of the "gang." The writer of
the 1882 novel after which One Eye is named was Léon Cladel
(1835–1892). Asnières and Maisons-Laffitte are on the Seine, downstream from Paris and to the northwest; the former is much the closer
to the city, and between those two suburbs the river forms a large,
southward-facing loop. Bougival is near the southern apex of that
loop; Saint-Germain-en-Laye and Le Pecq are in between Bougival
and Maisons-Laffitte.

**"Le champ d'oliviers."** First appeared in *Le Figaro* from

February 19 to February 23, 1890;[2] later included in the volume *L'inutile beauté* (see "Mouche," above).

This is one of Maupassant's most highly praised pieces, having been called a strong psychological study, "a triumphant rendering of tragic paternity," "one of his best nouvelles," and even worthy of Aeschylus! It also highlights Maupassant's enormous gift for dialogue, as the increasingly drunk younger man descends ever more deeply into slang and vulgarity. In describing the priest's strength, the author must have been thinking of himself. Garandou, Pisca, Martinon, and the ford at Folac are either obviously fictitious or too small for reference books. Among the real names are Cap Corse, the northernmost part of Corsica; and Meulan, downstream from Paris, in westernmost Ile-de-France before it borders on Normandy.

**"L'inutile beauté."** First appeared in *L'Écho de Paris* from April 2 to April 7, 1890; later included as the title story in *L'inutile beauté* (see "Mouche," above).

The story title has been translated in the past as "Vain Beauty" (a poor choice, since it forces one to think, wrongly, about female vanity rather than about "in vain") and as "Useless Beauty" (too literal; too ambiguous); "Wasted Beauty" seems to hit the nail on the head. This strong story of strained marital relations has had a mixed press over the years, some critics finding puerility in the views espoused by the heroine and by Roger de Salins,[3] though others have been much more tolerant (none of the views is unfamiliar to us in the present heyday of feminism and continued questioning of traditional religions). Maupassant himself (not an impartial judge) declared that it was "the rarest story I ever wrote; the whole thing is merely a symbol." It has also been called "the esthetic testament of a Don Juan figure." Montmorency is a northern suburb of Paris. Saint-Philippe-du-Roule is a fashionable church in the eighth arrondissement of Paris. *Robert le Diable* was one of the most popular operas (1831) by Giacomo Meyerbeer (1791–1864).

---

2. Stories like "Le champ d'oliviers" and "L'inutile beauté" were too long for a single issue of a paper. It was the one-issue format that dictated the length (and, thus, largely the nature) of Maupassant's briefer stories (such as the first ten in this Dover volume), the majority of his output, often called *contes* in French. Yet the longer stories, often called *nouvelles* (the distinction in terms isn't absolute), include some of his most remarkable work.    3. This character, unconnected with the plot, is introduced merely to lecture on the author's personal opinions, like the dramatic characters called *raisonneurs* in many late nineteenth-century French plays.

# My Uncle Jules
*and*
# Other Stories

## Mon oncle Jules
*et*
## autres contes

# Sur l'eau

J'avais loué, l'été dernier, une petite maison de campagne au bord de la Seine, à plusieurs lieues de Paris, et j'allais y coucher tous les soirs. Je fis, au bout de quelques jours, la connaissance d'un de mes voisins, un homme de trente à quarante ans, qui était bien le type le plus curieux que j'eusse jamais vu. C'était un vieux canotier, mais un canotier enragé, toujours près de l'eau, toujours sur l'eau, toujours dans l'eau. Il devait être né dans un canot, et il mourra bien certainement dans le canotage final.

Un soir que nous nous promenions au bord de la Seine, je lui demandai de me raconter quelques anecdotes de sa vie nautique. Voilà immédiatement mon bonhomme qui s'anime, se transfigure, devient éloquent, presque poète. Il avait dans le cœur une grande passion, une passion dévorante, irrésistible: la rivière.

—Ah! me dit-il, combien j'ai de souvenirs sur cette rivière que vous voyez couler là près de nous! Vous autres, habitants des rues, vous ne savez pas ce qu'est la rivière. Mais écoutez un pêcheur prononcer ce mot. Pour lui, c'est la chose mystérieuse, profonde, inconnue, le pays des mirages et des fantasmagories, où l'on voit, la nuit, des choses qui ne sont pas, où l'on entend des bruits que l'on ne connaît point, où l'on tremble sans savoir pourquoi, comme en traversant un cimetière: et c'est en effet le plus sinistre des cimetières, celui où l'on n'a point de tombeau.

La terre est bornée pour le pêcheur, et dans l'ombre, quand il n'y a pas de lune, la rivière est illimitée. Un marin n'éprouve point la même chose pour la mer. Elle est souvent dure et méchante, c'est vrai, mais elle crie, elle hurle, elle est loyale, la grande mer: tandis que la rivière est silencieuse et perfide. Elle ne gronde pas, elle coule toujours sans bruit, et ce mouvement éternel de l'eau qui coule est plus effrayant pour moi que les hautes vagues de l'Océan.

Des rêveurs prétendent que la mer cache dans son sein d'immenses pays bleuâtres, où les noyés roulent parmi les grands poissons, au milieu d'étranges forêts et dans des grottes de cristal. La rivière n'a que

2

# Rowing

Last summer I had rented a little cottage on the Seine several leagues from Paris, and I'd spend every night there. After a few days I got to know one of my neighbors, a man between thirty and forty, who was surely the oddest character I'd ever met. He was a rower of long standing, a fanatical rower, always near the water, always on the water, always in the water. He must have been born in a rowboat, and he'll surely die in the "last rowing."

One evening, while we were strolling alongside the Seine, I asked him to tell me some anecdotes from his nautical life. At once the fellow became animated, transfigured, eloquent, almost poetical. In his heart he had a grand passion, a devouring, irresistible passion: the river.

"Ah!" he said, "how many memories I have of this river you see flowing by us here! You folk who live in streets don't know what the river is. But listen to an angler pronounce that word. For him it's that mysterious, profound, unknown thing, that region of mirages and weird spectacles where at night you see things that don't exist, you hear sounds unfamiliar to you, you shiver without knowing why, as if walking through a cemetery: and, in truth, it's the most sinister of cemeteries, the one in which people have no grave.

"For the angler the land is limited, but in the dark when there's no moon the river is boundless. A sailor doesn't have the same feelings about the ocean. It's often harsh and malevolent, true, but it cries out, it howls, it's honest, the open sea is! Whereas the river is silent and treacherous. It doesn't roar, it keeps flowing noiselessly, and that eternal motion of flowing water is more frightening to me than the high waves of the ocean.

"Some dreamers claim that the sea conceals within its bosom immense bluish regions where drowned men roll by among huge fish, amid strange forests and in crystal grottos. The river has only black depths where you rot away in the mud. And yet it's beautiful when it

des profondeurs noires où l'on pourrit dans la vase. Elle est belle pourtant quand elle brille au soleil levant et qu'elle clapote doucement entre ses berges couvertes de roseaux qui murmurent.

Le poète a dit en parlant de l'Océan:

> O flots, que vous savez de lugubres histoires!
> Flots profonds, redoutés des mères à genoux,
> Vous vous les racontez en montant les marées
> Et c'est ce qui vous fait ces voix désespérées
> Que vous avez, le soir, quand vous venez vers nous.

Eh bien, je crois que les histoires chuchotées par les roseaux minces avec leurs petites voix si douces doivent être encore plus sinistres que les drames lugubres racontés par les hurlements des vagues.

Mais puisque vous me demandez quelques-uns de mes souvenirs, je vais vous dire une singulière aventure qui m'est arrivée ici, il y a une dizaine d'années.

J'habitais, comme aujourd'hui, la maison de la mère Lafon, et un de mes meilleurs camarades, Louis Bernet, qui a maintenant renoncé au canotage, à ses pompes et à son débraillé pour entrer au Conseil d'État, était installé au village de C. . . . , deux lieues plus bas. Nous dînions tous les jours ensemble, tantôt chez lui, tantôt chez moi.

Un soir, comme je revenais tout seul et assez fatigué, traînant péniblement mon gros bateau, un *océan* de douze pieds, dont je me servais toujours la nuit, je m'arrêtai quelques secondes pour reprendre haleine auprès de la pointe des roseaux, là-bas, deux cents mètres environ avant le pont du chemin de fer. Il faisait un temps magnifique; la lune resplendissait, le fleuve brillait, l'air était calme et doux. Cette tranquillité me tenta; je me dis qu'il ferait bien bon fumer une pipe en cet endroit. L'action suivit la pensée; je saisis mon ancre et la jetai dans la rivière.

Le canot, qui redescendait avec le courant, fila sa chaîne jusqu'au bout, puis s'arrêta; et je m'assis à l'arrière sur ma peau de mouton, aussi commodément qu'il me fut possible. On n'entendait rien, rien: parfois seulement, je croyais saisir un petit clapotement presque insensible de l'eau contre la rive, et j'apercevais des groupes de roseaux plus élevés qui prenaient des figures surprenantes et semblaient par moments s'agiter.

Le fleuve était parfaitement tranquille, mais je me sentis ému par le silence extraordinaire qui m'entourait. Toutes les bêtes, grenouilles et crapauds, ces chanteurs nocturnes des marécages, se taisaient. Soudain, à ma droite contre moi, une grenouille coassa. Je tressaillis:

shines at sunrise and gently laps against its banks, which are covered with murmuring reeds.

"Speaking of the ocean, the poet said:

> 'O billows, how many mournful stories you know!
> Deep billows, dreaded by kneeling mothers,
> you recount them to one another as you mount the tides,
> and that's what gives you those despairing voices
> you have in the evening when you come toward us.'

"Well, then, I believe that the stories whispered by the slender reeds with their low voices that are so gentle must be even more sinister than the mournful dramas recounted by the howling waves.

"But since you ask me for some of my memories, I shall tell you of an unusual adventure that befell me here about ten years ago.

"I was living, as I still do, in old lady Lafon's cottage, and one of my closest chums, Louis Bernet, who has now given up rowing, and its pomps and untidiness, in order to join the Council of State, was residing in the village of C——, two leagues downstream. We'd dine together daily, sometimes at his place, sometimes at mine.

"One evening, as I was returning alone and quite tired, painfully dragging along my big boat, a twelve-foot 'ocean' model that I always used at night, I paused for a few seconds to catch my breath near the outermost point of those reeds over there, about two hundred meters before the railway bridge. The weather was magnificent; the moon was aglow, the river was sparkling, the air was calm and mild. That tranquillity tempted me; I told myself it would be really nice to smoke a pipe on that spot. The deed followed the thought; I seized my anchor and threw it in the river.

"The boat, which was redescending with the current, let out its chain to the very end, then stopped; and I sat down in the stern on my sheepskin as comfortably as I could. Nothing could be heard, nothing: except that occasionally I thought I could detect a slight, all but imperceptible, lapping of the water against the bank, and I perceived groups of taller reeds which assumed surprising shapes and at times seemed to be waving.

"The river was perfectly calm, but I felt moved by the extraordinary silence all around me. All the animals, frogs and toads, those nocturnal singers of wetlands, were still. Suddenly to my right, very close to me, a frog croaked. I started: it fell silent; I heard nothing more, and

elle se tut; je n'entendis plus rien, et je résolus de fumer un peu pour me distraire. Cependant, quoique je fusse un culotteur de pipes renommé, je ne pus pas; dès la seconde bouffée, le cœur me tourna et je cessai. Je me mis à chantonner; le son de ma voix m'était pénible; alors, je m'étendis au fond du bateau et je regardai le ciel. Pendant quelque temps, je demeurai tranquille, mais bientôt les légers mouvements de la barque m'inquiétèrent. Il me sembla qu'elle faisait des embardées gigantesques, touchant tour à tour les deux berges du fleuve; puis je crus qu'un être ou qu'une force invisible l'attirait doucement au fond de l'eau et la soulevait ensuite pour la laisser retomber. J'étais ballotté comme au milieu d'une tempête; j'entendis des bruits autour de moi; je me dressai d'un bond: l'eau brillait. Tout était calme.

Je compris que j'avais les nerfs un peu ébranlés et je résolus de m'en aller. Je tirai sur ma chaîne; le canot se mit en mouvement, puis je sentis une résistance, je tirai plus fort, l'ancre ne vint pas: elle avait accroché quelque chose au fond de l'eau et je ne pouvais la soulever; je recommençai à tirer, mais inutilement. Alors, avec mes avirons, je fis tourner mon bateau et je le portai en amont pour changer la position de l'ancre. Ce fut en vain, elle tenait toujours; je fus pris de colère et je secouai la chaîne rageusement. Rien ne remua. Je m'assis découragé et je me mis à réfléchir sur ma position. Je ne pouvais songer à casser cette chaîne ni à la séparer de l'embarcation, car elle était énorme et rivée à l'avant dans un morceau de bois plus gros que mon bras; mais comme le temps demeurait fort beau, je pensai que je ne tarderais point, sans doute, à rencontrer quelque pêcheur qui viendrait à mon secours. Ma mésaventure m'avait calmé; je m'assis et je pus enfin fumer ma pipe. Je possédais une bouteille de rhum, j'en bus deux ou trois verres, et ma situation me fit rire. Il faisait très chaud, de sorte qu'à la rigueur je pouvais, sans grand mal, passer la nuit à la belle étoile.

Soudain, un petit coup sonna contre mon bordage. Je fis un soubresaut, et une sueur froide me glaça des pieds à la tête. Ce bruit venait sans doute de quelque bout de bois entraîné par le courant, mais cela avait suffi et je me sentis envahi de nouveau par une étrange agitation nerveuse. Je saisis ma chaîne et je me raidis dans un effort désespéré. L'ancre tint bon. Je me rassis épuisé.

Cependant, la rivière s'était peu à peu couverte d'un brouillard blanc très épais qui rampait sur l'eau fort bas, de sorte que, en me dressant debout, je ne voyais plus le fleuve, ni mes pieds, ni mon bateau, mais j'apercevais seulement les pointes des roseaux, puis, plus

I decided to smoke a little to get my mind off things. And yet, though I was well known as a great pipe smoker, I was unable to; after the second puff, I felt queasy and I stopped. I began to hum; the sound of my voice was unpleasant to me; then I stretched out in the bottom of the boat and looked up at the sky. For some time I remained calm, but soon the slight motions of the boat made me nervous. It seemed to me to be yawing in tremendous lurches, touching both banks of the river in turn; then I thought that some creature or invisible force was gently pulling it down to the riverbed, then raising it, only to let it fall again. I was being tossed about as if in the middle of a storm; I heard noises around me; I sat up with a bound: the water was shining. All was calm.

"I realized that my nerves were a little unstrung, and I decided to move on. I yanked at my chain; the boat started to move, then I felt a resistance; I tugged harder, but the anchor didn't come up: it had hooked into something on the riverbed and I couldn't raise it; I started pulling again, but it did no good. Then with my oars I got my boat to turn and I brought it upstream to change the position of the anchor. It was no use, the anchor was still stuck; I became enraged and I shook the chain furiously. Nothing budged. I sat down in discouragement and began to think my situation over. I couldn't dream of breaking that chain or separating it from the craft, because it was enormous and fixed at the bow in a block of wood thicker than my arm; but since the weather continued to be very fine, I imagined that before long I'd surely meet some angler who'd come to my aid. My misadventure had calmed me; I sat down and was finally able to smoke my pipe. I had a bottle of rum with me, I drank two or three glasses of it, and my situation made me laugh. It was very warm, so that, if it were necessary, I could spend the night outdoors without much discomfort.

"Suddenly there was a slight thud against my planking. I gave a start, and a cold sweat chilled me from head to foot. That sound had surely been made by some piece of wood swept along in the current, but it had sufficed to make me feel once more gripped by a strange agitation of the nerves. I seized my chain and stiffened my body in a desperate attempt. The anchor held fast. I sat back down, exhausted.

"Meanwhile the river had gradually become covered by a very dense white fog that was trailing over the water at a very low elevation, so that when I stood up I no longer saw the river, or my feet, or my boat; all I could make out was the tips of the reeds, then, farther

loin, la plaine toute pâle de la lumière de la lune, avec de grandes taches noires qui montaient dans le ciel, formées par des groupes de peupliers d'Italie. J'étais comme enseveli jusqu'à la ceinture dans une nappe de coton d'une blancheur singulière, et il me venait des imaginations fantastiques. Je me figurais qu'on essayait de monter dans ma barque que je ne pouvais plus distinguer, et que la rivière, cachée par ce brouillard opaque, devait être pleine d'êtres étranges qui nageaient autour de moi. J'éprouvais un malaise horrible, j'avais les tempes serrées, mon cœur battait à m'étouffer; et, perdant la tête, je pensai à me sauver à la nage; puis aussitôt cette idée me fit frissonner d'épouvante. Je me vis, perdu, allant à l'aventure dans cette brume épaisse, me débattant au milieu des herbes et des roseaux que je ne pourrais éviter, râlant de peur, ne voyant pas la berge, ne retrouvant plus mon bateau, et il me semblait que je me sentirais tiré par les pieds tout au fond de cette eau noire.

En effet, comme il m'eût fallu remonter le courant au moins pendant cinq cents mètres avant de trouver un point libre d'herbes et de joncs où je pusse prendre pied, il y avait pour moi neuf chances sur dix de ne pouvoir me diriger dans ce brouillard et de me noyer, quelque bon nageur que je fusse.

J'essayais de me raisonner. Je me sentais la volonté bien ferme de ne point avoir peur, mais il y avait en moi autre chose que ma volonté, et cette autre chose avait peur. Je me demandai ce que je pouvais redouter; mon *moi* brave railla mon *moi* poltron, et jamais aussi bien que ce jour-là je ne saisis l'opposition des deux êtres qui sont en nous, l'un voulant, l'autre résistant, et chacun l'emportant tour à tour.

Cet effroi bête et inexplicable grandissait toujours et devenait de la terreur. Je demeurais immobile, les yeux ouverts, l'oreille tendue et attendant. Quoi? Je n'en savais rien, mais ce devait être terrible. Je crois que si un poisson se fût avisé de sauter hors de l'eau, comme cela arrive souvent, il n'en aurait pas fallu davantage pour me faire tomber raide, sans connaissance.

Cependant, par un effort violent, je finis par ressaisir à peu près ma raison qui m'échappait. Je pris de nouveau ma bouteille de rhum et je bus à grands traits. Alors une idée me vint et je me mis à crier de toutes mes forces en me tournant successivement vers les quatre points de l'horizon. Lorsque mon gosier fut absolument paralysé, j'écoutai.—Un chien hurlait, très loin.

Je bus encore et je m'étendis tout de mon long au fond du bateau. Je restai ainsi peut-être une heure, peut-être deux, sans dormir, les yeux ouverts, avec des cauchemars autour de moi. Je n'osais pas me

away, the plain all pale in the moonlight, with big black blotches rising into the sky, formed by clusters of Italian poplars. I was as if buried to the waist in an unusually white cotton cloth, and I was having fantastic imaginings. I thought someone was trying to board my boat, which I could no longer distinguish, and that the river, hidden by that opaque fog, must be full of strange creatures swimming around me. I felt horribly ill at ease, my temples were tightened, my heart was beating hard enough to stifle me; and, losing my head, I conceived the idea to escape by swimming away; then at once that thought made me shiver with fright. I saw myself lost, drifting randomly in that thick fog, struggling in the midst of grasses and reeds that I wouldn't be able to avoid, at my last gasp with fear, unable to see the riverbank, unable to find my boat again; and it seemed to me that I'd feel myself pulled by my feet down to the bottom of that black water.

"In fact, since I would have had to swim against the current for at least five hundred meters before finding a spot clear of grasses and rushes where I could set foot on land, the odds were nine to one against my being able to find my direction in that fog and avoid being drowned, no matter how good a swimmer I was.

"I tried to be rational. I felt within me a very strong will not to be afraid, but there was something else in me besides my will, and that other thing was afraid. I asked myself what I could possibly fear; my brave self mocked my cowardly self, and never as clearly as on that day have I recognized the opposition of the two beings that exist in us, one of them desiring to act, the other resisting, and each gaining the supremacy in turns.

"That stupid, inexplicable fear was constantly growing and was becoming terror. I remained motionless, my eyes open, my ears alert and expectant. Expecting what? I had no idea, but it had to be something terrible. I think that if a fish had taken it into its head to jump out of the water, a frequent occurrence, it would have taken nothing more to make me faint away and lose consciousness.

"But by a violent effort I finally got a fairly good hold again on my evaporating reason. Once again I picked up my bottle of rum and took big swigs. Then I got an idea and I began to yell with all my might, turning in every direction, one after the other. When my throat was absolutely numb, I listened.—A dog was howling, very far away.

"I drank some more and stretched out at full length on the bottom of the boat. I remained that way for perhaps an hour, perhaps two, not sleeping, my eyes open, with nightmares round about me. I didn't

lever et pourtant je le désirais violemment; je remettais de minute en minute. Je me disais:—«Allons, debout!» et j'avais peur de faire un mouvement. A la fin, je me soulevai avec des précautions infinies, comme si ma vie eût dépendu du moindre bruit que j'aurais fait, et je regardai par-dessus le bord.

Je fus ébloui par le plus merveilleux, le plus étonnant spectacle qu'il soit possible de voir. C'était une de ces fantasmagories du pays des fées, une de ces visions racontées par les voyageurs qui reviennent de très loin et que nous écoutons sans les croire.

Le brouillard qui, deux heures auparavant, flottait sur l'eau, s'était peu à peu retiré et ramassé sur les rives. Laissant le fleuve absolument libre, il avait formé sur chaque berge une colline ininterrompue, haute de six ou sept mètres, qui brillait sous la lune avec l'éclat superbe des neiges. De sorte qu'on ne voyait rien autre chose que cette rivière lamée de feu entre ces deux montagnes blanches; et là-haut, sur ma tête, s'étalait, pleine et large, une grande lune illuminante au milieu d'un ciel bleuâtre et laiteux.

Toutes les bêtes de l'eau s'étaient réveillées; les grenouilles coassaient furieusement, tandis que, d'instant en instant, tantôt à droite, tantôt à gauche, j'entendais cette note courte, monotone et triste, que jette aux étoiles la voix cuivrée des crapauds. Chose étrange, je n'avais plus peur; j'étais au milieu d'un paysage tellement extraordinaire que les singularités les plus fortes n'eussent pu m'étonner.

Combien de temps cela dura-t-il, je n'en sais rien, car j'avais fini par m'assoupir. Quand je rouvris les yeux, la lune était couchée, le ciel plein de nuages. L'eau clapotait lugubrement, le vent soufflait, il faisait froid, l'obscurité était profonde.

Je bus ce qui me restait de rhum, puis j'écoutai en grelottant le froissement des roseaux et le bruit sinistre de la rivière. Je cherchai à voir, mais je ne pus distinguer mon bateau, ni mes mains elles-mêmes, que j'approchais de mes yeux.

Peu à peu, cependant, l'épaisseur du noir diminua. Soudain je crus sentir qu'une ombre glissait tout près de moi; je poussai un cri, une voix répondit; c'était un pêcheur. Je l'appelai, il s'approcha et je lui racontai ma mésaventure. Il mit alors son bateau bord à bord avec le mien, et tous les deux nous tirâmes sur la chaîne. L'ancre ne remua pas. Le jour venait, sombre, gris, pluvieux, glacial, une de ces journées qui vous apportent des tristesses et des malheurs. J'aperçus une autre barque, nous la hélâmes. L'homme qui la montait unit ses efforts aux nôtres; alors, peu à peu, l'ancre céda. Elle montait, mais doucement,

dare to get up, and yet I had a violent urge to do so; I put it off from one minute to another. I'd say to myself, "Come on, on your feet!" but I was afraid to make a move. Finally I raised myself with infinite precautions, as if my life depended on the slightest noise I'd make, and I looked over the gunwale.

"I was dazzled by the most miraculous, the most astonishing sight that could possibly be seen. It was one of those magical views of fairyland, one of those visions reported by travelers returning from remote regions, whom we listen to without believing them.

"The fog which two hours earlier had hovered over the water had gradually pulled away and had gathered on the banks. Leaving the river totally free, it had formed on each bank an uninterrupted hill six or seven meters high, which was gleaming in the moonlight with the superb brilliance of a snow cover. So that nothing else was visible but that fire-spangled river between those two white mountains; and up above, over my head, a full, wide, large, light-shedding moon was conspicuous in the center of a bluish, milky sky.

"All the aquatic animals had awakened; the frogs were croaking furiously, while at every instant, now to my right, now to my left, I heard that short note, monotonous and sad, which the brassy voice of the toads flings to the stars. Oddly enough, I was no longer afraid; I was in the midst of a landscape so extraordinary that not even the wildest oddities could have surprised me.

"I have no idea at all of how long that lasted, because I had finally dozed off. When I opened my eyes again, the moon had set and the sky was full of clouds. The water was lapping mournfully, the wind was blowing, it was chilly, and the darkness was deep.

"I drank whatever rum I had left, then, shivering, I listened to the rustling of the reeds and the sinister sound of the river. I tried to see, but I couldn't make out my boat or even my hands, which I held close to my eyes.

"Nonetheless the density of the blackness gradually lessened. Suddenly I thought I could sense a shadow gliding very close to me; I uttered a cry, a voice replied; it was an angler. I called to him, he came up, and I told him of my mishap. Then he brought his boat alongside mine, and the two of us tugged at the chain. The anchor didn't budge. Day was breaking, dark, gray, rainy, frigid, one of those days which bring you sad events and misfortunes. I caught sight of another bark, and we hailed it. The man in it joined his efforts to ours; then little by little the anchor yielded. It rose, but slowly, slowly, laden down by a

doucement, et chargée d'un poids considérable. Enfin nous aperçûmes une masse noire, et nous la tirâmes à mon bord:

C'était le cadavre d'une vieille femme qui avait une grosse pierre au cou.

# La rempailleuse

*A Léon Hennique.*

C'était à la fin du diner d'ouverture de chasse chez le marquis de Bertrans. Onze chasseurs, huit jeunes femmes et le médecin du pays étaient assis autour de la grande table illuminée, couverte de fruits et de fleurs.

On vint à parler d'amour, et une grande discussion s'éleva, l'éternelle discussion, pour savoir si on pouvait aimer vraiment une fois ou plusieurs fois. On cita des exemples de gens n'ayant jamais eu qu'un amour sérieux; on cita aussi d'autres exemples de gens ayant aimé souvent, avec violence. Les hommes, en général, prétendaient que la passion, comme les maladies, peut frapper plusieurs fois le même être, et le frapper à le tuer si quelque obstacle se dresse devant lui. Bien que cette manière de voir ne fût pas contestable, les femmes, dont l'opinion s'appuyait sur la poésie bien plus que sur l'observation, affirmaient que l'amour, l'amour vrai, le grand amour, ne pouvait tomber qu'une fois sur un mortel, qu'il était semblable à la foudre, cet amour, et qu'un cœur touché par lui demeurait ensuite tellement vidé, ravagé, incendié, qu'aucun autre sentiment puissant, même aucun rêve, n'y pouvait germer de nouveau.

Le marquis, ayant aimé beaucoup, combattait vivement cette croyance:

—Je vous dis, moi, qu'on peut aimer plusieurs fois avec toutes ses forces et toute son âme. Vous me citez des gens qui se sont tués par amour, comme preuve de l'impossibilité d'une seconde passion. Je vous répondrai que, s'ils n'avaient pas commis cette bêtise de se suicider, ce qui leur enlevait toute chance de rechute, ils se seraient guéris; et ils auraient recommencé, et toujours, jusqu'à leur mort naturelle. Il en est des amoureux comme des ivrognes. Qui a bu boira—qui a aimé aimera. C'est une affaire de tempérament, cela.

On prit pour arbitre le docteur, vieux médecin parisien retiré aux champs, et on le pria de donner son avis.

Justement il n'en avait pas:

—Comme l'a dit le marquis, c'est une affaire de tempérament;

considerable weight. Finally we could make out a dark mass, which we hauled into my boat:

"It was the corpse of an old woman with a big stone tied around her neck."

## The Chair Mender

*To Léon Hennique.*

It was at the close of the dinner for the opening of the shooting season given by the Marquis de Bertrans. Eleven hunters, eight young women, and the local doctor were seated around the large candlelit table that was covered with fruit and flowers.

The topic turned to love, and a great argument arose, the eternal argument as to whether it's possible to love deeply once only or more than once. Examples were cited of people who had never had more than one serious romance; other examples were also cited of people who had loved frequently and passionately. In general the men claimed that passion, like diseases, can strike the same person a number of times, and strike him mortally if some obstacle looms up before him. Even though that viewpoint was unanswerable, the women, whose opinion was based much more on poetry than on observation, declared that love, true love, a great love, could befall a mortal only once, that such a love resembled lightning and a heart smitten by it remained thereafter so emptied, ravaged, and burnt out that no other strong emotion, not even any dream, could germinate in it again.

The marquis, having been a frequent lover, argued briskly against that belief:

"And *I* tell you that it's possible to love a number of times with all one's might and all one's soul. You mention people to me who killed themselves for love, as if that proved the impossibility of a second passion. My answer to you is that, if they hadn't committed that folly of killing themselves, which precluded any chance of their relapsing, they would have been cured; and they would have started again, and on and on, up to their natural death. Lovers are like drunkards. A person who has drunk will go on drinking; a person who has loved will go on loving. It's a question of the person's nature."

They chose as an arbiter the doctor, an elderly Parisian physician who had retired to the country, and they asked him to give his opinion.

It just so happened that he hadn't any:

"As the marquis said, it's a question of individual nature; as for me,

quant à moi, j'ai eu connaissance d'une passion qui dura cinquante-cinq ans sans un jour de répit, et qui ne se termina que par la mort.

La marquise battit des mains.

—Est-ce beau cela! Et quel rêve d'être aimé ainsi! Quel bonheur de vivre cinquante-cinq ans tout enveloppé de cette affection acharnée et pénétrante! Comme il a dû être heureux, et bénir la vie, celui qu'on adora de la sorte?

Le médecin sourit:

—En effet, Madame, vous ne vous trompez pas sur ce point, que l'être aimé fut un homme. Vous le connaissez, c'est M. Chouquet, le pharmacien du bourg. Quant à elle, la femme, vous l'avez connue aussi, c'est la vieille rempailleuse de chaises qui venait tous les ans au château. Mais je vais me faire mieux comprendre.

L'enthousiasme des femmes était tombé; et leur visage dégoûté disait: «Pouah!», comme si l'amour n'eût dû frapper que des êtres fins et distingués, seuls dignes de l'intérêt des gens comme il faut.

Le médecin reprit:

—J'ai été appelé, il y a trois mois, auprès de cette vieille femme, à son lit de mort. Elle était arrivée, la veille, dans la voiture qui lui servait de maison, traînée par la rosse que vous avez vue, et accompagnée de ses deux grands chiens noirs, ses amis et ses gardiens. Le curé était déjà là. Elle nous fit ses exécuteurs testamentaires, et, pour nous dévoiler le sens de ses volontés dernières, elle nous raconta toute sa vie. Je ne sais rien de plus singulier et de plus poignant.

Son père était rempailleur et sa mère rempailleuse. Elle n'a jamais eu de logis planté en terre.

Toute petite, elle errait, haillonneuse, vermineuse, sordide. On s'arrêtait à l'entrée des villages, le long des fossés; on dételait la voiture; le cheval broutait; le chien dormait, le museau sur ses pattes; et la petite se roulait dans l'herbe pendant que le père et la mère rafistolaient, à l'ombre des ormes du chemin, tous les vieux sièges de la commune. On ne parlait guère dans cette demeure ambulante. Après les quelques mots nécessaires pour décider qui ferait le tour des maisons en poussant le cri bien connu: «Remmmpailleur de chaises!», on se mettait à tortiller la paille, face à face ou côte à côte. Quand l'enfant allait trop loin ou tentait d'entrer en relations avec quelque galopin du village, la voix colère du père la rappelait: «Veux-tu bien revenir ici, crapule!» C'étaient les seuls mots de tendresse qu'elle entendait.

Quand elle devint plus grande, on l'envoya faire la récolte des fonds

I learned about a passion that lasted fifty-five years without letting up for a day, and ended only with the lover's death."

The marquise clapped her hands.

"How lovely that is! And what a dream to be loved that way! What happiness to live for fifty-five years completely enveloped in that persistent, penetrating affection! How happy he must have been, how he must have blessed his life, the man who was so adored!"

The doctor smiled:

"In truth, madame, you're not mistaken on that point, that the beloved person was a man. You know him, he's Monsieur Chouquet, the pharmacist in the village. As for her, the woman, you've met her as well, she was the old chair mender who came to the château every year. But I'm going to make things clearer."

The women's enthusiasm had abated, and their expressions of distaste said "Bah!" as if love ought to befall only refined and distinguished persons, the only ones deserving of the interest of proper people.

The doctor resumed:

"Three months ago I was summoned to call on that old woman, who was on her deathbed. The old lady had arrived in the wagon she lived in, hauled by the horse you have seen, and accompanied by her two big black dogs, her friends and protectors. The village priest was already there. She made us the executors of her will, and in order to reveal to us the meaning of her last wishes, she narrated her whole life to us. I know nothing more unusual or more touching.

"Her father had been a chair mender, and her mother a chair mender. She had never had a fixed abode.

"While still small, she was a nomad, ragged, vermin-ridden, filthy. They'd stop at the entrance to villages, alongside the ditches; they'd unharness the horse from the wagon and it would graze; the dog would sleep with its muzzle on its paws; and the little girl would roll in the grass while her father and mother, in the shade of the roadside elms, would patch up all the old chairs in the village. They hardly spoke in that itinerant home. After the few words necessary to determine who would make the round of the houses uttering the well-known call 'chaaair mender,' they'd start to twist the straw for the new seats, either opposite each other or side by side. Whenever the child wandered too far or tried to make friends with some male village urchin, her father's angry voice would call her back. 'Get right back here, you slut!' Those were the only tender words she ever heard.

"When she got bigger, they sent her to collect the damaged chair

de sièges avariés. Alors elle ébaucha quelques connaissances de place en place avec les gamins; mais c'étaient, cette fois, les parents de ses nouveaux amis qui rappelaient brutalement leurs enfants: «Veux-tu bien venir ici, polisson! Que je te voie causer avec les va-nu-pieds!...»

Souvent les petits gars lui jetaient des pierres.

Des dames lui ayant donné quelques sous, elle les garda soigneusement.

Un jour—elle avait alors onze ans—comme elle passait par ce pays, elle rencontra derrière le cimetière le petit Chouquet qui pleurait parce qu'un camarade lui avait volé deux liards. Ces larmes d'un petit bourgeois, d'un de ces petits qu'elle s'imaginait dans sa frêle caboche de déshéritée, être toujours contents et joyeux, la bouleversèrent. Elle s'approcha, et, quand elle connut la raison de sa peine, elle versa entre ses mains toutes ses économies, sept sous, qu'il prit naturellement, en essuyant ses larmes. Alors, folle de joie, elle eut l'audace de l'embrasser. Comme il considérait attentivement sa monnaie, il se laissa faire. Ne se voyant ni repoussée, ni battue, elle recommença; elle l'embrassa à pleins bras, à plein cœur. Puis elle se sauva.

Que se passa-t-il dans cette misérable tête? S'est-elle attachée à ce mioche parce qu'elle lui avait sacrifié sa fortune de vagabonde, ou parce qu'elle lui avait donné son premier baiser tendre? Le mystère est le même pour les petits que pour les grands.

Pendant des mois elle rêva de ce coin de cimetière et de ce gamin. Dans l'espérance de le revoir, elle vola ses parents, grappillant un sou par ci, un sou par là, sur un rempaillage, ou sur les provisions qu'elle allait acheter.

Quand elle revint, elle avait deux francs dans sa poche, mais elle ne put qu'apercevoir le petit pharmacien, bien propre, derrière les carreaux de la boutique paternelle, entre un bocal rouge et un ténia.

Elle ne l'en aima que davantage, séduite, émue, extasiée par cette gloire de l'eau colorée, cette apothéose des cristaux luisants.

Elle garda en elle son souvenir ineffaçable, et, quand elle le rencontra, l'an suivant, derrière l'école, jouant aux billes avec ses camarades, elle se jeta sur lui, le saisit dans ses bras, et le baisa avec tant de violence qu'il se mit à hurler de peur. Alors, pour l'apaiser, elle lui donna son argent: trois francs vingt, un vrai trésor, qu'il regardait avec des yeux agrandis.

Il le prit et se laissa caresser tant qu'elle voulut.

Pendant quatre ans encore, elle versa entre ses mains toutes ses réserves, qu'il empochait avec conscience en échange de baisers con-

seats. Then, here and there, she struck up an acquaintance with the youngsters; but now it was the parents of her new friends who called their children away brutally: 'Come right over here, you scamp! Let me catch you talking with vagabonds! . . .'

"Often the little boys would throw stones at her.

"When some ladies gave her a few sous, she kept them carefully.

"One day—she was then eleven—as she was passing through this area, behind the cemetery she came across little Chouquet, who was crying because a pal had stolen two farthings from him. Those tears shed by a bourgeois child, one of those children whom, in her weak outcast's noggin, she had pictured as being always contented and cheerful, bowled her over. She drew near and, upon learning the cause of his sorrow, she poured into his hands all her savings, seven sous, which he took as a matter of course, wiping away his tears. Then, mad with joy, she had the boldness to kiss him. Since all his attention was on his coins, he let her. Finding herself neither pushed away nor hit, she continued. She hugged and kissed him with all the might of her arms and her heart. Then she ran away.

"What went on in that unhappy head? Did her mind cling to that little kid because she had sacrificed her vagabond's fortune to him, or because she had given him her first loving kiss? The mystery is the same for children as for adults.

"For months she dreamt about the cemetery corner and that boy. In hopes of seeing him again, she stole from her parents, filching a sou here, a sou there, from the fee for a repair or from the price of the food she was sent to buy.

"When she got back here, she had two francs in her pocket, but all she could do was catch sight of the little pharmacist, spick-and-span, behind the windows of his father's shop, between a red apothecary jar and a tapeworm.

"She loved him only all the more for that, charmed, moved, and enraptured by that glory of tinted water, that apotheosis of gleaming glassware.

"She retained the ineradicable memory of him in her mind and, the following year, when she came across him behind the school playing marbles with his friends, she leaped on him, threw her arms around him, and kissed him so hard that he began to howl with fright. Then, to calm him down, she gave him her money: three francs and twenty sous, a real treasure, which he looked at with wide eyes.

"He took it and let her caress him as much as she wanted.

"For four years more she poured all her savings into his hands; he pocketed them conscientiously in exchange for permitted kisses.

sentis. Ce fut une fois trente sous, une fois deux francs, une fois douze sous (elle en pleura de peine et d'humiliation, mais l'année avait été mauvaise) et la dernière fois, cinq francs, une grosse pièce ronde qui le fit rire d'un rire content.

Elle ne pensait plus qu'à lui: et il attendait son retour avec une certaine impatience, courait au-devant d'elle en la voyant, ce qui faisait bondir le cœur de la fillette.

Puis il disparut. On l'avait mis au collège. Elle le sut en interrogeant habilement. Alors elle usa d'une diplomatie infinie pour changer l'itinéraire de ses parents et les faire passer par ici au moment des vacances. Elle y réussit, mais après un an de ruses. Elle était donc restée deux ans sans le revoir; et elle le reconnut à peine, tant il était changé, grandi, embelli, imposant dans sa tunique à boutons d'or. Il feignit de ne pas la voir et passa fièrement près d'elle.

Elle en pleura pendant deux jours; et depuis lors elle souffrit sans fin.

Tous les ans elle revenait; passait devant lui sans oser le saluer et sans qu'il daignât même tourner les yeux vers elle. Elle l'aimait éperdument. Elle me dit: «C'est le seul homme que j'aie vu sur la terre, monsieur le médecin; je ne sais pas si les autres existaient seulement.»

Ses parents moururent. Elle continua leur métier, mais elle prit deux chiens au lieu d'un, deux terribles chiens qu'on n'aurait pas osé braver.

Un jour, en rentrant dans ce village où son cœur était resté, elle aperçut une jeune femme qui sortait de la boutique Chouquet au bras de son bien-aimé. C'était sa femme. Il était marié.

Le soir même, elle se jeta dans la mare qui est sur la place de la Mairie. Un ivrogne attardé la repêcha, et la porta à la pharmacie. Le fils Chouquet descendit en robe de chambre, pour la soigner, et, sans paraître la reconnaître, la déshabilla, la frictionna, puis il lui dit d'une voix dure: «Mais vous êtes folle! Il ne faut pas être bête comme ça!»

Cela suffit pour la guérir. Il lui avait parlé! Elle était heureuse pour longtemps.

Il ne voulut rien recevoir en rémunération de ses soins, bien qu'elle insistât vivement pour le payer.

Et toute sa vie s'écoula ainsi. Elle rempaillait en songeant à Chouquet. Tous les ans, elle l'apercevait derrière ses vitraux. Elle prit l'habitude d'acheter chez lui des provisions de menus médicaments. De la sorte elle le voyait de près, et lui parlait, et lui donnait encore de l'argent.

Once it was thirty sous, once it was two francs, once it was twelve sous (this made her weep with chagrin and humiliation, but it had been a bad year), and the last time it was a big, round five-franc coin that made him laugh contentedly.

"Now all her thoughts were of him, and he'd await her return with some impatience; he'd run to meet her when he spotted her, and this made the girl's heart leap with joy.

"Then he vanished. He had been sent to boarding school. She found this out by skillful interrogation. Then she employed infinite diplomatic wiles to alter her parents' itinerary and make them pass this way during the school vacation. She was successful, but only after a year of ruses. Thus it had been two years since she had seen him, and she hardly recognized him, he had changed so much; he had grown taller and more handsome, and he was imposing in his school jacket with its gold buttons. He pretended not to see her, walking right past her haughtily.

"That made her cry for two days; and from then on she suffered endlessly.

"She'd come back every year, walking in front of him without the courage to say hello, and he never even deigned to look in her direction. She loved him madly. She said to me: 'Doctor, he's the only man on earth I ever looked at; I don't know whether any other men even existed.'

"Her parents died. She took up their occupation, but kept two dogs instead of one, two fearsome dogs no one would have dared to challenge.

"One day, returning to this village where she had left her heart, she noticed a young woman leaving Chouquet's pharmacy on the arm of her beloved. She was his wife. He was married.

"That very night she jumped into the pond on the town-hall square. A drunk who was out late fished her out and carried her to the pharmacy. Young Chouquet came downstairs in his dressing gown to treat her; seeming not to recognize her, he undressed her and gave her a rubdown, then said to her harshly: 'But you're crazy! No one should be that dumb!'

"That was enough to cure her. He had spoken to her! She was happy for a long time.

"He didn't want to take anything as remuneration for his treatment, even though she insisted hotly on paying him.

"And her whole life went by in that way. She'd mend chairs with her thoughts on Chouquet. Every year she'd see him behind his shop windows. She formed the habit of buying a stock of minor medications from him. In that way she saw him at close hand, spoke to him, and gave him more money.

Comme je vous l'ai dit en commençant, elle est morte ce printemps. Après m'avoir raconté toute cette triste histoire, elle me pria de remettre à celui qu'elle avait si patiemment aimé toutes les économies de son existence, car elle n'avait travaillé que pour lui, disait-elle, jeûnant même pour mettre de côté, et être sûre qu'il penserait à elle, au moins une fois, quand elle serait morte.

Elle me donna donc deux mille trois cent vingt-sept francs. Je laissai à M. le curé les vingt-sept francs pour l'enterrement, et j'emportai le reste quand elle eut rendu le dernier soupir.

Le lendemain, je me rendis chez les Chouquet. Ils achevaient de déjeuner, en face l'un de l'autre, gros et rouges, fleurant les produits pharmaceutiques, importants et satisfaits.

On me fit asseoir; on m'offrit un kirsch, que j'acceptai; et je commençai mon discours d'une voix émue, persuadé qu'ils allaient pleurer.

Dès qu'il eut compris qu'il avait été aimé de cette vagabonde, de cette rempailleuse, de cette rouleuse, Chouquet bondit d'indignation, comme si elle lui avait volé sa réputation, l'estime des honnêtes gens, son honneur intime, quelque chose de délicat qui lui était plus cher que la vie.

Sa femme, aussi exaspérée que lui, répétait: «Cette gueuse! cette gueuse! cette gueuse! . . .» sans pouvoir trouver autre chose.

Il s'était levé; il marchait à grands pas derrière la table, le bonnet grec chaviré sur une oreille. Il balbutiait: «Comprend-on ça, docteur? Voilà de ces choses horribles pour un homme! Que faire? Oh! si je l'avais su de son vivant, je l'aurais fait arrêter par la gendarmerie et flanquer en prison. Et elle n'en serait pas sortie, je vous en réponds!»

Je demeurais stupéfait du résultat de ma démarche pieuse. Je ne savais que dire ni que faire. Mais j'avais à compléter ma mission. Je repris: «Elle m'a chargé de vous remettre ses économies, qui montent à deux mille trois cents francs. Comme ce que je viens de vous apprendre semble vous être fort désagréable, le mieux serait peut-être de donner cet argent aux pauvres.»

Ils me regardaient, l'homme et la femme, perclus de saisissement.

Je tirai l'argent de ma poche, du misérable argent de tous les pays et de toutes les marques, de l'or et des sous mêlés. Puis je demandai: «Que décidez-vous?»

Mme Chouquet parla la première: «Mais, puisque c'était sa dernière volonté, à cette femme . . . il me semble qu'il nous est bien difficile de refuser.»

Le mari, vaguement confus, reprit: «Nous pourrions toujours acheter avec ça quelque chose pour nos enfants.»

"As I told you at the outset, she died this spring. After telling me that whole sad story, she asked me to remit to the man she had loved so patiently all her life's savings, for she had worked only for him, she said, even going hungry to set something aside, and to be assured that he'd think of her at least once after her death.

"So she gave me two thousand three hundred and twenty-seven francs. I left the twenty-seven francs with the priest for the burial, and took away the rest after she had breathed her last.

"The following day I visited the Chouquets. They were finishing lunch, opposite each other, fat and flushed, smelling of pharmaceutical products, bumptious and self-satisfied.

"They asked me to sit down and offered me a cherry brandy, which I accepted; and I began my speech in an emotional voice, sure that they would weep.

"As soon as he understood that he had been loved by that vagabond, that chair mender, that nomad, Chouquet leaped up in indignation, as if she had robbed him of his good name, the esteem of respectable people, his personal honor, something delicate that was dearer to him than life.

"His wife, as exasperated as he was, kept repeating 'That tramp, that tramp, that tramp!' She was unable to find any other words.

"He had stood up; he was taking big strides behind the table, his smoking cap having subsided over one ear. He was stammering: 'Can you understand it, doctor? Things like that are awful for a man! What's to be done? Oh, if I had known while she was alive, I'd have had her arrested by the constabulary and tossed into jail. And she wouldn't have come out again, take my word for it!'

"I was stupefied at the result of my pious action. I didn't know what to say or do. But I had to complete my mission. I resumed: 'She requested me to remit her savings to you, amounting to twenty-three hundred francs. Since what I have just disclosed to you seems to be extremely unpleasant to you, perhaps it would be best to give that money to charity.'

"Both man and wife were looking at me, paralyzed by shock.

"I drew the money from my pocket, wretched money from all regions and with all mint marks, a blend of gold coin and coppers. Then I asked: 'What's your decision?'

"Madame Chouquet was the first to speak: 'Well, since it was that woman's dying wish . . . I think it's very hard for us to refuse.'

"Her husband, vaguely confused, continued: 'We could always use it to buy something for our children.'

Je dis d'un air sec: «Comme vous voudrez.»

Il reprit: «Donnez toujours, puisqu'elle vous en a chargé; nous trouverons bien moyen de l'employer à quelque bonne œuvre.»

Je remis l'argent, je saluai, et je partis.

Le lendemain Chouquet vint me trouver et, brusquement: «Mais elle a laissé ici sa voiture, cette . . . cette femme. Qu'est-ce que vous en faites, de cette voiture?

—Rien, prenez-la si vous voulez.

—Parfait; cela me va; j'en ferai une cabane pour mon potager.

Il s'en allait. Je le rappelai: «Elle a laissé aussi son vieux cheval et ses deux chiens. Les voulez-vous?» Il s'arrêta, surpris: «Ah! non, par exemple; que voulez-vous que j'en fasse? Disposez-en comme vous voudrez.» Et il riait. Puis il me tendit sa main que je serrai. Que voulez-vous? Il ne faut pas, dans un pays, que le médecin et le pharmacien soient ennemis.

J'ai gardé les chiens chez moi. Le curé, qui a une grande cour, a pris le cheval. La voiture sert de cabane à Chouquet; et il a acheté cinq obligations de chemin de fer avec l'argent.

Voilà le seul amour profond que j'aie rencontré, dans ma vie.»

Le médecin se tut.

Alors la marquise, qui avait des larmes dans les yeux, soupira: «Décidément, il n'y a que les femmes pour savoir aimer!»

# Pierrot

*A Henri Roujon.*

Mme Lefèvre était une dame de campagne, une veuve, une de ces demi-paysannes à rubans et à chapeaux à falbalas, de ces personnes qui parlent avec des cuirs, prennent en public des airs grandioses, et cachent une âme de brute prétentieuse sous des dehors comiques et chamarrés, comme elles dissimulent leurs grosses mains rouges sous des gants de soie écrue.

Elle avait pour servante une brave campagnarde toute simple, nommée Rose.

Les deux femmes habitaient une petite maison à volets verts, le long d'une route, en Normandie, au centre du pays de Caux.

"I said curtly: 'As you wish.'

"He went on: 'Well, let us have it, since she asked you to; we'll surely find a way to use it in some good work.'

"I remitted the money, said good-bye, and left."

"The next day Chouquet came to see me and blurted out: 'But that . . . that woman left her wagon here. What are you doing with that wagon?'

"'Nothing. Take it if you like.'

"'Fine! I can use it. I'll turn it into a shed for my kitchen garden.'

"He was going. I called him back: 'She also left her old horse and her two dogs. Do you want them?' He stopped in surprise: 'Oh, no, I should say not! What would I do with them? Dispose of them as you wish.' And he laughed. Then he gave me his hand, which I shook. Can you blame me? In a village the doctor and the pharmacist mustn't be enemies.

"I've kept the dogs at my place. The priest, who has a big yard, took the horse. The wagon is being used by Chouquet as a shed; and he's bought five railroad bonds with the money.

"That was the only deep-seated love I've ever come across in my life."

The doctor fell silent.

Then the marquise, who had tears in her eyes, sighed: "Absolutely, only women know how to love!"

# Pierrot

*To Henri Roujon.*

Madame Lefèvre was a rural lady, a widow, one of those semi-peasants with ribbons and flounced hats, one of those people who mispronounce words,[1] assume grandiose airs in public, and conceal the soul of a pretentious vulgarian beneath a comic, overdressed exterior, just as they hide their big red hands in raw-silk gloves.

As her maid she employed a good-hearted, very unassuming rustic named Rose.

The two women lived in a little green-shuttered cottage beside a road, in Normandy, in the heart of the Pays de Caux.

---

1. Literally, "who speak with incorrect liaisons between words (saying, for instance, *'en-va-t-en guerre*, where the *t* is uncalled for).

Comme elles possédaient, devant l'habitation, un étroit jardin, elles cultivaient quelques légumes.

Or, une nuit, on vola une douzaine d'oignons.

Dès que Rose s'aperçut du larcin, elle courut prévenir Madame, qui descendit en jupe de laine. Ce fut une désolation et une terreur. On avait volé, volé Mme Lefèvre! Donc, on volait dans le pays, puis on pouvait revenir.

Et les deux femmes effarées contemplaient les traces de pas, bavardaient, supposaient des choses: «Tenez, ils ont passé par là. Ils ont mis leurs pieds sur le mur; ils ont sauté dans la plate-bande.»

Et elles s'épouvantaient pour l'avenir. Comment dormir tranquilles maintenant!

Le bruit du vol se répandit. Les voisins arrivèrent, constatèrent, discutèrent à leur tour; et les deux femmes expliquaient à chaque nouveau venu leurs observations et leurs idées.

Un fermier d'à côté leur offrit ce conseil: «Vous devriez avoir un chien.»

C'était vrai, cela; elles devraient avoir un chien, quand ce ne serait que pour donner l'éveil. Pas un gros chien, Seigneur! Que feraient-elles d'un gros chien! Il les ruinerait en nourriture. Mais un petit chien (en Normandie, on prononce *quin*), un petit freluquet de *quin* qui jappe.

Dès que tout le monde fut parti, Mme Lefèvre discuta longtemps cette idée de chien. Elle faisait, après réflexion, mille objections, terrifiée par l'image d'une jatte pleine de pâtée; car elle était de cette race parcimonieuse de dames campagnardes qui portent toujours des centimes dans leur poche pour faire l'aumône ostensiblement aux pauvres des chemins, et donner aux quêtes du dimanche.

Rose, qui aimait les bêtes, apporta ses raisons et les défendit avec astuce. Donc il fut décidé qu'on aurait un chien, un tout petit chien.

On se mit à sa recherche, mais on n'en trouvait que des grands, des avaleurs de soupe à faire frémir. L'épicier de Rolleville en avait bien un, tout petit; mais il exigeait qu'on le lui payât deux francs, pour couvrir ses frais d'élevage. Mme Lefèvre déclara qu'elle voulait bien nourrir un «quin», mais qu'elle n'en achèterait pas.

Or, le boulanger, qui savait les événements, apporta, un matin, dans sa voiture, un étrange petit animal tout jaune, presque sans pattes, avec un corps de crocodile, une tête de renard et une queue en trompette, un vrai panache, grand comme tout le reste de sa personne. Un client cherchait à s'en défaire. Mme Lefèvre trouva for

Since they owned a narrow garden in front of the house, they grew a few vegetables.

Now, one night, a dozen onions were stolen.

As soon as Rose became aware of the theft, she ran in to inform her mistress, who came downstairs in a woolen petticoat. They were desolated and terrified. There had been a theft, Madame Lefèvre had been robbed! Therefore, there were thieves in the area, and so they could strike again.

And the two frightened women studied the footprints, chatted, and made suppositions: "Look, they went this way. They put their feet on the wall; they jumped onto the grassy border."

And they were afraid of future events. How could they sleep peacefully now?

The news of the theft spread abroad. The neighbors arrived, took in the situation, and discussed the matter themselves, while the two women explained their observations and thoughts to each newcomer.

A farmer whose land was adjacent offered them this advice: "You ought to have a dog."

That was true; they ought to have a dog, if only to give an alarm. Not a big dog, oh Lord! What would they do with a big dog? He'd eat them out of house and home. But a little *quin* (that's the Norman dialect version of *chien*), a little runt of a *quin* that would yelp.

As soon as everyone was gone, Madame Lefèvre discussed that idea about a dog for quite a while. Upon reflection she made a thousand objections, terrified at the vision of a bowl filled with dog food; because she belonged to that thrifty breed of countrywomen who always carry centimes in their purse in order to give alms conspicuously to paupers by the wayside, and to place them in collection plates on Sundays.

Rose, who loved animals, adduced her arguments and defended them craftily. And so it was decided that they'd get a dog, a very little dog.

They began looking around for one, but could find only big ones, horrifying lappers-up of soup. The grocer at Rolleville did have one, a quite small one; but he demanded a payment of two francs for it, to defray the expense of raising it. Madame Lefèvre declared that, though she was willing to feed a *quin*, she wouldn't buy one.

Now, one morning the baker, who knew about these events, brought with him in his cart a strange little animal, all yellow, almost legless, with a body like a crocodile's, a head like a fox's, and a turned-up tail, a real helmet plume as big as the rest of the dog's body. A customer of his was trying to get rid of it. Madame Lefèvre found that

beau ce roquet immonde, qui ne coûtait rien. Rose l'embrassa, puis demanda comment on le nommait. Le boulanger répondit: «Pierrot».

Il fut installé dans une vieille caisse à savon et on lui offrit d'abord de l'eau à boire. Il but. On lui présenta ensuite un morceau de pain. Il mangea. Mme Lefèvre, inquiète, eut une idée: «Quand il sera bien accoutumé à la maison, on le laissera libre. Il trouvera à manger en rôdant par le pays.»

On le laissa libre, en effet, ce qui ne l'empêcha point d'être affamé. Il ne jappait d'ailleurs que pour réclamer sa pitance; mais, dans ce cas, il jappait avec acharnement.

Tout le monde pouvait entrer dans le jardin. Pierrot allait caresser chaque nouveau venu, et demeurait absolument muet.

Mme Lefèvre cependant s'était accoutumée à cette bête. Elle en arrivait même à l'aimer, et à lui donner de sa main, de temps en temps, des bouchées de pain trempées dans la sauce de son fricot.

Mais elle n'avait nullement songé à l'impôt, et quand on lui réclama huit francs,—huit francs, Madame!—pour ce freluquet de *quin* qui ne jappait seulement point, elle faillit s'évanouir de saisissement.

Il fut immédiatement décidé qu'on se débarrasserait de Pierrot. Personne n'en voulut, tous les habitants le refusèrent à dix lieues aux environs. Alors on se résolut, faute d'autre moyen, à lui faire «piquer du mas».

«Piquer du mas», c'est «manger de la marne». On fait piquer du mas à tous les chiens dont on veut se débarrasser.

Au milieu d'une vaste plaine, on aperçoit une espèce de hutte, ou plutôt un tout petit toit de chaume, posé sur le sol. C'est l'entrée de la marnière. Un grand puits tout droit s'enfonce jusqu'à vingt mètres sous terre, pour aboutir à une série de longues galeries de mines.

On descend une fois par an dans cette carrière, à l'époque où l'on marne les terres. Tout le reste du temps elle sert de cimetière aux chiens condamnés; et souvent, quand on passe auprès de l'orifice, des hurlements plaintifs, des aboiements furieux ou désespérés, des appels lamentables montent jusqu'à vous.

Les chiens des chasseurs et des bergers s'enfuient avec épouvante des abords de ce trou gémissant; et, quand on se penche au-dessus, il sort de là une abominable odeur de pourriture.

Des drames affreux s'y accomplissent dans l'ombre.

Qnand une bête agonise depuis dix à douze jours dans le fond, nourrie par les restes immondes de ses devanciers, un nouvel animal plus gros, plus vigoureux certainement, est précipité tout à coup. Il

ghastly mongrel, which cost nothing, quite good-looking. Rose kissed it, then asked what its name was. The baker replied: "Pierrot (Petey)."

The dog was lodged in an old soapbox and was first of all offered water to drink. He drank it. Next he was presented with a hunk of bread. He ate it. Madame Lefèvre, nervous, had an idea: "When he's thoroughly used to the house, we'll let him loose. He'll find food as he roams through the countryside."

And in fact they let him range freely, though that didn't prevent him from being starved. Moreover, he'd yelp only to demand his frugal meals, though on such occasions he did yelp persistently.

Anyone could enter the garden. Pierrot would go up to each newcomer and fawn on him, remaining absolutely mute.

Nonetheless Madame Lefèvre had grown used to that animal. She even loved him eventually, and every so often she'd feed him, out of her hand, mouthfuls of bread dipped in the sauce from her stew.

But she hadn't thought at all about the license fee, and when she was asked for eight francs ("eight francs, madame!") for that runt of a *quin* that didn't even yelp, she almost swooned away from the shock.

It was immediately decided that they'd get rid of Pierrot. Nobody wanted him, every inhabitant for ten leagues around turned him down. Then, for want of any other solution, they decided to make him *piquer du mas.*

*Piquer du mas* in the Norman equivalent of *manger de la marne,* to eat marl. Every dog that someone wants off his hands is made to *piquer du mas.*

In the center of a vast plain one can see a sort of cabin, or rather a very small thatched roof, at ground level. That's the entrance to the marl pit. A large shaft descends straight down twenty meters underground, ending in a series of long mine galleries.

Someone goes down into that quarry once a year, at the season when they marl the fields. All the rest of the time it's used as a cemetery for doomed dogs; and often, when people pass near the opening, plaintive howls, furious or despairing barks, and lamentable calls rise and assail their ears.

Dogs belonging to hunters and shepherds flee in terror from the rim of that pit of moans; and when you lean over it an abominable stench of decay comes out of it.

Horrible dramas are enacted in the shadows there.

When an animal has been dying at the bottom for ten or twelve days, feeding on the filthy remains of its predecessors, a new dog, bigger, certainly more vigorous, is suddenly hurled in. There they are,

sont là, seuls, affamés, les yeux luisants. Ils se guettent, se suivent, hésitent, anxieux. Mais la faim les presse; ils s'attaquent, luttent longtemps, acharnés; et le plus fort mange le plus faible, le dévore vivant.

Quand il fut décidé qu'on ferait «piquer du mas» à Pierrot, on s'enquit d'un exécuteur. Le cantonnier qui binait la route demanda dix sous pour la course. Cela parut follement exagéré à Mme Lefèvre. Le goujat du voisin se contentait de cinq sous; c'était trop encore; et, Rose ayant fait observer qu'il valait mieux qu'elles le portassent elles-mêmes, parce qu'ainsi il ne serait pas brutalisé en route et averti de son sort, il fut résolu qu'elles iraient toutes les deux à la nuit tombante.

On lui offrit, ce soir-là, une bonne soupe avec un doigt de beurre. Il l'avala jusqu'à la dernière goutte et, comme il remuait la queue de contentement, Rose le prit dans son tablier.

Elles allaient à grands pas, comme des maraudeurs, à travers la plaine. Bientôt elles aperçurent la marnière et l'atteignirent; Mme Lefèvre se pencha pour écouter si aucune bête ne gémissait.—Non—il n'y en avait pas; Pierrot serait seul. Alors Rose, qui pleurait, l'embrassa, puis le lança dans le trou; et elles se penchèrent toutes deux, l'oreille tendue.

Elles entendirent d'abord un bruit sourd; puis la plainte aiguë, déchirante, d'une bête blessée, puis une succession de petits cris de douleurs, puis des appels désespérés, des supplications de chien qui implorait, la tête levée vers l'ouverture.

Il jappait, oh! il jappait!

Elles furent saisies de remords, d'épouvante, d'une peur folle et inexplicable; et elles se sauvèrent en courant. Et, comme Rose allait plus vite, Mme Lefèvre criait: «Attendez-moi, Rose, attendez-moi!»

Leur nuit fut hantée de cauchemars épouvantables.

Mme Lefèvre rêva qu'elle s'asseyait à table pour manger la soupe, mais, quand elle découvrait la soupière, Pierrot était dedans. Il s'élançait et la mordait au nez.

Elle se réveilla et crut l'entendre japper encore. Elle écouta; elle s'était trompée.

Elle s'endormit de nouveau et se trouva sur une grande route, une route interminable, qu'elle suivait. Tout à coup, au milieu du chemin, elle aperçut un panier, un grand panier de fermier, abandonné; et ce panier lui faisait peur.

Elle finissait cependant par l'ouvrir, et Pierrot, blotti dedans, lui saisissait la main, ne la lâchait plus; et elle se sauvait éperdue, portant ainsi au bout du bras le chien suspendu, la gueule serrée.

just the two of them, starving, their eyes gleaming. They study each other, they follow each other, they hesitate in anxiety. But hunger prods them; they attack each other, struggle persistently for a long time; and the stronger one eats the weaker one, devouring him alive.

When it was decided that Pierrot would be made to *piquer du mas*, they asked around for someone to take him. The roadmender who was working on the highway wanted six sous for the chore. This seemed wildly exorbitant to Madame Lefèvre. Her neighbor's apprentice was satisfied with five sous; that was still too much, and Rose having remarked that it would be better if they took him themselves, because that way he wouldn't be manhandled en route and warned of his fate, they decided to go, the two of them, at nightfall.

That afternoon they gave him a good soup with a dab of butter in it. He swallowed it to the last drop and, while he was wagging his tail with pleasure, Rose gathered him up in her apron.

They walked in long strides, like pilferers, across the plain. Soon they sighted the marl pit and reached it; Madame Lefèvre leaned over to hear whether any animal was moaning. No, there weren't any; Pierrot would be alone. Then Rose, who was weeping, kissed him; next, she flung him into the hole, and they both leaned over, their ears alert.

First they heard a muffled thud, then the high-pitched, piercing lament of a wounded animal, then a series of short cries of pain, then despairing calls, supplications of a beseeching dog, its head raised towards the opening.

Now he was yelping; my, was he yelping!

They were smitten with remorse, fear, a mad, inexplicable terror; and they ran away quickly. And since Rose was running faster, Madame Lefèvre was shouting, "Wait for me, Rose, wait for me!"

Their night was haunted by terrifying nightmares.

Madame Lefèvre dreamed that she was seated at her table to eat her soup, but, when she uncovered the tureen, Pierrot was inside. He jumped up and bit her on the nose.

She woke up and thought she could still hear him yelping. She listened; she had been mistaken.

She fell back asleep and found herself on a major highway, an endless road, which she followed. All at once, in the middle of the road, she caught sight of a basket, a big farm basket that had been abandoned there; and that basket frightened her.

All the same, she finally opened it and Pierrot, who had been cowering inside, seized her hand and wouldn't let go; she ran away in desperation, with the dog hanging from the end of her arm that way, his jaws clamped.

Au petit jour, elle se leva, presque folle, et courut à la marnière.

Il jappait; il jappait encore, il avait jappé toute la nuit. Elle se mit à sangloter et l'appela avec mille petits noms caressants. Il répondit avec toutes les inflexions tendres de sa voix de chien.

Alors elle voulut le revoir, se promettant de le rendre heureux jusqu'à sa mort.

Elle courut chez le puisatier chargé de l'extraction de la marne, et elle lui raconta son cas. L'homme écoutait sans rien dire. Quand elle eut fini, il prononça: «Vous voulez votre quin? Ce sera quatre francs.»

Elle eut un sursaut; toute sa douleur s'envola du coup.

«Quatre francs! vous vous en feriez mourir! quatre francs!»

Il répondit: «Vous croyez que j' vas apporter mes cordes, mes manivelles, et monter tout ça, et m'en aller là-bas avec mon garçon et m' faire mordre encore par votre maudit quin, pour l' plaisir de vous le r'donner? fallait pas l' jeter.»

Elle s'en alla, indignée.—Quatre francs!

Aussitôt rentrée, elle appela Rose et lui dit les prétentions du puisatier. Rose, toujours résignée, répétait: «Quatre francs! c'est de l'argent, Madame.»

Puis, elle ajouta: «Si on lui jetait à manger, à ce pauvre quin, pour qu'il ne meure pas comme ça?»

Mme Lefèvre approuva, toute joyeuse; et les voilà reparties, avec un gros morceau de pain beurré.

Elles le coupèrent par bouchées qu'elles lançaient l'une après l'autre, parlant tour à tour à Pierrot. Et sitôt que le chien avait achevé un morceau, il jappait pour réclamer le suivant.

Elles revinrent le soir, plus le lendemain, tous les jours. Mais elles ne faisaient plus qu'un voyage.

Or, un matin, au moment de laisser tomber la première bouchée, elles entendirent tout à coup un aboiement formidable dans le puits. Ils étaient deux! On avait précipité un autre chien, un gros!

Rose cria: «Pierrot!» Et Pierrot jappa, jappa. Alors on se mit à jeter la nourriture; mais, chaque fois elles distinguaient parfaitement une bousculade terrible, puis les cris plaintifs de Pierrot mordu par son compagnon, qui mangeait tout, étant le plus fort.

Elles avaient beau spécifier: «C'est pour toi, Pierrot!» Pierrot, évidemment, n'avait rien.

Les deux femmes interdites, se regardaient; et Mme Lefèvre prononça d'un ton aigre: «Je ne peux pourtant pas nourrir tous les chiens qu'on jettera là-dedans. Il faut y renoncer.»

At daybreak she got up, almost crazy, and ran to the marl pit.

He was yelping; he was still yelping, he had yelped all night long. She began to sob and she called to him by a thousand fond little names. He replied by every loving inflection of his canine voice.

Then she determined to see him again, promising herself to make him happy as long as he lived.

She ran to the shaft sinker responsible for extracting the marl, and she described her situation to him. The man listened but said not a word. When she was finished, he spoke: "You want your *quin?* That'll be four francs."

She gave a start; all her sorrow left her at once.

"Four francs! You'd die waiting for that! Four francs!"

He replied: "You think I'm gonna bring my ropes and cranks and set them all up, then go down there with my boy and get myself bitten by your damned dog to boot, just for the pleasure of giving him back to you? You shouldn't have thrown him in."

She departed indignantly. "Four francs!"

As soon as she arrived home, she summoned Rose and told her what the shaft sinker had the nerve to ask for. Rose, still resigned, repeated: "Four francs! That's real money, ma'am."

Then she added: "What if we threw down food for that poor *quin* so he doesn't starve to death?"

Madame Lefèvre very joyfully approved; and there they were, off again, with a big hunk of buttered bread.

They cut it into mouthfuls which they threw one after another, taking turns to speak to Pierrot. And as soon as the dog had finished one piece, he yelped to request the next.

They came back in the evening, then the following day, then every day. But by now they were merely making a dutiful trip.

Now, one morning, when just about to drop the first mouthful, they suddenly heard a very loud bark in the pit. There were two! Someone had flung another dog in, a big one!

Rose shouted: "Pierrot!" And Pierrot yelped and yelped. Then they began to throw in the food; but, each time, they distinctly heard a terrible scuffle, then the cries of Pierrot, bitten by his companion, who was eating it all, being the stronger.

It did them no good to specify: "It's for you, Pierrot!" Obviously Pierrot wasn't getting anything.

The two women looked at each other, dumbfounded; and Madame Lefèvre said sourly: "I can't very well feed every dog that's thrown down there. We have to give up."

Et, suffoquée à l'idée de tous ces chiens vivant à ses dépens, elle s'en alla, emportant même ce qui restait du pain qu'elle se mit à manger en marchant.

Rose la suivit en s'essuyant les yeux du coin de son tablier bleu.

# La peur

*A J.-K. Huysmans.*

On remonta sur le pont après dîner. Devant nous, la Méditerranée n'avait pas un frisson sur toute sa surface qu'une grande lune calme moirait. Le vaste bateau glissait, jetant sur le ciel, qui semblait ensemencé d'étoiles, un gros serpent de fumée noire: et, derrière nous, l'eau toute blanche, agitée par le passage rapide du lourd bâtiment, battue par l'hélice, moussait, semblait se tordre, remuait tant de clartés qu'on eût dit de la lumière de lune bouillonnant.

Nous étions là, six ou huit, silencieux, admirant, l'œil tourné vers l'Afrique lointaine où nous allions. Le commandant, qui fumait un cigare au milieu de nous, reprit soudain la conversation du dîner.

—Oui, j'ai eu peur ce jour-là. Mon navire est resté six heures avec ce rocher dans le ventre, battu par la mer. Heureusement que nous avons été recueillis, vers le soir, par un charbonnier anglais qui nous aperçut.

Alors un grand homme à figure brûlée, à l'aspect grave, un de ces hommes qu'on sent avoir traversé de longs pays inconnus, au milieu de dangers incessants, et dont l'œil tranquille semble garder, dans sa profondeur, quelque chose des paysages étranges qu'il a vus: un de ces hommes qu'on devine trempés dans le courage, parla pour la première fois:

—Vous dites, commandant, que vous avez eu peur; je n'en crois rien. Vous vous trompez sur le mot et sur la sensation que vous avez éprouvée. Un homme énergique n'a jamais peur en face du danger pressant. Il est ému, agité, anxieux; mais la peur c'est autre chose.

Le commandant reprit en riant:

—Fichtre! je vous réponds bien que j'ai eu peur, moi.

Alors l'homme au teint bronzé prononça d'une voix lente:

—Permettez-moi de m'expliquer! La peur (et les hommes les plus hardis peuvent avoir peur), c'est quelque chose d'effroyable, une sensation atroce, comme une décomposition de l'âme, un spasme affreux de la pensée et du cœur, dont le souvenir seul donne des frissons d'an-

And overcome by the idea of all those dogs living at her expense, she left, even taking away what was left of the bread, which she began to eat as she went.

Rose followed her, wiping her eyes with the corner of her blue apron.


# Fear

*To J.-K. Huysmans.*

After dinner we went back on deck. In front of us the Mediterranean had not a ripple on its whole surface, which a big calm moon was mottling. The huge ship was gliding and flinging into the sky, which seemed to be sown with stars, a fat serpent of black smoke: and, behind us, the very white water, stirred by the rapid passing of the heavy vessel and churned up by the screw, was frothing, appeared to be writhing, and shook up so many bright spots that you'd have thought of it as seething moonlight.

There we were, six or eight of us, in silent admiration, our eyes turned toward distant Africa, for which we were bound. The captain, smoking a cigar in our midst, suddenly resumed our dinner conversation.

"Yes, I was afraid that day. My ship remained six hours with that rock in her belly, assailed by the ocean. Fortunately we were picked up toward evening by an English coaler that caught sight of us."

Then a tall man with a suntanned face and a grave demeanor, one of those men who you sense have traversed lengthy unknown lands amid incessant dangers, and whose calm eyes seem to preserve in their depths something of the strange landscapes they have seen— one of those men whom you gather to be of steely courage—spoke for the first time:

"You say, captain, that you were afraid; I simply don't believe it. You're mistaken as to the word and as to the sensation you experienced. An energetic man is never afraid when facing urgent danger. He's excited, agitated, anxious; but fear is something different."

The captain continued with a laugh:

"Nonsense! I assure you that I, for one, was afraid."

Then the man with the bronzed complexion uttered in slow tones:

"Allow me to make myself clear! Fear (and the boldest men may know fear) is something horrible, an atrocious sensation, like a dissolving of the soul, an awful spasm of the mind and heart, the mere

goisse. Mais cela n'a lieu, quand on est brave, ni devant une attaque, ni devant la mort inévitable, ni devant toutes les formes connues du péril: cela a lieu dans certaines circonstances anormales, sous certaines influences mystérieuses en face de risques vagues. La vraie peur, c'est quelque chose comme une réminiscence des terreurs fantastiques d'autrefois. Un homme qui croit aux revenants, et qui s'imagine apercevoir un spectre dans la nuit, doit éprouver la peur en toute son épouvantable horreur.

Moi, j'ai deviné la peur en plein jour, il y a dix ans environ. Je l'ai ressentie, l'hiver dernier, par une nuit de décembre.

Et pourtant, j'ai traversé bien des hasards, bien des aventures qui semblaient mortelles. Je me suis battu souvent. J'ai été laissé pour mort par des voleurs. J'ai été condamné, comme insurgé, à être pendu, en Amérique, et jeté à la mer du pont d'un bâtiment sur les côtes de Chine. Chaque fois je me suis cru perdu, j'en ai pris immédiatement mon parti, sans attendrissement et même sans regrets.

Mais la peur ce n'est pas cela.

Je l'ai pressentie en Afrique. Et pourtant elle est fille du Nord; le soleil la dissipe comme un brouillard. Remarquez bien ceci, Messieurs. Chez les Orientaux la vie ne compte pour rien; on est résigné tout de suite: les nuits sont claires et vides des inquiétudes sombres qui hantent les cerveaux dans les pays froids. En Orient, on peut connaître la panique, on ignore la peur.

Eh bien! voici ce qui m'est arrivé sur cette terre d'Afrique:

Je traversais les grandes dunes au sud de Ouargla. C'est là un des plus étranges pays du monde. Vous connaissez le sable uni, le sable droit des interminables plages de l'Océan. Eh bien! figurez-vous l'Océan lui-même devenu sable au milieu d'un ouragan; imaginez une tempête silencieuse de vagues immobiles en poussière jaune. Elles sont hautes comme des montagnes, ces vagues inégales, différentes, soulevées tout à fait comme des flots déchaînés, mais plus grandes encore, et striées comme de la moire. Sur cette mer furieuse, muette et sans mouvement, le dévorant soleil du Sud verse sa flamme implacable et directe. Il faut gravir ces lames de cendre d'or, redescendre, gravir encore, gravir sans cesse, sans repos et sans ombre. Les chevaux râlent, enfoncent jusqu'aux genoux, et glissent en dévalant l'autre versant des surprenantes collines.

Nous étions deux amis suivis de huit spahis et de quatre chameaux avec leurs chameliers. Nous ne parlions plus, accablés de chaleur, de fatigue, et desséchés de soif comme ce désert ardent. Soudain un de nos hommes poussa une sorte de cri; tous s'arrêtèrent; et nous de-

recollection of which gives one shudders of anguish. But, if a man is brave, that occurs neither in the face of an enemy attack, nor of unavoidable death, nor of any familiar form of peril: it occurs under certain abnormal circumstances, under certain mysterious influences when confronting vague risks. True fear is something like a reminiscence of the imaginary terrors of bygone days. A man who believes in ghosts and imagines he sees a specter in the night must experience fear in all its frightful horror.

"As for me, I guessed what fear was in broad daylight, some ten years ago. I felt it again last winter, one December night.

"And yet I've incurred many hazards, many adventures that seemed fatal. I've been in combat often. I've been left for dead by robbers. I've been condemned to hanging as a rebel in Latin America and thrown into the sea from the deck of a ship on the China coast. Each time I thought I was lost, but I resigned myself to it at once, with no soft feelings and even with no regrets.

"But fear is another thing.

"I had a foretaste of it in Africa. And yet it's a child of the North; sunshine scatters it like a fog. Note this well, gentlemen. Among Orientals, life has no value; one becomes resigned immediately: the nights are clear and devoid of the somber nervousness that haunts the brain in cold countries. In the East, you may experience panic, but you don't know fear.

"Well, then! This is what happened to me on that African soil:

"I was crossing the big dunes south of Ouargla. It's one of the oddest regions in the world. You're familiar with the level, straight sand of the interminable ocean beaches. So then, picture the ocean itself turned into sand in the middle of a hurricane; imagine a silent tempest of motionless waves of yellow dust. They're as high as mountains, those waves: unequal, different, upraised exactly like unleashed billows, but bigger still, and streaked like watered silk. Onto that furious sea, mute and immobile, the devouring sun of the South pours down its implacable, direct flame. You've got to climb those waves of golden ashes, come down again, climb again, climb without stopping, with no rest and no shade. Your horses are at their last gasp, they sink in up to their knees and slide as they descend the far slope of those unusual hills.

"There were two of us, two friends, followed by eight spahis and four camels with their drivers. We weren't speaking any more; we were overwhelmed by heat and fatigue, and as parched with thirst as that burning desert. Suddenly one of our men uttered a sort of cry; every-

meurâmes immobiles, surpris par un inexplicable phénomène, connu des voyageurs en ces contrées perdues.

Quelque part, près de nous, dans une direction indéterminée, un tambour battait, le mystérieux tambour des dunes; il battait distinctement, tantôt plus vibrant, tantôt affaibli, arrêtant, puis reprenant son roulement fantastique.

Les Arabes, épouvantés, se regardaient; et l'un dit, en sa langue: «La mort est sur nous.» Et voilà que tout à coup mon compagnon, mon ami, presque mon frère, tomba de cheval, la tête en avant, foudroyé par une insolation.

Et pendant deux heures, pendant que j'essayais en vain de le sauver, toujours ce tambour insaisissable m'emplissait l'oreille de son bruit monotone, intermittent et incompréhensible; et je sentais se glisser dans mes os la peur, la vraie peur, la hideuse peur, en face de ce cadavre aimé, dans ce trou incendié par le soleil entre quatre monts de sable, tandis que l'écho inconnu nous jetait, à deux cents lieues de tout village français, le battement rapide du tambour.

Ce jour-là, je compris ce que c'était que d'avoir peur; je l'ai su mieux encore une autre fois . . .

Le commandant interrompit le conteur:

—Pardon, Monsieur, mais ce tambour? Qu'était-ce?

Le voyageur répondit:

—Je n'en sais rien. Personne ne sait. Les officiers, surpris souvent par ce bruit singulier, l'attribuent généralement à l'écho grossi, multiplié, démesurément enflé par les vallonnements des dunes, d'une grêle de grains de sable emportés dans le vent et heurtant une touffe d'herbes sèches; car on a toujours remarqué que le phénomène se produit dans le voisinage de petites plantes brûlées par le soleil, et dures comme du parchemin.

Ce tambour ne serait donc qu'une sorte de mirage du son. Voilà tout. Mais je n'appris cela que plus tard.

J'arrive à ma seconde émotion.

C'était l'hiver dernier, dans une forêt du nord-est de la France. La nuit vint deux heures plus tôt, tant le ciel était sombre. J'avais pour guide un paysan qui marchait à mon côté, par un tout petit chemin sous une voûte de sapins dont le vent déchaîné tirait des hurlements. Entre les cimes, je voyais courir des nuages en déroute, des nuages éperdus qui semblaient fuir devant une épouvante. Parfois sous une immense rafale, toute la forêt s'inclinait dans le même sens avec un gémissement de souffrance; et le froid m'envahissait, malgré mon pas rapide et mon lourd vêtement.

body halted, and we remained motionless, surprised by an inexplicable phenomenon familiar to travelers in those godforsaken climes.

"Somewhere near us, from which direction we couldn't tell, a drum was beating, the mysterious drum of the dunes; it was beating distinctly, now more vibrantly, now more softly, stopping and then resuming its fantastic rolling.

"The Arabs, frightened, were looking at one another; and one of them said, in his language: 'Death is upon us.' And indeed, all at once my companion, my friend, all but my brother, fell from his horse, head first, smitten by sunstroke.

"And for two hours, while I strove in vain to save him, that elusive drum filled my ears with its monotonous, intermittent, and incomprehensible sound; and I felt sinking into my bones fear, true fear, hideous fear, in the face of that beloved corpse, in that sun-inflamed hole between four mounds of sand, while the unfamiliar echo, two hundred leagues from any French village, brought us the rapid beating of the drum.

"That day I understood what it means to be afraid; I learned it even better another time . . ."

The captain interrupted the speaker:

"Excuse me, sir, but that drum? What was it?"

The traveler replied:

"I have no idea. Nobody knows. Army officers, frequently surprised by that odd sound, generally ascribe it to the echo—magnified, multiplied, and swollen out of all proportion by the undulations of the dunes—of a hail of sand grains whirled away by the wind and striking a tuft of dry grass; because it has always been observed that the phenomenon occurs in the vicinity of small sun-parched plants, hard as parchment.

"So that that drum is nothing but a sort of auditory mirage. That's all. But I learned that only later.

"Now I come to my second emotion.

"It was last winter, in a forest in northeastern France. Night fell two hours ahead of time, the sky was so dark. I had as a guide a peasant who was walking beside me down a very narrow path beneath a canopy of firs from which the violent wind was eliciting howls. Between their tops I saw clouds fleeing by in a rout, desperate clouds that seemed to be escaping from some horror. At times an enormous gust would make the whole forest bend in the same direction with a groan of suffering; and the chill was pervading me, despite my rapid gait and heavy clothing.

Nous devions souper et coucher chez un garde forestier dont la maison n'était plus éloignée de nous. J'allais là pour chasser.

Mon guide, parfois, levait les yeux et murmurait: «Triste temps!» Puis il me parla des gens chez qui nous arrivions. Le père avait tué un braconnier deux ans auparavant, et, depuis ce temps, il semblait sombre, comme hanté d'un souvenir. Ses deux fils, mariés, vivaient avec lui.

Les ténèbres étaient profondes. Je ne voyais rien devant moi, ni autour de moi, et toute la branchure des arbres entre-choqués emplissait la nuit d'une rumeur incessante. Enfin, j'aperçus une lumière, et bientôt mon compagnon heurtait une porte. Des cris aigus de femmes nous repondirent. Puis, une voix d'homme, une voix étranglée demanda: «Qui va là?» Mon guide se nomma. Nous entrâmes. Ce fut un inoubliable tableau.

Un vieux homme à cheveux blancs, à l'œil fou, le fusil chargé dans la main, nous attendait debout au milieu de la cuisine, tandis que deux grands gaillards, armés de haches, gardaient la porte. Je distinguai dans les coins sombres deux femmes à genoux, le visage caché contre le mur.

On s'expliqua. Le vieux remit son arme contre le mur et ordonna de préparer ma chambre; puis, comme les femmes ne bougeaient point, il me dit brusquement:

—Voyez-vous, Monsieur, j'ai tué un homme il y a deux ans, cette nuit. L'autre année, il est revenu m'appeler. Je l'attends encore ce soir.

Puis il ajouta d'un ton qui me fit sourire:

—Aussi, nous ne sommes pas tranquilles.

Je le rassurai comme je pus, heureux d'être venu justement ce soir-là, et d'assister au spectacle de cette terreur superstitieuse. Je racontai des histoires, et je parvins à calmer à peu près tout le monde.

Près du foyer, un vieux chien, presque aveugle et moustachu, un de ces chiens qui ressemblent à des gens qu'on connaît, dormait le nez dans ses pattes.

Au dehors, la tempête acharnée battait la petite maison, et, par un étroit carreau, une sorte de judas placé près de la porte, je voyais soudain tout un fouillis d'arbres bousculés par le vent à la lueur de grands éclairs.

Malgré mes efforts, je sentais bien qu'une terreur profonde tenait ces gens, et chaque fois que je cessais de parler, toutes les oreilles écoutaient au loin. Las d'assister à ces craintes imbéciles, j'allais demander à me coucher, quand le vieux garde tout à coup fit un bond de sa chaise, saisit de nouveau son fusil, en bégayant d'une voix égarée: «Le voilà! le voilà! Je l'entends!» Les deux femmes re-

"We were to sup and sleep in the cabin of a forest ranger which was now not far from where we were. I was going there for the shooting.

"At times my guide raised his eyes and muttered: 'Miserable weather!' Then he spoke to me about the people whose home we were approaching. The father had killed a poacher two years previously, and ever since then he had looked somber, as if haunted by a memory. His two sons, married, lived with him.

"The darkness was deep. I couldn't see anything in front of me, and all the tree branches clashing together filled the night with unceasing noise. Finally I detected a light, and soon my companion was knocking at a door. High-pitched women's shouts answered us. Then a man's voice, a choked voice, asked: 'Who's there?' My guide gave his name. We went in. The spectacle was unforgettable.

"An old man with white hair and maddened eyes, his loaded rifle in his hand, was awaiting us on his feet in the middle of the kitchen, while two big strapping men armed with axes were guarding the door. In the dark corners I could make out two kneeling women, their faces hidden against the wall.

"We introduced ourselves. The old man put his gun back against the wall and gave orders for my room to be made ready; then, since the women didn't stir, he said to me abruptly:

"'You see, sir, I killed a man two years ago tonight. Last year he came back to summon me. I expect him tonight as well.'

"Then he added in a tone that made me smile:

"'That's why we aren't calm.'

"I reassured him as best I could, happy that I had come on just that night and could witness the spectacle of that superstitious terror. I told stories and managed to calm down almost everyone.

"Near the hearth an old dog, nearly blind, with big whiskers, one of those dogs that resemble people you know, was sleeping with his nose between his paws.

"Outside, the persistent storm was lashing the little cabin, and through a narrow pane, a sort of spyhole located near the door, I suddenly saw a whole tangle of trees shaken by the wind in the gleam of great lightning flashes.

"Despite my efforts I was well aware that a deep-seated terror was gripping those people, and every time I stopped speaking all ears were listening for something far away. Tired of witnessing idiotic fears, I was about to ask leave to go to bed when the old ranger suddenly leaped out of his chair, seized his gun again, and stammered in distracted tones: 'There he is! There he is! I hear him!' The two women fell to

tombèrent a genoux dans leurs coins en se cachant le visage; et les fils reprirent leurs haches. J'allais tenter encore de les apaiser, quand le chien endormi s'éveilla brusquement et, levant sa tête, tendant le cou, regardant vers le feu, de son œil presque éteint, il poussa un de ces lugubres hurlements qui font tressaillir les voyageurs, le soir, dans la campagne. Tous les yeux se portèrent sur lui, il restait maintenant immobile, dressé sur ses pattes comme hanté d'une vision, et il se mit à hurler vers quelque chose d'invisible, d'inconnu, d'affreux sans doute, car tout son poil se hérissait. Le garde, livide, cria; «Il le sent! il le sent! il était là quand je l'ai tué.» Et les deux femmes égarées se mirent, toutes les deux, à hurler avec le chien.

Malgré moi, un grand frisson me courut entre les épaules. Cette vision de l'animal dans ce lieu, à cette heure, au milieu de ces gens éperdus, était effrayante à voir.

Alors, pendant une heure, le chien hurla sans bouger; il hurla comme dans l'angoisse d'un rêve; et la peur, l'épouvantable peur entrait en moi; la peur de quoi? Le sais-je? C'était la peur, voilà tout.

Nous restions immobiles, livides, dans l'attente d'un événement affreux, l'oreille tendue, le cœur battant, bouleversés au moindre bruit. Et le chien se mit à tourner autour de la pièce, en sentant les murs et gémissant toujours. Cette bête nous rendait fous! Alors, le paysan qui m'avait amené se jeta sur elle, dans une sorte de paroxysme de terreur furieuse, et, ouvrant une porte donnant sur une petite cour, jeta l'animal dehors.

Il se tut aussitôt; et nous restâmes plongés dans un silence plus terrifiant encore. Et soudain tous ensemble, nous eûmes une sorte de sursaut: un être glissait contre le mur du dehors vers la forêt; puis il passa contre la porte, qu'il sembla tâter, d'une main hésitante; puis on n'entendit plus rien pendant deux minutes qui firent de nous des insensés; puis il revint, frôlant toujours la muraille; et il gratta légèrement, comme ferait un enfant avec son ongle; puis soudain une tête apparut contre la vitre du judas, une tête blanche avec des yeux lumineux comme ceux des fauves. Et un son sortit de sa bouche, un son indistinct, un murmure plaintif.

Alors un bruit formidable éclata dans la cuisine. Le vieux garde avait tiré et aussitôt les fils se précipitèrent, bouchèrent le judas en dressant la grande table qu'ils assujettirent avec le buffet.

Et je vous jure qu'au fracas du coup de fusil que je n'attendais point, j'eus une telle angoisse du cœur, de l'âme et du corps, que je me sentis défaillir, prêt à mourir de peur.

their knees again in their corners, hiding their faces; and the sons took up their axes again. I was going to try anew to calm them when the sleeping dog woke abruptly and, raising his head, stretching his neck, and looking at the fire with his nearly sightless eyes, uttered one of those lugubrious howls that make nocturnal passersby in the country jump with fright. All eyes were trained on him; now he remained motionless, erect on his legs as if haunted by a vision, and he began to howl at something invisible, unknown, and no doubt terrifying, because all his fur was on end. The ranger, livid, shouted: 'He senses him! He senses him! He was there when I killed him!' And the two distracted women began, both of them, to howl along with the dog.

"In spite of myself, a heavy shudder ran between my shoulders. That vision perceived by the animal in that place at that hour, amid those despairing people, was frightening to behold.

"Then for an hour the dog howled without moving; he howled as if in the anguish of a dream; and fear, terrifying fear, entered into me; fear of what? Do I know? It was fear, and that's that.

"We remained motionless, livid, in the expectation of a fearful event, our ears alert, our hearts pounding, overcome by the slightest sound. And the dog began to walk around the room, sniffing the walls and constantly moaning. That animal was driving us crazy! Then the peasant who had brought me jumped on it in a sort of paroxysm of furious terror and, opening a door that led to a little yard, threw the animal out.

"It fell silent at once; and we were left plunged into a silence more terrifying still. And suddenly all of us together gave a kind of start: some being was brushing against the outer wall toward the forest; then it moved to the door, which it seemed to touch with a hesitant hand; then we heard nothing more for two minutes that maddened us; then it returned, still grazing the wall, and it scratched softly, as a child would do with its fingernail; then suddenly a head appeared against the pane of the spyhole, a white head with luminous eyes like those of wild beasts. And a sound issued from its mouth, an indistinct sound, a plaintive murmur.

"Then a terrific blast was heard in the kitchen. The old ranger had fired his gun, and immediately his sons dashed forward and blocked up the spyhole, standing up the long table against it and buttressing that with the sideboard.

"And I swear to you that, at the loud detonation of the gun, which I hadn't expected, I felt such great anguish in my heart, soul, and body that I felt myself fainting, ready to die of fear.

Nous restâmes là jusqu'à l'aurore, incapables de bouger, de dire un mot, crispés dans un affolement indicible.

On n'osa débarricader la sortie qu'en apercevant, par la fente d'un auvent, un mince rayon de jour.

Au pied du mur, contre la porte, le vieux chien gisait, la gueule brisée d'une balle.

Il était sorti de la cour en creusant un trou sous une palissade.

L'homme au visage brun se tut; puis il ajouta:

—Cette nuit-là, pourtant, je ne courus aucun danger; mais j'aimerais mieux recommencer toutes les heures où l'ai affronté les plus terribles périls, que la seule minute du coup de fusil sur la tête barbue du judas.

## A cheval

Les pauvres gens vivaient péniblement des petits appointements du mari. Deux enfants étaient nés depuis leur mariage, et la gêne première était devenue une de ces misères humbles, voilées, honteuses, une misère de famille noble qui veut tenir son rang quand même.

Hector de Gribelin avait été élevé en province, dans le manoir paternel, par un vieil abbé précepteur. On n'était pas riche, mais on vivotait en gardant les apparences.

Puis, à vingt ans, on lui avait cherché une position, et il était entré, commis à quinze cents francs, au ministère de la Marine. Il avait échoué sur cet écueil comme tous ceux qui ne sont point préparés de bonne heure au rude combat de la vie, tous ceux qui voient l'existence à travers un nuage, qui ignorent les moyens et les résistances, en qui on n'a pas développé dès l'enfance des aptitudes spéciales, des facultés particulières, une âpre énergie à la lutte, tous ceux à qui on n'a pas remis une arme ou un outil dans la main.

Ses trois premières années de bureau furent horribles.

Il avait retrouvé quelques amis de sa famille, vieilles gens attardés et peu fortunés aussi, qui vivaient dans les rues nobles, les tristes rues du faubourg Saint-Germain; et il s'était fait un cercle de connaissances.

Étrangers à la vie moderne, humbles et fiers, ces aristocrates nécessiteux habitaient les étages élevés de maisons endormies. Du haut en bas de ces demeures, les locataires étaient titrés; mais l'argent semblait rare au premier comme au sixième.

Les éternels préjugés, la préoccupation du rang, le souci de ne pas

"We stayed there until dawn, unable to budge or say a word, in the tension of an indescribable panic.

"No one dared to unbarricade the exit before discerning a thin strip of daylight through the crack in a shutter.

"At the foot of the wall, up against the door, lay the old dog, his jaw shattered by a bullet.

"He had got out of the yard by digging a hole under a picket fence."

The men with the tanned face fell silent; then he added:

"And yet that night I was in no danger; but I'd rather relive all the hours when I faced the most terrible perils than the single moment when the gun was fired at the bearded head in the spyhole."

# On Horseback

The impoverished couple lived with difficulty on the husband's small salary. Two children had been born since their marriage, and the early straitened circumstances had become one of those cases of poverty that are humble, concealed, and shameful, the poverty of an aristocratic family that wishes to retain its rank no matter what.

Hector de Gribelin had been raised in the provinces, in his father's manor house, by an old abbé, his tutor. They weren't rich but they got along and kept up appearances.

Then, at twenty, a position had been found for him and he had entered the Navy Department as a clerk with an annual salary of fifteen hundred francs. He had run aground on that reef like all those who haven't been prepared early on for life's rough combat, like all those who see life through a mist, unaware of the necessary measures and staying power, those in whom no special aptitudes, particular faculties, or fierce energies for the struggle have been inculcated since childhood, all those in whose hand no weapon or implement has been placed.

His first three years in the office were horrible.

He had come across some friends of his family, old fogies who were also not well off, who lived on aristocratic streets, the sad streets of the Faubourg Saint-Germain; and he had acquired a circle of acquaintances.

Strangers to modern life, humble and proud, those needy noblemen lived on upper stories of sleepy houses. From top to bottom of those dwellings, the tenants bore titles; but money seemed as scarce on the first floor as on the sixth.

The eternal prejudices, the preoccupation with rank, the concern

déchoir, hantaient ces familles autrefois brillantes, et ruinées par
l'inaction des hommes. Hector de Gribelin rencontra dans ce monde
une jeune fille noble et pauvre comme lui, et l'épousa.

Ils eurent deux enfants en quatre ans.

Pendant quatre années encore, ce ménage, harcelé par la misère,
ne connut d'autres distractions que la promenade aux Champs-
Élysées, le dimanche, et quelques soirées au théâtre, une ou deux par
hiver, grâce à des billets de faveur offerts par un collègue.

Mais voilà que, vers le printemps, un travail supplémentaire fut
confié à l'employé par son chef, et il reçut une gratification extraordinaire de trois cents francs.

En rapportant cet argent, il dit à sa femme:

«Ma chère Henriette, il faut nous offrir quelque chose, par exemple une partie de plaisir pour les enfants.»

Et après une longue discussion, il fut décidé qu'on irait déjeuner à
la campagne . . .

«Ma foi, s'écria Hector, une fois n'est pas coutume; nous louerons
un break pour toi, les petits et la bonne, et moi je prendrai un cheval
au manège. Cela me fera du bien.»

Et pendant toute la semaine on ne parla que de l'excursion pro-
jetée.

Chaque soir, en rentrant du bureau, Hector saisissait son fils aîné,
le plaçait à califourchon sur sa jambe, et, en le faisant sauter de toute
sa force, il lui disait:

«Voilà comment il galopera, papa, dimanche prochain, à la promenade.»

Et le gamin, tout le jour, enfourchait les chaises et les traînait autour de la salle en criant:

«C'est papa à dada.»

Et la bonne elle-même regardait monsieur d'un œil émerveillé, en
songeant qu'il accompagnerait la voiture à cheval; et pendant tous les
repas elle l'écoutait parler d'équitation, raconter ses exploits de jadis,
chez son père. Oh! il avait été à bonne école, et, une fois la bête entre
ses jambes, il ne craignait rien, mais rien!

Il répétait à sa femme en se frottant les mains:

«Si on pouvait me donner un animal un peu difficile, je serais en-
chanté. Tu verras comme je monte; et, si tu veux, nous reviendrons
par les Champs-Élysées au moment du retour du Bois. Comme nous
ferons bonne figure, je ne serais pas fâché de rencontrer quelqu'un du
Ministère. Il n'en faut pas plus pour se faire respecter de ses chefs.»

not to lose caste haunted those once luminous families ruined by human inactivity. In that milieu Hector de Gribelin met a girl as noble and poor as himself, and married her.

They had two children in four years.

For four more years that couple, assailed by poverty, knew no other distractions than a Sunday walk on the Champs-Élysées and a few evenings at the theater, one or two each winter, thanks to complimentary tickets given by a colleague.

But, lo and behold, toward the spring a supplementary task was assigned to the clerk by his supervisor, and he received a special bonus of three hundred francs.

When he brought that money home, he said to his wife:

"Dear Henriette, we must give ourselves some treat, for example an outing for the children."

And after a long discussion, it was decided that they'd go on a picnic in the country. . . .

"Upon my word," Hector exclaimed, "this is a one-time occasion; we'll hire a break for you, the children, and the maid, and I'll hire a horse at the riding school. It will do me good."

And all week long they spoke of nothing but the planned excursion.

Every evening, on returning home from the office, Hector seized his older son, placed him astride on his leg, and bouncing him with all his might, said:

"This is how daddy will gallop next Sunday on our outing."

And all day long the boy would straddle the chairs and drag them around the parlor, yelling:

"It's daddy on a horsey!"

And even the maid looked upon her employer with admiring eyes, at the thought that he was to accompany the carriage on horseback; and during every meal she listened to him talking about horseback riding, recounting his exploits of yesteryear on his father's estate. Oh, he had been trained properly, and once the animal was between his legs, he had nothing to fear, nothing!

He'd repeat to his wife, rubbing his hands together:

"If they could give me a horse that's a little bit hard to handle, I'd be delighted. You'll see how well I ride; and if you like, we'll return home via the Champs-Élysées when people are coming back from the Bois de Boulogne. Since we'll make a good showing, I wouldn't be annoyed if we met somebody from the Department. That's the very best way to gain the respect of one's supervisors."

Au jour dit, la voiture et le cheval arrivèrent en même temps devant la porte. Il descendit aussitôt, pour examiner sa monture. Il avait fait coudre des sous-pieds à son pantalon, et manœuvrait une cravache achetée la veille.

Il leva et palpa, l'une après l'autre, les quatre jambes de la bête, tâta le cou, les côtes, les jarrets, éprouva du doigt les reins, ouvrit la bouche, examina les dents, déclara son âge, et, comme toute la famille descendait, il fit une sorte de petit cours théorique et pratique sur le cheval en général et en particulier sur celui-là, qu'il reconnaissait excellent.

Quand tout le monde fut bien placé dans la voiture, il vérifia les sangles de la selle; puis, s'enlevant sur un étrier, il retomba sur l'animal, qui se mit à danser sous la charge et faillit désarçonner son cavalier.

Hector, ému, tâchait de le calmer:

«Allons, tout beau, mon ami, tout beau.»

Puis, quand le porteur eut repris sa tranquillité et le porté son aplomb, celui-ci demanda:

«Est-on prêt?»

Toutes les voix répondirent:

«Oui.»

Alors, il commanda:

«En route!»

Et la cavalcade s'éloigna.

Tous les regards étaient tendus sur lui. Il trottait à l'anglaise en exagérant les ressauts. A peine était-il retombé sur la selle qu'il rebondissait comme pour monter dans l'espace. Souvent il semblait prêt à s'abattre sur la crinière; et il tenait ses yeux fixes devant lui, ayant la figure crispée et les joues pâles.

Sa femme, gardant sur ses genoux un des enfants, et la bonne qui portait l'autre, répétaient sans cesse:

«Regardez papa, regardez papa!»

Et les deux gamins, grisés par le mouvement, la joie et l'air vif, poussaient des cris aigus. Le cheval, effrayé par ces clameurs, finit par prendre le galop, et, pendant que le cavalier s'efforçait de l'arrêter, le chapeau roula par terre. Il fallut que le cocher descendît de son siège pour ramasser cette coiffure, et, quand Hector l'eut reçue de ses mains, il s'adressa de loin à sa femme:

On the day of days, the carriage and the horse arrived in front of the door at the same time. He went down at once to examine his mount. He had had straps sewn under his trouser legs, and he was brandishing a riding crop he had purchased the day before.

One after the other he raised and felt the animal's four legs, touched its neck, ribs, and hocks, tested its back with one finger, opened its mouth, examined its teeth, told its age, and as all his family came downstairs, he gave a kind of short theoretical and practical course on the horse in general and on this one in particular, which he declared to be excellent.

When everyone was properly installed in the carriage, he checked the saddle girths; then, raising himself on one stirrup, he plumped down on the horse, which started to dance around under his weight and almost unsaddled its rider.

Hector, worked up, was trying to calm it:

"Come on, steady there, my friend, steady there!"

Then, when the bearer had recovered its tranquillity, and the borne his balance, the latter asked:

"All ready?"

Every voice replied:

"Yes."

Then he gave the order:

"Let's go!"

And the cavalcade moved off.

All eyes were upon him. He was posting,[1] with exaggerated bounces. Hardly had he fallen back onto the saddle before he rebounded as if he was going to soar into space. Often he seemed about to collapse onto the mane; and he kept his eyes dead ahead of him, his face remaining tense and his cheeks pale.

His wife, holding one of her children in her lap, and the maid, who was carrying the other, kept repeating:

"Look at daddy, look at daddy!"

And the two kids, tipsy with the motion, their joy, and the brisk air, were uttering high-pitched cries. The horse, frightened by that racket, finally went into a gallop and, while its rider was striving to stop it, his hat flew off onto the ground. The coachman had to get down from his seat to pick up that headgear and, when Hector had received it from his hands, he called to his wife from a distance:

---

1. Deliberately rising and falling in the saddle to the rhythm of the horse's trot.

«Empêche donc les enfants de crier comme ça; tu me ferais emporter!»

On déjeuna sur l'herbe, dans le bois du Vésinet, avec les provisions déposées dans les coffres.

Bien que le cocher prît soin des chevaux, Hector à tout moment se levait pour aller voir si le sien ne manquait de rien; et il le caressait sur le cou, lui faisant manger du pain, des gâteaux, du sucre.

Il déclara:

«C'est un rude trotteur. Il m'a même un peu secoué dans les premiers moments; mais tu as vu que je m'y suis vite remis: il a reconnu son maître, il ne bougera plus maintenant.»

Comme il avait été décidé, on revint par les Champs-Élysées.

La vaste avenue fourmillait de voitures. Et sur les côtés, les promeneurs étaient si nombreux qu'on eût dit deux longs rubans noirs se déroulant, depuis l'Arc de Triomphe jusqu'à la place de la Concorde. Une averse de soleil tombait sur tout ce monde, faisait étinceler le vernis des calèches, l'acier des harnais, les poignées des portières.

Une folie de mouvement, une ivresse de vie semblait agiter cette foule de gens, d'équipages et de bêtes. Et l'Obélisque, là-bas, se dressait dans une buée d'or.

Le cheval d'Hector, dès qu'il eut dépassé l'Arc de Triomphe, fut saisi soudain d'une ardeur nouvelle, et il filait à travers les roues, au grand trot, vers l'écurie, malgré toutes les tentatives d'apaisement de son cavalier.

La voiture était loin maintenant, loin derrière; et voilà qu'en face du Palais de l'Industrie, l'animal, se voyant du champ, tourna à droite et prit le galop.

Une vieille femme en tablier traversait la chaussée d'un pas tranquille; elle se trouvait juste sur le chemin d'Hector, qui arrivait à fond de train. Impuissant à maîtriser sa bête, il se mit à crier de toute sa force:

«Holà! hé! holà! là-bas!»

Elle était sourde peut-être, car elle continua paisiblement sa route jusqu'au moment où, heurtée par le poitrail du cheval lancé comme une locomotive, elle alla rouler dix pas plus loin, les jupes en l'air, après trois culbutes sur la tête.

Des voix criaient:

«Arrêtez-le!»

Hector, éperdu, se cramponnait à la crinière en hurlant:

«Au secours!»

"Please keep the children from yelling that way; you'll make the horse run away with me!"

They picnicked in the park at Le Vésinet, on the food they had placed in the boxes.

Even though the coachman was seeing after all the horses, Hector got up every minute to see whether his own horse was lacking for anything; and he patted its neck, giving it bread, cakes, and sugar to eat.

He declared:

"He's a strong trotter. He even shook me up at the very beginning; but, as you saw, I recovered quickly: he recognized his master, now he won't make a false move any more."

As it had been decided, they returned via the Champs-Élysées.

The vast avenue was swarming with carriages. And on each side there were so many people strolling that they resembled two long black ribbons unfurling from the Arch of Triumph to the Place de la Concorde. A downpour of sunshine was falling on that great crowd, making the polish on the barouches, the steel on the harnesses, and the handles of the carriage doors sparkle.

A motion-triggered madness, an intoxication with life, seemed to be stirring that crowd of people, vehicles, and animals. And the Obelisk loomed in the distance in a golden haze.

As soon as Hector's horse had passed beyond the Arch of Triumph, it was suddenly seized by fresh ardor and wove between the wheels at a quick trot, on its way to the stable, despite all its rider's attempts to calm it.

Now the carriage was far, far behind; and, lo and behold, opposite the Palace of Industry the horse, finding some room ahead of it, turned to the right and broke into a gallop.

An old woman in an apron was crossing the roadway at a tranquil pace; she was directly in the path of Hector, who was coming at top speed. Incapable of controlling his mount, he began to shout at the top of his lungs:

"Watch out! Hey! Watch out, down there!"

Maybe she was deaf, because she calmly went on her way right up to the moment when, struck by the breast of the horse, which was speeding like a locomotive, she rolled ten paces away, her petticoats in the air, after three tumbles on her head.

Voices were shouting:

"Stop him!"

Hector, in despair, was clutching the horse's mane tightly and howling:

"Help!"

Une secousse terrible le fit passer comme une balle par dessus les oreilles de son coursier et tomber dans les bras d'un sergent de ville qui venait de se jeter à sa rencontre.

En une seconde, un groupe furieux, gesticulant, vociférant, se forma autour de lui. Un vieux monsieur surtout, un vieux monsieur portant une grande décoration ronde et de grandes moustaches blanches, semblait exaspéré. Il répétait:

«Sacrebleu, quand on est maladroit comme ça, on reste chez soi! On ne vient pas tuer les gens dans la rue quand on ne sait pas conduire un cheval.»

Mais quatre hommes, portant la vieille, apparurent. Elle semblait morte, avec sa figure jaune et son bonnet de travers, tout gris de poussière.

«Portez cette femme chez un pharmacien, commanda le vieux monsieur, et allons chez le commissaire de police.»

Hector, entre les deux agents, se mit en route. Un troisième tenait son cheval. Une foule suivait; et soudain le break parut. Sa femme s'élança, la bonne perdait la tête, les marmots piaillaient. Il expliqua qu'il allait rentrer, qu'il avait renversé une femme, que ce n'était rien. Et sa famille, affolée, s'éloigna.

Chez le commissaire, l'explication fut courte. Il donna son nom, Hector de Gribelin, attaché au ministère de la Marine; et on attendit des nouvelles de la blessée. Un agent envoyé aux renseignements revint. Elle avait repris connaissance, mais elle souffrait effroyablement en dedans, disait-elle. C'était une femme de ménage, âgée de soixante-cinq ans, et dénommée Mme Simon.

Quand il sut qu'elle n'était pas morte, Hector reprit espoir et promit de subvenir aux frais de sa guérison. Puis il courut chez le pharmacien.

Une cohue stationnait devant la porte; la bonne femme, affaissée dans un fauteuil, geignait, les mains inertes, la face abrutie. Deux médecins l'examinaient encore. Aucun membre n'était cassé, mais on craignait une lésion interne.

Hector lui parla:

«Souffrez-vous beaucoup?

—Oh! oui.

—Où ça?

—C'est comme un feu que j'aurais dans les estomacs.»

Un médecin s'approcha:

«C'est vous, monsieur, qui êtes l'auteur de l'accident?

—Oui, monsieur.

A terrible jolt made him shoot like a bullet over the ears of his steed and fall into the arms of a policeman who had just thrown himself into his path.

In a second a furiously gesticulating and shouting group clustered around him. An elderly gentleman, especially, an elderly gentleman wearing a large round decoration and a big white mustache, seemed quite annoyed. He kept repeating:

"Damn it all, when a man is that clumsy he should stay home! He shouldn't come out and kill people in the street when he doesn't know how to sit a horse!"

But four men, carrying the old woman, appeared. She looked dead, with her yellow face and her bonnet, all gray with dust, askew.

"Carry that woman to a pharmacy," the elderly gentleman ordered, "and let's go see the police superintendent."

Hector set out, flanked by two policemen. A third was holding his horse. A crowd followed; and suddenly the break arrived. His wife dashed out, the maid had lost her head, and the tots were whimpering. He explained that he was going to return home, that he had knocked over a woman, but that it was nothing serious. And his panicky family withdrew.

In the superintendent's office, the explanation was brief. He gave his name, Hector de Gribelin, connected with the Navy Department; and they waited for news of the injured woman. A policeman who had been sent out to make inquiries returned. She had regained consciousness, but was suffering terrible internal pain, she said. She was a cleaning woman, sixty-five years old, named Madame Simon.

When he learned that she wasn't dead, Hector became hopeful again and promised to defray the cost of her cure. Then he dashed over to the pharmacy.

A throng was posted outside the door; the good woman, slumped in an armchair, was moaning, her hands limp, her face dazed. Two doctors were still examining her. No limbs was broken, but they were afraid of an internal injury.

Hector spoke to her:

"Are you in great pain?"

"Oh, yes."

"Where?"

"It's like a fire in my innards."

One doctor came up:

"Was it you, sir, who caused the accident?"

"Yes, sir."

—Il faudrait envoyer cette femme dans une maison de santé; j'en connais une où on la recevrait à six francs par jour. Voulez-vous que je m'en charge?»

Hector, ravi, remercia et rentra chez lui soulagé.

Sa femme l'attendait dans les larmes: il l'apaisa.

«Ce n'est rien, cette dame Simon va déjà mieux, dans trois jours il n'y paraîtra plus; je l'ai envoyée dans une maison de santé; ce n'est rien.»

Ce n'est rien!

En sortant de son bureau, le lendemain, il alla prendre des nouvelles de Mme Simon. Il la trouva en train de manger un bouillon gras d'un air satisfait.

«Eh bien?» dit-il.

Elle répondit:

«Oh, mon pauv' monsieur, ça ne change pas. Je me sens quasiment anéantie. N'y a pas de mieux.»

Le médecin déclara qu'il fallait attendre, une complication pouvant survenir.

Il attendit trois jours, puis il revint. La vieille femme, le teint clair, l'œil limpide, se mit à geindre en l'apercevant.

«Je n' peux pu r'muer, mon pauv' monsieur; je n' peux pu. J'en ai pour jusqu'à la fin de mes jours.»

Un frisson courut dans les os d'Hector. Il demanda le médecin. Le médecin leva les bras:

«Que voulez-vous, monsieur, je ne sais pas, moi. Elle hurle quand on essaye de la soulever. On ne peut même changer de place son fauteuil sans lui faire pousser des cris déchirants. Je dois croire ce qu'elle me dit, monsieur; je ne suis pas dedans. Tant que je ne l'aurai pas vue marcher, je n'ai pas le droit de supposer un mensonge de sa part.»

La vieille écoutait, immobile, l'œil sournois.

Huit jours se passèrent; puis quinze, puis un mois. Mme Simon ne quittait pas son fauteuil. Elle mangeait du matin au soir, engraissait, causait gaiement avec les autres malades, semblait accoutumée à l'immobilité comme si c'eût été le repos bien gagné par ses cinquante ans d'escaliers montés et descendus, de matelas retournés, de charbon porté d'étage en étage, de coups de balai et de coups de brosse.

Hector, éperdu, venait chaque jour; chaque jour il la trouvait tranquille et sereine, et déclarant:

«Je n' peux pu r'muer, mon pauv' monsieur, je n' peux pu.»

Chaque soir, Mme de Gribelin demandait, dévorée d'angoisses:

«Et Mme Simon?»

"This woman should be sent to a nursing home; I know one that would take her in for six francs a day. Do you want me to take care of it?"

Delighted, Hector thanked him and went home feeling relieved.

His wife was awaiting him tearfully; he calmed her.

"It isn't serious, that Simon woman is already better, in three days she won't even look sick; I've sent her to a nursing home; it's nothing."

It's nothing!

Leaving his office the next day, he went to inquire after Madame Simon. He found her engaged in drinking meat broth with a contented look.

"Well?" he asked.

She replied:

"Oh, my poor gentleman, there's no change. I feel practically all done in. No improvement."

The doctor declared that it was necessary to wait, since a complication could set in.

He waited three days, then he returned. The old woman, her complexion bright, her eyes clear, began to moan when she caught sight of him.

"I can't move no more, poor gentleman; I can't no more. This will be with me till my last day."

A shudder ran through Hector's bones. He inquired of the doctor. The doctor raised his arms:

"What do you want of me, sir? I don't know. She howls when you try to lift her. You can't even move her armchair without making her utter piercing cries. I have to believe what she tells me, sir; I'm not inside her. So long as I haven't seen her walking, I don't have the right to presume she's lying."

The old woman was listening, motionless, shrewdness in her eyes.

A week passed, then two, then a month. Madame Simon never left her armchair. She ate from morning to night, she was putting on weight and chatting gaily with the other patients, seemingly accustomed to her immobility as if it had been the repose dearly earned by her fifty years of trudging up and down stairs, turning mattresses, hauling coal from story to story, sweeping and brushing.

In despair, Hector came daily; every day he found her calm and serene, declaring:

"I can't move no more, poor gentleman; I can't no more."

Every evening, Madame de Gribelin, devoured by anguish, asked:

"What about Madame Simon?"

Et, chaque fois, il répondait avec un abattement désespéré:

«Rien de changé, absolument rien!»

On renvoya la bonne, dont les gages devenaient trop lourds. On économisa davantage encore, la gratification tout entière y passa.

Alors Hector assembla quatre grands médecins qui se réunirent autour de la vieille. Elle se laissa examiner, tâter, palper, en les guettant d'un œil malin.

«Il faut la faire marcher», dit l'un.

Elle s'écria:

«Je n' peux pu, mes bons messieurs, je n' peux pu!»

Alors ils l'empoignèrent, la soulevèrent, la traînèrent quelques pas; mais elle leur échappa des mains et s'écroula sur le plancher en poussant des clameurs si épouvantables qu'ils la reportèrent sur son siège avec des précautions infinies.

Ils émirent une opinion discrète, concluant cependant à l'impossibilité du travail.

Et, quand Hector apporta cette nouvelle à sa femme, elle se laissa choir sur une chaise en balbutiant:

«Il vaudrait encore mieux la prendre ici, ça nous coûterait moins cher.»

Il bondit:

«Ici, chez nous, y penses-tu?»

Mais elle répondit, résignée à tout maintenant, et avec des larmes dans les yeux:

«Que veux-tu, mon ami, ce n'est pas ma faute!...»

## Deux amis

Paris était bloqué, affamé et râlant. Les moineaux se faisaient bien rares sur les toits, et les égouts se dépeuplaient. On mangeait n'importe quoi.

Comme il se promenait tristement par un clair matin de janvier le long du boulevard extérieur, les mains dans les poches de sa culotte d'uniforme et le ventre vide, M. Morissot, horloger de son état et pantouflard par occasion, s'arrêta net devant un confrère qu'il reconnut pour un ami. C'était M. Sauvage, une connaissance du bord de l'eau.

And every time he'd reply in despairing dejection:

"No change, absolutely none!"

They discharged the maid, whose wages were becoming too burdensome. They pinched pennies even harder; the entire bonus was used up in that way.

Then Hector called together four leading doctors who gathered around the old woman. She let herself be examined, felt, groped, studying them with a malevolent expression.

"We must make her walk," said one of them.

She called out:

"I can't no more, my good gentlemen, I can't no more!"

Then they seized her, lifted her, and dragged her a few paces; but she wriggled out of their hands and crumpled up on the floor, emitting such frightful shrieks that they carried her back to her chair with infinite precautions.

They expressed a discreet opinion, but concluded that she could never go back to work.

And when Hector brought this news back to his wife, she let herself drop onto a chair, stammering:

"It would be even better to bring her here; it would cost us less."

He jumped:

"Here, in our home? Are you serious?"

But, now resigned to everything, and with tears in her eyes, she replied:

"What do you want of me, husband? It wasn't *my* doing! . . ."

## Two Friends

Paris was blockaded, starved out, at its last gasp. The sparrows were becoming very scarce on the rooftops, and the sewers were becoming depopulated. People were eating anything whatsoever.

While strolling sadly down the "outer bulwark"[1] one bright January morning, his hands in the pockets of his uniform[2] breeches and his stomach empty, Monsieur Morissot, watchmaker by profession and lounger on occasion, stopped short on meeting a fellow tradesman whom he recognized as being a friend. It was Monsieur Sauvage, a riverside acquaintance.

---

1. The perimeter thoroughfare following the line of earlier fortifications.    2. Of the National Guard.

Chaque dimanche, avant la guerre, Morissot partait dès l'aurore, une canne en bambou d'une main, une boîte en fer-blanc sur le dos. Il prenait le chemin de fer d'Argenteuil, descendait à Colombes, puis gagnait à pied l'île Marante. A peine arrivé en ce lieu de ses rêves, il se mettait à pêcher; il pêchait jusqu'à la nuit.

Chaque dimanche, il rencontrait là un petit homme replet et jovial, M. Sauvage, mercier, rue Notre-Dame-de-Lorette, autre pêcheur fanatique. Ils passaient souvent une demi-journée côte à côte, la ligne à la main et les pieds ballants au-dessus du courant; et ils s'étaient pris d'amitié l'un pour l'autre.

En certains jours, ils ne parlaient pas. Quelquefois ils causaient; mais ils s'entendaient admirablement sans rien dire, ayant des goûts semblables et des sensations identiques.

Au printemps, le matin, vers dix heures, quand le soleil rajeuni faisait flotter sur le fleuve tranquille cette petite buée qui coule avec l'eau, et versait dans le dos des deux enragés pêcheurs une bonne chaleur de saison nouvelle, Morissot parfois disait à son voisin: «Hein! quelle douceur!» et M. Sauvage répondait: «Je ne connais rien de meilleur». Et cela leur suffisait pour se comprendre et s'estimer.

A l'automne, vers la fin du jour, quand le ciel, ensanglanté par le soleil couchant, jetait dans l'eau des figures de nuages écarlates, empourprait le fleuve entier, enflammait l'horizon, faisait rouges comme du feu les deux amis, et dorait les arbres roussis déjà, frémissants d'un frisson d'hiver, M. Sauvage regardait en souriant Morissot et prononçait: «Quel spectacle!» Et Morissot émerveillé répondait, sans quitter des yeux son flotteur: «Cela vaut mieux que le boulevard, hein?»

Dès qu'ils se furent reconnus, ils se serrèrent les mains énergiquement, tout émus de se retrouver en des circonstances si différentes. M. Sauvage, poussant un soupir, murmura: «En voilà des événements!» Morissot, très morne, gémit: «Et quel temps! C'est aujourd'hui le premier beau jour de l'année.»

Le ciel était, en effet, tout bleu et plein de lumière.

Ils se mirent à marcher côte à côte, rêveurs et tristes. Morissot reprit: «Et la pêche? hein! quel bon souvenir!»

M. Sauvage demanda: «Quand y retournerons-nous?»

Ils entrèrent dans un petit café et burent ensemble une absinthe; puis ils se remirent à se promener sur les trottoirs.

Morissot s'arrêta soudain: «Une seconde verte, hein?» M. Sauvage y consentit: «A votre disposition.» Et ils pénétrèrent chez un autre marchand de vins.

Every Sunday before the war Morissot used to set out at daybreak with a bamboo rod in one hand and a tin box on his back. He'd take the Argenteuil train, get off at Colombes, then walk to the Île Marante. As soon as he reached that spot of his dreams, he'd start fishing; he'd fish till nightfall.

Every Sunday he met there a pudgy, jovial little man, Monsieur Sauvage, a haberdasher from the Rue Notre-Dame-de-Lorette, another fanatical angler. They frequently spent half a day side by side, rod in hand and feet dangling above the current; and they had become friends.

Some days they didn't speak. At times they chatted; but they understood each other perfectly without saying a word, since their tastes were similar and their feelings were identical.

On spring mornings about ten, when the rejuvenated sun caused that little haze which flows with the water to float on the calm river, and poured the pleasant warmth of the new season onto the backs of the two fanatical anglers, Morissot sometimes said to his neighbor: "Ah! How fine this is!" and Monsieur Sauvage replied: "I don't know anything better." And that was enough to make them understand and respect each other.

In the fall, toward the end of the day, when the sky, reddened by the setting sun, cast into the water images of scarlet clouds, empurpling the whole river, inflaming the horizon, making the two friends red as fire, and gilding the already browned trees, which were trembling with a wintry shiver, Monsieur Sauvage would smile at Morissot and say: "What a fine sight!" And Morissot would admiringly reply, without taking his eyes off his float: "It's better than the boulevard, isn't it?"

As soon as they recognized each other, they shook hands vigorously, greatly affected to find themselves in such different circumstances. Monsieur Sauvage, heaving a sigh, muttered: "Such goings-on!" Morissot, very gloomy, moaned: "And what weather! This is the first nice day this year."

Indeed, the sky was completely blue and full of light.

They started to walk side by side, dreamy and sad. Morissot resumed: "And our fishing? Say! What a happy memory!"

Monsieur Sauvage asked: "When will we get back to it?"

They entered a little café and drank an absinthe together; then they continued walking on the sidewalks.

Morissot stopped short: "How about another absinthe?" Monsieur Sauvage approved: "At your disposal." And they went into another wine shop.

Ils étaient fort étourdis en sortant, troublés comme des gens à jeun dont le ventre est plein d'alcool. Il faisait doux. Une brise caressante leur chatouillait le visage.

M. Sauvage, que l'air tiède achevait de griser, s'arrêta: «Si on y allait?

—Où çà?

—A la pêche, donc.

—Mais où?

—Mais à notre île. Les avant-postes français sont auprès de Colombes. Je connais le colonel Dumoulin; on nous laissera passer facilement.»

Morissot frémit de désir: «C'est dit. J'en suis.» Et ils se séparèrent pour prendre leurs instruments.

Une heure après, ils marchaient côte à côte sur la grand'route. Puis ils gagnèrent la villa qu'occupait le colonel. Il sourit de leur demande et consentit à leur fantaisie. Ils se remirent en marche, munis d'un laissez-passer.

Bientôt ils franchirent les avant-postes, traversèrent Colombes abandonné, et se trouvèrent au bord des petits champs de vigne qui descendent vers la Seine. Il était environ onze heures.

En face, le village d'Argenteuil semblait mort. Les hauteurs d'Orgemont et de Sannois dominaient tout le pays. La grande plaine qui va jusqu'à Nanterre était vide, toute vide, avec ses cerisiers nus et ses terres grises.

M. Sauvage, montrant du doigt les sommets, murmura: «Les Prussiens sont là-haut!» Et une inquiétude paralysait les deux amis devant ce pays désert.

Les Prussiens! Ils n'en avaient jamais aperçu mais ils les sentaient là depuis des mois, autour de Paris, ruinant la France, pillant, massacrant, affamant, invisibles et tout-puissants. Et une sorte de terreur superstitieuse s'ajoutait à la haine qu'ils avaient pour ce peuple inconnu et victorieux.

Morissot balbutia: «Hein! si nous allions en rencontrer?»

M. Sauvage répondit, avec cette gouaillerie parisienne reparaissant malgré tout:

«Nous leur offririons une friture.»

Mais ils hésitaient à s'aventurer dans la campagne, intimidés par le silence de tout l'horizon.

A la fin, M. Sauvage se décida: «Allons, en route! mais avec précaution.» Et ils descendirent dans un champ de vigne, courbés en

They were quite dazed when they came out, dizzy like hungry people with a stomachful of alcohol. The air was mild. A caressing breeze tickled their faces.

Monsieur Sauvage, made completely drunk by the tepid air, halted: "What if we went?"

"Where?"

"Fishing, of course."

"But where?"

"At our island, naturally. The French outposts are near Colombes. I know Colonel Dumoulin; they'll let us pass through without any trouble."

Morissot shuddered with eagerness: "That's a deal. I'm with you." And they separated to fetch their tackle.

An hour later they were walking down the highway side by side. Then they reached the villa occupied by the colonel. He smiled on hearing their request and consented to their whim. They set out again, provided with a pass.

Soon they crossed through the outposts, traversed the deserted Colombes, and found themselves alongside the small vineyards that slope down to the Seine. It was about eleven.

Across the river, the village of Argenteuil seemed dead. The heights of Orgemont and Sannois dominated the entire landscape. The big plain that extends to Nanterre was empty, completely empty, with its bare cherry trees and gray soil.

Monsieur Sauvage, pointing to the summits, murmured: "The Prussians are up there!" And a nervousness paralyzed the two friends at the sight of that deserted countryside.

The Prussians! They had never seen any but they could sense their presence there for months, around Paris, ravaging France, pillaging, murdering, starving the people out, invisible but all-powerful. And a sort of superstitious terror was added to the hatred they felt for that unknown, victorious nation.

Morissot stammered: "Say! What if we ran into some?"

Monsieur Sauvage replied, with that Parisian facetiousness which nothing can keep down:

"We'd offer them a fish fry."

But they hesitated to venture into the countryside, intimidated by the silence all around the horizon.

Finally Monsieur Sauvage made up his mind: "Come on, let's go ahead! But cautiously." And they walked down into a vineyard, bent

deux, rampant, profitant des buissons pour se couvrir, l'œil inquiet, l'oreille tendue.

Une bande de terre nue restait à traverser pour gagner le bord du fleuve. Ils se mirent à courir; et dès qu'ils eurent atteint la berge, ils se blottirent dans les roseaux secs.

Morissot colla sa joue par terre pour écouter si on ne marchait pas dans les environs. Il n'entendit rien. Ils étaient bien seuls, tout seuls.

Ils se rassurèrent et se mirent à pêcher.

En face d'eux, l'île Marante abandonnée les cachait à l'autre berge. La petite maison du restaurant était close, semblait délaissée depuis des années.

M. Sauvage prit le premier goujon. Morissot attrapa le second, et d'instant en instant ils levaient leurs lignes avec une petite bête argentée frétillant au bout du fil; une vraie pêche miraculeuse.

Ils introduisaient délicatement les poissons dans une poche de filet à mailles très serrées, qui trempait à leurs pieds, et une joie délicieuse les pénétrait, cette joie qui vous saisit quand on retrouve un plaisir aimé dont on est privé depuis longtemps.

Le bon soleil leur coulait sa chaleur entre les épaules; ils n'écoutaient plus rien; ils ne pensaient plus à rien; ils ignoraient le reste du monde; ils pêchaient.

Mais soudain un bruit sourd qui semblait venir de sous terre fit trembler le sol. Le canon se remettait à tonner.

Morissot tourna la tête, et par-dessus la berge il aperçut, là-bas, sur la gauche, la grande silhouette du Mont-Valérien, qui portait au front une aigrette blanche, une buée de poudre qu'il venait de cracher.

Et aussitôt un second jet de fumée partit du sommet de la forteresse; et quelques instants après une nouvelle détonation gronda.

Puis d'autres suivirent, et de moment en moment, la montagne jetait son haleine de mort, soufflait ses vapeurs laiteuses qui s'élevaient lentement dans le ciel calme, faisaient un nuage au-dessus d'elle.

M. Sauvage haussa les épaules: «Voilà qu'ils recommencent», dit-il.

Morissot, qui regardait anxieusement plonger coup sur coup la plume de son flotteur, fut pris soudain d'une colère d'homme paisible contre ces enragés qui se battaient ainsi, et il grommela: «Faut-il être stupide pour se tuer comme ça!»

double, creeping, using the bushes as cover, their eyes nervous, their ears alert.

They still had to cross a strip of bare earth to reach the riverbank. They began to run; and as soon as they made the bank, they cowered down among the dry reeds.

Morissot glued his cheek to the ground to hear if anyone was walking in the area. He heard nothing. They were quite alone, all alone.

They felt reassured and began to fish.

Opposite them, the deserted Île Marante concealed them from the far bank. The little restaurant building was shut up and seemed to have been abandoned for years.

Monsieur Sauvage caught the first gudgeon. Morissot caught the second, and every minute they were raising their rods with a little silvery creature wriggling at the end of their lines; truly, a miraculous draft of fishes.

They delicately inserted the fish into a net bag with very close meshes which was soaking at their feet, and a delicious joy pervaded them, the kind of joy that comes over you when you rediscover a favorite pleasure you've long been deprived of.

The beneficent sun poured its warmth between their shoulders; they were no longer listening for anything; they were no longer thinking about anything; they had no cares for the rest of the world; they were fishing.

But suddenly a muffled noise that seemed to come from underground made the earth shake. The cannon was beginning to thunder again.

Morissot turned his head and from over the riverbank he saw yonder on the left the massive silhouette of Mont-Valérien, whose brow was decorated with a white aigrette, a puff of gunpowder it had just spat out.

And at once a second jet of smoke issued from the summit of the fortress; and a few moments later, a new detonation rumbled.

Then others followed, and every moment the mountain spewed its fatal breath, puffing out milky vapors that rose slowly into the calm sky, creating a cloud above the hill.

Monsieur Sauvage shrugged his shoulders. "They're starting again," he said.

Morissot, who was anxiously watching the feather of his float bobbing in rapid succession, was suddenly gripped by the anger a man of peace feels for such rabid people fighting that way, and he grumbled: "They've gotta be real dumb to kill each other like that!"

M. Sauvage reprit: «C'est pis que des bêtes».

Et Morissot qui venait de saisir une ablette, déclara: «Et dire que ce sera toujours ainsi tant qu'il y aura des gouvernements».

M. Sauvage l'arrêta: «La République n'aurait pas déclaré la guerre . . .»

Morissot l'interrompit: «Avec les rois on a la guerre au dehors; avec la République on a la guerre au dedans.»

Et tranquillement ils se mirent à discuter, débrouillant les grands problèmes politiques avec une raison saine d'hommes doux et bornés, tombant d'accord sur ce point, qu'on ne serait jamais libres. Et le Mont-Valérien tonnait sans repos, démolissant à coups de boulet des maisons françaises, broyant des vies, écrasant des êtres, mettant fin à bien des rêves, à bien des joies attendues, à bien des bonheurs espérés, ouvrant en des cœurs de femmes, en des cœurs de filles, en des cœurs de mères, là-bas, en d'autres pays, des souffrances qui ne finiraient plus.

«C'est la vie», déclara M. Sauvage.

«Dites plutôt que c'est la mort», reprit en riant Morissot.

Mais ils tressaillirent effarés, sentant bien qu'on venait de marcher derrière eux; et ayant tourné les yeux, ils aperçurent, debout contre leurs épaules, quatre hommes, quatre grands hommes armés et barbus, vêtus comme des domestiques en livrée et coiffés de casquettes plates, les tenant en joue au bout de leurs fusils.

Les deux lignes s'échappèrent de leurs mains et se mirent à descendre la rivière.

En quelques secondes, ils furent saisis, emportés, jetés dans une barque et passés dans l'île.

Et derrière la maison qu'ils avaient crue abandonnée, ils aperçurent une vingtaine de soldats allemands.

Une sorte de géant velu, qui fumait, à cheval sur une chaise, une grande pipe de porcelaine, leur demanda, en excellent français: «Eh bien, messieurs, avez-vous fait bonne pêche?»

Alors un soldat déposa aux pieds de l'officier le filet plein de poissons, qu'il avait eu soin d'emporter. Le Prussien sourit: «Eh! eh! je vois que ça n'allait pas mal. Mais il s'agit d'autre chose. Écoutez-moi et ne vous troublez pas.

«Pour moi, vous êtes deux espions envoyés pour me guetter. Je vous prends et je vous fusille. Vous faisiez semblant de pêcher, afin de mieux dissimuler vos projets. Vous êtes tombés entre mes mains, tant pis pour vous; c'est la guerre.

«Mais comme vous êtes sortis par les avant-postes, vous avez as-

Monsieur Sauvage continued: "They're worse than animals."

And Morissot, who had just caught a bleak, declared: "And to think that things will always be this way as long as there are governments!"

Monsieur Sauvage stopped him: "The republic wouldn't have declared war . . ."

Morissot interrupted him: "With kings you've got war with other countries; with a republic you've got civil war."

And they began a calm discussion, settling every big political problem with the common sense of gentle, circumscribed folk. On this they agreed: that they'd never be free. And Mont-Valérien thundered ceaselessly, demolishing French homes with cannonballs, mangling lives, crushing people, putting an end to many a dream, many an expected pleasure, many a hoped-for joy, and opening in the hearts of wives, daughters, and mothers yonder, in other countries, sufferings that would never end.

"That's life," Monsieur Sauvage declared.

"Rather, say that's death," replied Morissot with a laugh.

But they jumped in fright, sensing distinctly that someone had just been walking behind them; turning their faces, they saw four men standing right behind them, four tall bearded and armed men, dressed like liveried servants and wearing flat caps, who had their rifles trained on them.

The two rods slipped out of their hands and started floating downstream.

In a few seconds they were seized, taken away, thrown into a boat, and transported to the island.

And behind the house they had thought deserted they saw about twenty German soldiers.

A sort of hairy giant who was straddling a chair and smoking a big porcelain pipe asked them in excellent French: "So then, gentlemen, did you make a good catch?"

Then a soldier laid at the officer's feet the net full of fish that he had carefully brought along. The Prussian smiled: "Ho, ho, I see it wasn't bad. But we have something else to discuss. Hear me out and don't be worried.

"In my eyes, you're two spies sent to keep tabs on me. I've captured you and I'll have you shot. You were pretending to fish, the better to conceal your purpose. You've fallen into my hands, so much the worse for you; that's war.

"But since you came out through the outposts, you surely have a

surément un mot d'ordre pour rentrer. Donnez-moi ce mot d'ordre et je vous fais grâce.»

Les deux amis, livides, côte à côte, les mains agitées d'un léger tremblement nerveux, se taisaient.

L'officier reprit: «Personne ne le saura jamais, vous rentrerez paisiblement. Le secret disparaîtra avec vous. Si vous refusez, c'est la mort, et tout de suite. Choisissez?»

Ils demeuraient immobiles sans ouvrir la bouche.

Le Prussien, toujours calme, reprit en étendant la main vers la rivière: «Songez que dans cinq minutes vous serez au fond de cette eau. Dans cinq minutes! Vous devez avoir des parents?»

Le Mont-Valérien tonnait toujours.

Les deux pêcheurs restaient debout et silencieux. L'Allemand donna des ordres dans sa langue. Puis il changea sa chaise de place pour ne pas se trouver trop près des prisonniers; et douze hommes vinrent se placer à vingt pas, le fusil au pied.

L'officier reprit: «Je vous donne une minute, pas deux secondes de plus».

Puis il se leva brusquement, s'approcha des deux Français, prit Morissot sous le bras, l'entraîna plus loin, lui dit à voix basse: «Vite, ce mot d'ordre? Votre camarade ne saura rien, j'aurai l'air de m'attendrir».

Morissot ne répondit rien.

Le Prussien entraîna alors M. Sauvage et lui posa la même question.

M. Sauvage ne répondit pas.

Ils se retrouvèrent côte à côte.

Et l'officier se mit à commander. Les soldats élevèrent leurs armes.

Alors le regard de Morissot tomba par hasard sur le filet plein de goujons, resté dans l'herbe, à quelques pas de lui.

Un rayon de soleil faisait briller le tas de poissons qui s'agitaient encore. Et une défaillance l'envahit. Malgré ses efforts, ses yeux s'emplirent de larmes.

Il balbutia: «Adieu, monsieur Sauvage.»

M. Sauvage répondit: «Adieu, monsieur Morissot.»

Ils se serrèrent la main, secoués des pieds à la tête par d'invincibles tremblements.

L'officier cria: «Feu!»

Les douze coups n'en firent qu'un.

M. Sauvage tomba d'un bloc sur le nez. Morissot, plus grand, oscilla, pivota et s'abattit en travers sur son camarade, le visage au ciel,

password for getting back in. Tell me that password and I'll let you off."

The two friends, livid, side by side, their hands affected by a slight nervous tremble, remained silent.

The officer resumed: "No one will ever know, you'll go home in peace. The secret will disappear with you. If you refuse, it means death, and immediately. What's your choice?"

They remained motionless, without opening their mouth.

The Prussian, still calm, resumed, pointing to the river: "Remember, in five minutes you'll be at the bottom of that water. In five minutes! You must have relatives?"

Mont-Valérien was still thundering.

The two anglers still stood there in silence. The German issued orders in his own language. Then he moved away his chair so as not to be too close to the prisoners; and twelve men took up positions twenty paces away, their rifles at their feet.

The officer resumed: "I give you one minute, not two seconds more."

Then he stood up abruptly, approached the two Frenchmen, took Morissot by the arm, dragged him off to a little distance, and said to him quietly: "Quick, that password! Your comrade will know nothing about it, I'll pretend to be compassionate."

Morissot made no reply.

Then the Prussian dragged away Monsieur Sauvage and made him the same proposition.

Monsieur Sauvage made no reply.

They were once more side by side.

And the officer began to give orders. The soldiers raised their rifles.

Then Morissot's eyes happened to fall on the net full of gudgeons which had remained on the grass a few paces away from him.

A sunbeam made the still quivering heap of fish gleam. And a faintness came over him. Despite his efforts his eyes filled with tears.

He stammered: "Good-bye, Monsieur Sauvage."

Monsieur Sauvage answered: "Good-bye, Monsieur Morissot."

They shook hands, with unconquerable tremblings making them quiver from head to foot.

The officer shouted: "Fire!"

The twelve shots rang out like a single one.

Monsieur Sauvage fell headlong onto his nose. Morissot, taller, wavered, pivoted, and collapsed across his comrade's body, his face up-

tandis que des bouillons de sang s'échappaient de sa tunique crevée à la poitrine.

L'Allemand donna de nouveaux ordres.

Ses hommes se dispersèrent, puis revinrent avec des cordes et des pierres qu'ils attachèrent aux pieds des deux morts; puis ils les portèrent sur la berge.

Le Mont-Valérien ne cessait pas de gronder, coiffé maintenant d'une montagne de fumée.

Deux soldats prirent Morissot par la tête et par les jambes; deux autres saisirent M. Sauvage de la même façon. Les corps, un instant balancés avec force, furent lancés au loin, décrivirent une courbe, puis plongèrent, debout, dans le fleuve, les pierres entraînant les pieds d'abord.

L'eau rejaillit, bouillonna, frissonna, puis se calma, tandis que de toutes petites vagues s'en venaient jusqu'aux rives.

Un peu de sang flottait.

L'officier, toujours serein, dit à mi-voix: «C'est le tour des poissons maintenant.»

Puis il revint vers la maison.

Et soudain il aperçut le filet aux goujons dans l'herbe. Il le ramassa, l'examina, sourit, cria: «Wilhelm!»

Un soldat accourut, en tablier blanc. Et le Prussien, lui jetant la pêche des deux fusillés, commanda: «Fais-moi frire tout de suite ces petits animaux-là pendant qu'ils sont encore vivants. Ce sera délicieux.»

Puis il se remit à fumer sa pipe.

## Mon oncle Jules

*A M. Achille Bénouville.*

Un vieux pauvre, à barbe blanche, nous demanda l'aumône. Mon camarade, Joseph Davranche, lui donna cent sous. Je fus surpris. Il me dit:

—Ce misérable m'a rappelé une histoire que je vais te dire et dont le souvenir me poursuit sans cesse. La voici:

Ma famille, originaire du Havre, n'était pas riche. On s'en tirait, voilà tout. Le père travaillait, rentrait tard du bureau et ne gagnait pas grand'chose. J'avais deux sœurs.

Ma mère souffrait beaucoup de la gêne où nous vivions, et elle trouvait souvent des paroles aigres pour son mari, des reproches voilés et perfides. Le pauvre homme avait alors un geste qui me navrait. Il

ward, while bubbles of blood oozed from his jacket, which was pierced at chest level.

The German issued further orders.

His men dispersed, then returned with ropes and with stones, which they tied to the feet of the two dead men; then they carried them onto the riverbank.

Mont-Valérien didn't stop rumbling; it now had a mountain of smoke around its head.

Two soldiers took Morissot by the head and legs; two others grabbed Monsieur Sauvage in the same way. The bodies, swung vigorously for a moment, were flung to a distance; they described an arc, then plunged into the river erect, the stones pulling them down feet first.

The water splashed, bubbled, trembled, then grew calm, while tiny ripples reached all the way to the banks.

A little blood was floating.

The officer, still serene, said in low tones: "Now it's the fishes' turn."

Then he walked back to the house.

And suddenly he caught sight of the net full of gudgeons in the grass. He picked it up, examined it, smiled, and called: "Wilhelm!"

A soldier in a white apron ran up. And the Prussian, tossing him the catch made by the two executed men, ordered: "Have those little creatures fried for me at once while they're still alive. They'll be delicious."

Then he resumed smoking his pipe.

## My Uncle Jules

*To M. Achille Bénouville.*

A poor old man with a white beard asked us for alms. My comrade, Joseph Davranche, gave him five francs. I was surprised. He said to me:

"That pauper reminded me of a story that I'll tell you; the memory of it is never out of my mind. Here it is:

"My family, hailing from Le Havre, wasn't rich. We just got along, and no more. My father worked, came home late from the office, and didn't earn much. I had two sisters.

"My mother suffered badly from our straitened circumstances, and often had sharp words for her husband, veiled and treacherous reproaches. At such times the poor fellow had a gesture that broke my

se passait la main ouverte sur le front, comme pour essuyer une sueur qui n'existait pas, et il ne répondait rien. Je sentais sa douleur impuissante. On économisait sur tout; on n'acceptait jamais un dîner, pour n'avoir pas à le rendre; on achetait les provisions au rabais, les fonds de boutique. Mes sœurs faisaient leurs robes elles-mêmes et avaient de longues discussions sur le prix d'un galon qui valait quinze centimes le mètre. Notre nourriture ordinaire consistait en soupe grasse et bœuf accommodé à toutes les sauces. Cela est sain et réconfortant, paraît-il; j'aurais préféré autre chose.

On me faisait des scènes abominables pour les boutons perdus et les pantalons déchirés.

Mais chaque dimanche nous allions faire notre tour de jetée en grande tenue. Mon père, en redingote, en grand chapeau, en gants, offrait le bras à ma mère, pavoisée comme un navire un jour de fête. Mes sœurs, prêtes les premières, attendaient le signal du départ; mais, au dernier moment, on découvrait toujours une tache oubliée sur la redingote du père de famille, et il fallait bien vite l'effacer avec un chiffon mouillé de benzine.

Mon père, gardant son grand chapeau sur la tête, attendait, en manches de chemise, que l'opération fût terminée, tandis que ma mère se hâtait, ayant ajusté ses lunettes de myope, et ôté ses gants pour ne pas les gâter.

On se mettait en route avec cérémonie. Mes sœurs marchaient devant, en se donnant le bras. Elles étaient en âge de mariage, et on en faisait montre en ville. Je me tenais à gauche de ma mère, dont mon père gardait la droite. Et je me rappelle l'air pompeux de mes pauvres parents dans ces promenades du dimanche, la rigidité de leurs traits, la sévérité de leur allure. Ils avançaient d'un pas grave, le corps droit, les jambes raides, comme si une affaire d'une importance extrême eût dépendu de leur tenue.

Et chaque dimanche, en voyant entrer les grands navires qui revenaient de pays inconnus et lointains, mon père prononçait invariablement les mêmes paroles:

—Hein! si Jules était là-dedans, quelle surprise?

Mon oncle Jules, le frère de mon père, était le seul espoir de la famille, après en avoir été la terreur. J'avais entendu parler de lui depuis mon enfance, et il me semblait que je l'aurais reconnu du premier coup, tant sa pensée m'était devenue familière. Je savais tous les détails de son existence jusqu'au jour de son départ pour l'Amérique, bien qu'on ne parlât qu'à voix basse de cette période de sa vie.

Il avait eu, paraît-il, une mauvaise conduite, c'est-à-dire qu'il avait

heart. He'd pass his open hand across his forehead, as if wiping away a nonexistent perspiration, and he'd make no reply. I felt his impotent sorrow. We'd scrimp on everything; we never accepted a dinner invitation so we wouldn't have to return it; we'd buy provisions at a discount, old leftover stock. My sisters made their own dresses and had long arguments over the price of a braiding that cost fifteen centimes a meter. Our regular meals consisted of meat soup and beef dished up every imaginable way. That's healthful and builds you up, they say; I'd have preferred other things.

"I was scolded abominably for losing buttons and tearing my trousers.

"But every Sunday we'd go for our walk on the pier all dressed up. My father, wearing a frock coat, high hat, and gloves, would give his arm to my mother, who was decked out like a ship on a holiday. My sisters, the first ones ready, would await the signal for departure, but at the last moment a forgotten stain was always discovered on the frock coat of the paterfamilias, and had to be removed quickly with a rag soaked in benzine.

"My father, keeping his high hat on his head, would await the end of the procedure in his shirtsleeves, while my mother rushed through it, having put on her nearsighted glasses and removed her gloves so as not to ruin them.

"We'd set out ceremoniously. My sisters walked in front, arm in arm. They were of marriageable age, and were on display to the townspeople. I kept to my mother's left, while my father was at her right. And I recall the pompous air of my poor parents on those Sunday promenades, the fixity of their expressions, the rigidity of their gait. They'd proceed with solemn steps, their body straight, their legs stiff, as if a matter of extreme importance depended on their bearing.

"And every Sunday, seeing the big ships returning to port from distant, unknown lands, my father would invariably utter the same words:

"'Say! What if Jules were on one? What a surprise!'

"My uncle Jules, my father's brother, was the family's only hope, after having been its holy terror. I had heard him mentioned ever since my infancy, and I felt as if I'd have recognized him instantly, the thought of him had become so familiar to me. I knew every detail of his life up to the day he left for America, although that period of his life was only discussed in low tones.

Apparently his behavior had been bad; that is, he had squandered

mangé quelque argent, ce qui est bien le plus grand des crimes pour les familles pauvres. Chez les riches, un homme qui s'amuse *fait des bêtises*. Il est ce qu'on appelle, en souriant, un noceur. Chez les nécessiteux, un garçon qui force les parents à écorner le capital devient un mauvais sujet, un gueux, un drôle!

Et cette distinction est juste, bien que le fait soit le même, car les conséquences seules déterminent la gravité de l'acte.

Enfin l'oncle Jules avait notablement diminué l'héritage sur lequel comptait mon père; après avoir d'ailleurs mangé sa part jusqu'au dernier sou.

On l'avait embarqué pour l'Amérique, comme on faisait alors, sur un navire marchand allant du Havre à New-York.

Une fois là-bas, mon oncle Jules s'établit marchand de je ne sais quoi, et il écrivit bientôt qu'il gagnait un peu d'argent et qu'il espérait pouvoir dédommager mon père du tort qu'il lui avait fait. Cette lettre causa dans la famille une émotion profonde. Jules, qui ne valait pas, comme on dit, les quatre fers d'un chien, devint tout à coup un honnête homme, un garçon de cœur, un vrai Davranche, intègre comme tous les Davranche.

Un capitaine nous apprit en outre qu'il avait loué une grande boutique et qu'il faisait un commerce important.

Une seconde lettre, deux ans plus tard, disait: «Mon cher Philippe, je t'écris pour que tu ne t'inquiètes pas de ma santé, qui est bonne. Les affaires aussi vont bien. Je pars demain pour un long voyage dans l'Amérique du Sud. Je serai peut-être plusieurs années sans te donner de mes nouvelles. Si je ne t'écris pas, ne sois pas inquiet. Je reviendrai au Havre une fois fortune faite. J'espère que ce ne sera pas trop long, et nous vivrons heureux ensemble . . .»

Cette lettre était devenue l'évangile de la famille. On la lisait à tout propos, on la montrait à tout le monde.

Pendant dix ans, en effet, l'oncle Jules ne donna plus de nouvelles; mais l'espoir de mon père grandissait à mesure que le temps marchait; et ma mère aussi disait souvent:

—Quand ce bon Jules sera là, notre situation changera. En voilà un qui a su se tirer d'affaire!

Et chaque dimanche, en regardant venir de l'horizon les gros vapeurs noirs vomissant sur le ciel des serpents de fumée, mon père répétait sa phrase éternelle:

—Hein! si Jules était là-dedans, quelle surprise!

some money, which is surely the greatest of crimes in poor families. Among the wealthy a man who has a good time 'commits follies.' He's what one smilingly calls a playboy. Among the needy a boy who makes his parents dip into their capital becomes a scapegrace, a scamp, a scoundrel!

"And that distinction is fair, even though the actions are the same, because it's only the consequences that determine the seriousness of the deed.

"In short, Uncle Jules had considerably diminished the inheritance my father had been counting on; furthermore, this was after squandering his own share to the last sou.

"He had been shipped off to America, as was done at the time, on a merchant vessel sailing from Le Havre to New York.

"Once there, my uncle Jules set up as a merchant (I don't know of what), and before long he wrote saying that he was earning a little money and hoped to be able to compensate my father for the wrong he had done him. That letter caused a deep emotion in the family. Jules, who, as the saying goes, hadn't been worth a hoot in hell,[1] suddenly became a respectable man, a warmhearted boy, a true Davranche, honest like every Davranche.

"A ship's captain informed us, furthermore, that he had rented a big shop and was doing a significant trade.

"A second letter, two years later, read: 'Dear Philippe, I'm writing you so that you won't worry about my health, which is good. Business is also good. I'm leaving tomorrow for a long trip to South America. I may be away for several years without sending you news of myself. If I don't write don't be worried. I'll return to Le Havre once I've made my fortune. I hope it won't be long, and we'll live together happily . . .'

"That letter had become the family's gospel. It was read at any and all times, and was shown to everybody.

"And indeed for ten years Uncle Jules had sent no further news; but my father's hopes increased with the passage of time, and my mother, too, frequently said:

"'When that good Jules is back, our situation will change. There's one man who knew how to make his way!'

"And every Sunday, watching the arrival on the horizon of the big black steamer vomiting serpents of smoke into the sky, my father repeated his eternal phrase:

"'Say! What if Jules were on one? What a surprise!'

---

1. Literally, "worth the four horseshoes of a dog."

Et on s'attendait presque à le voir agiter un mouchoir, et crier:
—Ohé! Philippe.

On avait échafaudé mille projets sur ce retour assuré; on devait
même acheter, avec l'argent de l'oncle, une petite maison de campagne près d'Ingouville. Je n'affirmerais pas que mon père n'eût point
entamé déjà des négociations à ce sujet.

L'aînée de mes sœurs avait alors vingt-huit ans; l'autre vingt-six.
Elles ne se mariaient pas, et c'était là un gros chagrin pour tout le
monde.

Un prétendant enfin se présenta pour la seconde. Un employé, pas
riche, mais honorable. J'ai toujours eu la conviction que la lettre de
l'oncle Jules, montrée un soir, avait terminé les hésitations et emporté
la résolution du jeune homme.

On l'accepta avec empressement, et il fut décidé qu'après le
mariage toute la famille ferait ensemble un petit voyage à Jersey.

Jersey est l'idéal du voyage pour les gens pauvres. Ce n'est pas loin;
on passe la mer dans un paquebot et on est en terre étrangère, cet îlot
appartenant aux Anglais. Donc, un Français, avec deux heures de navigation, peut s'offrir la vue d'un peuple voisin chez lui et étudier les
mœurs, déplorables d'ailleurs, de cette île couverte par le pavillon
britannique, comme disent les gens qui parlent avec simplicité.

Ce voyage de Jersey devint notre préoccupation, notre unique attente, notre rêve de tous les instants.

On partit enfin. Je vois cela comme si c'était d'hier: le vapeur chauf-
fant contre le quai de Granville; mon père, effaré, surveillant l'em-
barquement de nos trois colis; ma mère inquiète ayant pris le bras de
ma sœur non mariée, qui semblait perdue depuis le départ de l'autre,
comme un poulet resté seul de sa couvée; et, derrière nous, les nouveaux époux qui restaient toujours en arrière, ce qui me faisait souvent tourner la tête.

Le bâtiment siffla. Nous voici montés, et le navire, quittant la jetée,
s'éloigna sur une mer plate comme une table de marbre vert. Nous regardions les côtes s'enfuir, heureux et fiers comme tous ceux qui voya-
gent peu.

Mon père tendait son ventre, sous sa redingote dont on avait, le
matin même, effacé avec soin toutes les taches, et il répandait autour
de lui cette odeur de benzine des jours de sortie, qui me faisait reconnaître les dimanches.

Tout à coup, il avisa deux dames élégantes à qui deux messieurs of-
fraient des huîtres. Un vieux matelot déguenillé ouvrait d'un coup de
couteau les coquilles et les passait aux messieurs, qui les tendaient en-

"And we practically expected to see him waving a handkerchief and calling:

"'Hey, there, Philippe!'

"We had formulated a thousand plans based on that undoubted return; with uncle's money we were even going to buy a little country house near Ingouville. I wouldn't deny that my father had already started negotiations on that matter.

"My elder sister was then twenty-eight; the younger, twenty-six. They failed to get married, which was a great vexation for everyone.

"A suitor finally turned up for the younger one. A clerk, not rich but respectable. I've always been convinced that Uncle Jules's letter, shown to him one evening, had put an end to the young man's hesitation and brought about his decision.

"He was accepted enthusiastically, and it was decided that after the wedding the whole family would take a little trip to Jersey together.

"Jersey is the ideal travel destination for needy people. It isn't far; you cross the Channel on a steamboat and you're on foreign soil, since that islet belongs to the English. And so a Frenchman, sailing for only two hours, can offer himself the sight of a neighbor nation at home and can study the manners (which happen to be deplorable) of that island protected by the Britannic flag, as naive people put it.

"That trip to Jersey became our preoccupation, our sole expectation, our never-ending dream.

"Finally we left. I can see it as if it were yesterday: the boat working up steam at the Granville dock; my father, flustered, overseeing the loading of our three pieces of baggage; my mother, nervous, who had taken the arm of my unmarried sister, who had seemed lost ever since the other one left the house, like the only chicken remaining from its clutch of eggs; and, behind us, the newlyweds, who were always lingering in the back, which made me turn my head frequently.

"The ship whistle blew. There we were on board, and the vessel, leaving the dock, moved off onto a sea as smooth as a green marble tabletop. We watched the coast recede, as happy and proud as all those who don't travel much.

"My father let his belly expand beneath his frock coat, all whose stains had been carefully removed that very morning, and he spread around him that smell of benzine associated with outings, which always let me know when it was Sunday.

"All at once he noticed two elegant ladies for whom two gentlemen were buying oysters. A ragged old sailor was using a knife to open the shells and was passing them to the gentlemen, who then handed them

suite aux dames. Elles mangeaient d'une manière délicate, en tenant l'écaille sur un mouchoir fin et en avançant la bouche pour ne point tacher leurs robes. Puis elles buvaient l'eau d'un petit mouvement rapide et jetaient la coquille à la mer.

Mon père, sans doute, fut séduit par cet acte distingué de manger des huîtres sur un navire en marche. Il trouva cela bon genre, raffiné, supérieur, et il s'approcha de ma mère et de mes sœurs en demandant:

—Voulez-vous que je vous offre quelques huîtres?

Ma mère hésitait, à cause de la dépense; mais mes deux sœurs acceptèrent tout de suite. Ma mère dit, d'un ton contrarié:

—J'ai peur de me faire mal à l'estomac. Offre ça aux enfants seulement, mais pas trop, tu les rendrais malades.

Puis, se tournant vers moi, elle ajouta:

—Quant à Joseph, il n'en a pas besoin; il ne faut pas gâter les garçons.

Je restai donc à côté de ma mère, trouvant injuste cette distinction. Je suivais de l'œil mon père, qui conduisait pompeusement ses deux filles et son gendre vers le vieux matelot déguenillé.

Les deux dames venaient de partir, et mon père indiquait à mes sœurs comment il fallait s'y prendre pour manger sans laisser couler l'eau; il voulut même donner l'exemple et il s'empara d'une huître. En essayant d'imiter les dames, il renversa immédiatement tout le liquide sur sa redingote et j'entendis ma mère murmurer:

—Il ferait mieux de se tenir tranquille.

Mais tout à coup mon père me parut inquiet; il s'éloigna de quelques pas, regarda fixement sa famille pressée autour de l'écailleur, et, brusquement, il vint vers nous. Il me sembla fort pâle, avec des yeux singuliers. Il dit, à mi-voix à ma mère:

—C'est extraordinaire comme cet homme qui ouvre les huîtres ressemble à Jules.

Ma mère, interdite, demanda:

—Quel Jules?

Mon père reprit:

—Mais . . . mon frère . . . Si je ne le savais pas en bonne position, en Amérique, je croirais que c'est lui.

Ma mère, effarée, balbutia:

—Tu es fou! Du moment que tu sais bien que ce n'est pas lui, pourquoi dire ces bêtises-là?

Mais mon père insistait:

—Va donc le voir, Clarisse; j'aime mieux que tu t'en assures toi-même, de tes propres yeux.

Elle se leva et alla rejoindre ses filles. Moi aussi, je regardais

to the ladies. They were eating in a delicate manner, holding the shell on a dainty handkerchief and advancing their heads to avoid staining their dresses. Then they'd drink the liquid with a little rapid movement and they'd throw the shell overboard.

"No doubt my father was charmed by that distinguished activity of eating oysters on a ship in motion. He found it elegant, refined, superior, and he came up to my mother and sisters, asking:

"Would you like me to buy you some oysters?"

"My mother hesitated because of the expense, but my two sisters accepted at once. My mother, in a vexed tone, said:

"'I'm afraid of upsetting my stomach. Give them to the children only, but not too many or you'll make them sick.'

"Then, turning to me, she added:

"'As for Joseph, he doesn't need any; boys mustn't be spoiled.'

"And so I remained with my mother, finding that distinction unfair. I watched my father go, pompously leading his two daughters and his son-in-law to the ragged old sailor.

"The two ladies had just left, and my father showed my sisters how to go about eating without letting the liquid spill; he even decided to give them an example, and he took hold of an oyster. Trying to imitate the ladies, he immediately overturned all the liquid onto his frock coat, and I heard my mother muttering:

"'He'd do better to leave things in peace.'

"But all at once my father seemed to me to be nervous; he walked a few steps away, stared at his family members, who were closely encircling the oyster opener, and abruptly came toward us. He seemed very pale, with an odd look in his eyes. He said quietly to my mother:

"'It's amazing how that man opening the oysters resembles Jules.'

"My mother, in alarm, asked:

"'Which Jules?'

My father replied:

"'You know . . . my brother . . . If I didn't know he was well situated, in America, I'd think it was him.'

"Flustered, my mother stammered:

"'You're mad! Since you know perfectly well it's not him, why say such idiotic things?'

"But my father insisted:

"'Go over and look at him, Clarisse; I prefer to have you convince yourself with your own eyes.'

"She got up and went to rejoin her daughters. I looked at the man,

l'homme. Il était vieux, sale, tout ridé, et ne détournait pas le regard de sa besogne.

Ma mère revint. Je m'aperçus qu'elle tremblait. Elle prononça très vite:

—Je crois que c'est lui. Va donc demander des renseignements au capitaine. Surtout, sois prudent, pour que ce garnement ne nous retombe pas sur les bras, maintenant!

Mon père s'éloigna, mais je le suivis. Je me sentais étrangement ému.

Le capitaine, un grand monsieur, maigre, à longs favoris, se promenait sur la passerelle d'un air important, comme s'il eût commandé le courrier des Indes.

Mon père l'aborda avec cérémonie, en l'interrogeant sur son métier avec accompagnement de compliments:

—Quelle était l'importance de Jersey? Ses productions? Sa population? Ses mœurs? Ses coutumes? La nature du sol, etc., etc.

On eût cru qu'il s'agissait au moins des États-Unis d'Amérique.

Puis on parla du bâtiment qui nous portait, l'*Express*; puis on en vint à l'équipage. Mon père, enfin, d'une voix troublée:

—Vous avez là un vieil écailleur d'huîtres qui parait bien intéressant. Savez-vous quelques détails sur ce bonhomme?

Le capitaine que cette conversation finissait par irriter, répondit sèchement:

—C'est un vieux vagabond français que j'ai trouvé en Amérique l'an dernier, et que j'ai rapatrié. Il a, paraît-il, des parents au Havre, mais il ne veut pas retourner près d'eux, parce qu'il leur doit de l'argent. Il s'appelle Jules . . . Jules Darmanche ou Darvanche, quelque chose comme ça, enfin. Il paraît qu'il a été riche un moment là-bas, mais voyez où il en est réduit maintenant.

Mon père, qui devenait livide, articula, la gorge serrée, les yeux hagards:

—Ah! ah! très bien . . . , fort bien . . . Cela ne m'étonne pas . . . Je vous remercie beaucoup, capitaine.

Et il s'en alla, tandis que le marin le regardait s'éloigner avec stupeur.

Il revint auprès de ma mère, tellement décomposé qu'elle lui dit:

—Assieds-toi; on va s'apercevoir de quelque chose.

Il tomba sur le banc en bégayant:

—C'est lui, c'est bien lui!

Puis il demanda:

—Qu'allons-nous faire? . . .

Elle répondit vivement:

too. He was old, dirty, all wrinkled, and didn't take his eyes off what
he was doing.

"My mother came back. I noticed that she was trembling. She said
very rapidly:

"'I think it's him. Go ask the captain for information. But be very
discreet, so that rascal doesn't wind up on our hands again!'

"My father moved off, but I followed him. I felt strangely touched.

"The captain, a tall, thin gentleman with long side whiskers, was
walking on the bridge looking important, as if he were in command of
the mailboat to the Indies.

"My father greeted him ceremoniously, questioning him about his
occupation, and sprinkling in compliments:

"How significant was Jersey? Its products? Its population? Its manners? Its customs? The nature of the soil, etc., etc.

"You'd have thought he was discussing nothing less than the United
States of America.

"Then they spoke about the vessel we were on, the *Express*. Then
the topic turned to the crew. Finally my father said in a shaky voice:

"'You've got an old oyster opener there who looks very interesting.
Do you know any details about that fellow?'

"The captain, whom that conversation was finally irritating, replied
curtly:

"'He's an old French tramp I found in America last year and
brought back to his country. He seems to have relatives in Le Havre,
but doesn't want to go back to them because he owes them money.
His name is Jules . . . Jules Darmanche or Darvanche, anyway something like that. Apparently he was rich for a while down there, but see
what he's reduced to now!'

"My father, who was turning livid, with tightened throat and wild
eyes, said, syllable by syllable:

"'Oh! Oh! Very good . . . , quite good . . . I'm not surprised . . .
Thanks very much, captain.'

"And he moved away, while the seaman, in amazement, watched
him go.

"He came back to my mother, so upset that she said:

"'Sit down; people will notice something's wrong.'

"He dropped onto the bench, stammering:

"'It's him, it's really him!'

"Then he asked:

"'What are we to do? . . .'

"She replied briskly:

—Il faut éloigner les enfants. Puisque Joseph sait tout, il va aller les chercher. Il faut prendre garde surtout que notre gendre ne se doute de rien.

Mon père paraissait atterré. Il murmura:

—Quelle catastrophe!

Ma mère ajouta, devenue tout à coup furieuse:

—Je me suis toujours doutée que ce voleur ne ferait rien, et qu'il nous retomberait sur le dos! Comme si on pouvait attendre quelque chose d'un Davranche! . . .

Et mon père se passa la main sur le front, comme il faisait sous les reproches de sa femme.

Elle ajouta:

—Donne de l'argent à Joseph pour qu'il aille payer ces huîtres, à présent. Il ne manquerait plus que d'être reconnus par ce mendiant. Cela ferait un joli effet sur le navire. Allons-nous-en à l'autre bout, et fais en sorte que cet homme n'approche pas de nous!

Elle se leva, et ils s'éloignèrent après m'avoir remis une pièce de cent sous.

Mes sœurs, surprises, attendaient leur père. J'affirmai que maman s'était trouvée un peu gênée par la mer, et je demandai à l'ouvreur d'huîtres:

—Combien est-ce que nous vous devons, monsieur?

J'avais envie de dire: mon oncle.

Il répondit:

—Deux francs cinquante.

Je tendis mes cent sous et il me rendit la monnaie.

Je regardais sa main, une pauvre main de matelot toute plissée, et je regardais son visage, un vieux et misérable visage, triste, accablé, en me disant:

—C'est mon oncle, le frère de papa, mon oncle!

Je lui donnai dix sous de pourboire. Il me remercia:

—Dieu vous bénisse, mon jeune monsieur!

Avec l'accent d'un pauvre qui reçoit l'aumône. Je pensai qu'il avait dû mendier, là-bas!

Mes sœurs me contemplaient, stupéfaites de ma générosité.

Quand je remis les deux francs à mon père, ma mère, surprise, demanda:

—Il y en avait pour trois francs? . . . Ce n'est pas possible.

Je déclarai d'une voix ferme:

—J'ai donné dix sous de pourboire.

Ma mère eut un sursaut et me regarda dans les yeux:

"'We've got to get the girls away from him. Since Joseph knows everything, he'll go for them. We must be especially careful not to let our son-in-law get wind of anything.'

"My father seemed crushed. He muttered:

"'What a catastrophe!'

"My mother, who had suddenly become furious, added:

"'I always suspected that that thief would never amount to anything and would fall back on our hands! As if you could expect anything else of a Davranche! . . .'

"And my father passed his hand across his forehead, as he always did when reproached by his wife.

"She added:

"'Give Joseph some money so he can go pay for those oysters now. All we'd need is to be recognized by that beggar. It would create a lovely scene on the ship. Let's move away to the far end, and you: make sure that that man doesn't get near us!'

"She got up, and they walked away after handing me a five-franc coin.

"My sisters, who were surprised, had been waiting for their father. I stated that mother had felt a little seasick, and I asked the oyster opener:

"'How much do we owe you, sir?'

"I felt like saying 'uncle.'

"He replied:

"'Two francs fifty.'

"I handed him my five francs and he gave me the change.

"I looked at his hand, a poor sailor's hand, all wrinkled, and I looked at his face, an old, poverty-stricken face, sad, worn out, as I said to my-self:

"'He's my uncle, dad's brother, my uncle!'

"I gave him a ten-sou tip. He thanked me:

"'God bless you, young gentleman!'

"His intonation was that of a pauper receiving alms. It occurred to me that he must have already been a beggar in South America!

"My sisters were looking at me, amazed by my generosity.

"When I handed the two francs to my father, my mother asked in surprise:

"'They had three francs' worth? . . . It's impossible . . .'

"I stated in firm tones:

"'I gave him a ten-sou tip.'

"My mother gave a start and looked me in the eye:

—Tu es fou! Donner dix sous à cet homme, à ce gueux! . . .

Elle s'arrêta sous un regard de mon père, qui désignait son gendre. Puis on se tut.

Devant nous, à l'horizon, une ombre violette semblait sortir de la mer. C'était Jersey.

Lorsqu'on approcha des jetées, un désir violent me vint au cœur de voir encore une fois mon oncle Jules, de m'approcher, de lui dire quelque chose de consolant, de tendre.

Mais, comme personne ne mangeait plus d'huîtres, il avait disparu, descendu sans doute au fond de la cale infecte où logeait ce misérable.

Et nous sommes revenus par le bateau de Saint-Malo, pour ne pas le rencontrer. Ma mère était dévorée d'inquiétude.

Je n'ai jamais revu le frère de mon père!

Voilà pourquoi tu me verras quelquefois donner cent sous aux vagabonds.

# La mère Sauvage

*A Georges Pouchet.*

## I

Je n'étais point revenu à Virelogne depuis quinze ans. J'y retournai chasser, à l'automne, chez mon ami Serval, qui avait enfin fait reconstruire son château détruit par les Prussiens.

J'aimais ce pays infiniment. Il est des coins du monde délicieux qui ont pour les yeux un charme sensual. On les aime d'un amour physique. Nous gardons, nous autres que séduit la terre, des souvenirs tendres pour certaines sources, certains bois, certains étangs, certaines collines, vus souvent et qui nous ont attendris à la façon des événements heureux. Quelquefois même la pensée retourne vers un coin de forêt, ou un bout de berge, ou un verger poudré de fleurs aperçus une seule fois, par un jour gai, et restés en notre cœur comme ces images de femmes rencontrées dans la rue, un matin de printemps, avec une toilette claire et transparente, et qui nous laissent dans l'âme et dans la chair un désir inapaisé, inoubliable, la sensation du bonheur coudoyé.

A Virelogne, j'aimais toute la campagne, semée de petits bois et traversée par des ruisseaux qui couraient dans le sol comme des veines portant le sang à la terre. On pêchait là-dedans des écrevisses, des truites et des anguilles! Bonheur divin! On pouvait se baigner pa

"'You're crazy! To give ten sous to that man, to that tramp! . . .'

"She stopped short, seeing my father glance in the direction of his son-in-law.

"Then everyone fell silent.

"Before us, on the horizon, a violet shadow seemed to arise from the sea. It was Jersey.

"When we got near the docks, my heart felt a violent desire to see my uncle Jules once more, to go near him, to say some consoling, tender word to him.

"But since no one was eating oysters any more, he had vanished, having no doubt gone below to the depths of the filthy hold where that wretch was housed.

"And we came back on the Saint-Malo boat to avoid meeting him. My mother was eaten up by nervousness.

"I never saw my father's brother again!

"That's why you'll sometimes see me giving five francs to vagabonds."

## Old Lady Sauvage

*To Georges Pouchet.*

### I

I hadn't been back in Virelogne for fifteen years. I returned there for the shooting in autumn at the home of my friend Serval, who had finally rebuilt his château that had been destroyed by the Prussians.

I loved that area enormously. There are delightful corners of the world that have a sensual charm for your eyes. You love them with a physical love. We who are charmed by the earth retain tender memories of certain frequently viewed springs, woods, pools, and hills which have touched us as happy events do. Indeed at times our thoughts revert to a stretch of forest, a section of a riverbank, or an orchard dotted with flowers which we have seen only once, on a cheerful day, but which have remained in our heart like those images of women encountered in the street one spring morning wearing bright, transparent clothing, who leave behind in our soul and in our flesh an unsatisfied desire, unforgettable, the sensation of a happiness we have brushed up against.

At Virelogne I loved the entire countryside, with its scattering of small woods, an area crisscrossed by brooks running through the ground like veins, carrying blood to the soil. In them we'd fish for crayfish, trouts, and eels! Divine happiness! In spots it was possible to

places, et on trouvait souvent des bécassines dans les hautes herbes qui poussaient sur les bords de ces minces cours d'eau.

J'étais léger comme une chèvre, regardant mes deux chiens fourrager devant moi. Serval, à cent mètres sur ma droite, battait un champ de luzerne. Je tournai les buissons qui forment la limite du bois des Saudres, et j'aperçus une chaumière en ruines.

Tout à coup, je me la rappelai telle que je l'avais vue pour la dernière fois, en 1869, propre, vêtue de vignes, avec des poules devant la porte. Quoi de plus triste qu'une maison morte, avec son squelette debout, délabré, sinistre?

Je me rappelai aussi qu'une bonne femme m'avait fait boire un verre de vin là-dedans, un jour de grande fatigue, et que Serval m'avait dit alors l'histoire des habitants. Le père, vieux braconnier, avait été tué par les gendarmes. Le fils, que j'avais vu autrefois, était un grand garçon sec qui passait également pour un féroce destructeur de gibier. On les appelait les Sauvage.

Était-ce un nom ou un sobriquet?

Je hélai Serval. Il s'en vint de son long pas d'échassier.

Je lui demandai:

—Que sont devenus les gens de là?

Et il me conta cette aventure.

## II

Lorsque la guerre fut déclarée, le fils Sauvage, qui avait alors trente-trois ans, s'engagea, laissant la mère seule au logis. On ne la plaignait pas trop, la vieille, parce qu'elle avait de l'argent, on le savait.

Elle resta donc toute seule dans cette maison isolée si loin du village, sur la lisière du bois. Elle n'avait pas peur, du reste, étant de la même race que ses hommes, une rude vieille, haute et maigre, qui ne riait pas souvent et avec qui on ne plaisantait point. Les femmes des champs ne rient guère d'ailleurs. C'est affaire aux hommes, cela! Elles ont l'âme triste et bornée, ayant une vie morne et sans éclaircie. Le paysan apprend un peu de gaieté bruyante au cabaret, mais sa compagne reste sérieuse avec une physionomie constamment sévère. Les muscles de leur face n'ont point appris les mouvements du rire.

La mère Sauvage continua son existence ordinaire dans sa chaumière, qui fut bientôt couverte par les neiges. Elle s'en venait au village, une fois par semaine, chercher du pain et un peu de viande; puis elle retournait dans sa masure. Comme on parlait des loups, elle sortait le fusil au dos, le fusil du fils, rouillé, avec la crosse usée par le

bathe, and we often found snipes in the tall grass that grew at the edges of those narrow watercourses.

I was lightfooted as a goat, watching my two dogs foraying ahead of me. Serval, a hundred meters to my right, was beating an alfalfa field. I went around the bushes that define the edge of the Saudres wood, and I caught sight of a ruined thatched cottage.

Suddenly I recalled it as I had last seen it, in 1869, clean, vineclad, with hens in front of the door. What is sadder than a dead house, with its skeleton standing, ruinous, sinister?

I also recalled that a kindly woman had given me a glass of wine to drink in there, one day when I was very tired, and that Serval had then told me the story of the dwellers there. The father, an old poacher, had been killed by the rural constabulary. The son, whom I had seen in the past, was a tall, lean fellow who also had the reputation of a fierce slayer of game. They were called the Sauvages.

Was it their real name or a nickname: "savages"?

I hailed Serval. He came up to me with his long strides, like those of a wading bird.

I asked him:

"What has become of the people who lived there?"

And he narrated this adventure to me.

## II

When war was declared, young Sauvage, who was then thirty-three, joined up, leaving his mother alone at home. The old woman wasn't pitied very much because she was known to have money.

So she remained all alone in that isolated house so far from the village, on the edge of the wood. Nor was she afraid, being of the same breed as her menfolk, a hardy old woman, tall and thin, who didn't often laugh and with whom you didn't joke around. Anyway, rustic women seldom laugh. That's the men's business! The women have a sad, limited soul, their life being gloomy and without a ray of light. The male peasant learns a bit of noisy gaiety at the tavern, but his wife remains serious, her features constantly severe. Their facial muscles haven't learned the movements of laughter.

Old lady Sauvage continued her normal existence in her cottage, which was soon covered by snow. She'd make her way to the village once a week to get bread and a little meat; then she'd return to her hovel. When there was talk of wolves being about, she'd go out with a rifle slung behind her, her son's rusty rifle with its butt worn down by

frottement de la main; et elle était curieuse à voir, la grande Sauvage, un peu courbée, allant à lentes enjambées par le neige, le canon de l'arme dépassant la coiffe noire qui lui serrait la tête et emprisonnait ses cheveux blancs, que personne n'avait jamais vus.

Un jour les Prussiens arrivèrent. On les distribua aux habitants, selon la fortune et les ressources de chacun. La vieille, qu'on savait riche, en eut quatre.

C'étaient quatre gros garçons à la chair blonde, à la barbe blonde, aux yeux bleus, demeurés gras malgré les fatigues qu'ils avaient endurées déjà, et bons enfants, bien qu'en pays conquis. Seuls chez cette femme âgée, ils se montrèrent pleins de prévenances pour elle, lui épargnant, autant qu'ils le pouvaient, des fatigues et des dépenses. On les voyait tous les quatre faire leur toilette autour du puits, le matin, en manches de chemise, mouillant à grande eau, dans le jour cru des neiges, leur chair blanche et rose d'hommes du Nord, tandis que la mère Sauvage allait et venait, préparant la soupe. Puis on les voyait nettoyer la cuisine, frotter les carreaux, casser du bois, éplucher les pommes de terre, laver le linge, accomplir toutes les besognes de la maison, comme quatre bons fils autour de leur mère.

Mais elle pensait sans cesse, au sien, la vieille, à son grand maigre au nez crochu, aux yeux bruns, à la forte moustache qui faisait sur la lèvre un bourrelet de poils noirs. Elle demandait chaque jour, à chacun des soldats installés à son foyer:

—Savez-vous où est parti le régiment français, vingt-troisième de marche? Mon garçon est dedans.

Ils répondaient: «Non, bas su, pas savoir tu tout.» Et, comprenant sa peine et ses inquiétudes, eux qui avaient des mères là-bas, ils lui rendaient mille petits soins. Elle les aimait bien, d'ailleurs, ses quatre ennemis; car les paysans n'ont guère les haines patriotiques; cela n'appartient qu'aux classes supérieures. Les humbles, ceux qui paient le plus parce qu'ils sont pauvres et que toute charge nouvelle les accable, ceux qu'on tue par masses, qui forment la vraie chair à canon, parce qu'ils sont le nombre, ceux qui souffrent enfin le plus cruellement des atroces misères de la guerre, parce qu'ils sont les plus faibles et les moins résistants, ne comprennent guère ces ardeurs belliqueuses, ce point d'honneur excitable et ces prétendues combinaisons politiques qui épuisent en six mois deux nations, la victorieuse comme la vaincue.

the friction of hands; and she was an odd sight, tall Sauvage, a little stooped, taking slow strides through the snow, the barrel of the weapon showing above the black cap that enclosed her head tightly, imprisoning her white hair which no one had ever seen.

One day the Prussians came. They were billeted among the local population in accordance with each person's wealth and resources. The old woman, known to be rich, was given four.

They were four big young men with pale complexions, blond beards, and blue eyes who had remained plump despite the fatigues they had already undergone, and good-natured even as conquerors. Alone in the home of that elderly woman, they proved to be highly attentive to her, sparing her as much fatigue and expense as they could. All four of them could be seen washing themselves by the well in the morning, in their shirtsleeves, dashing water, in the harsh glare from the snow, onto their white and pink Nordic skin, while old lady Sauvage would come and go, preparing the soup. Then they could be seen cleaning the kitchen, scrubbing the windows, chopping wood, peeling potatoes, washing the laundry, and doing all the household chores like four living sons around their mother.

But she was constantly thinking about *hers*, the old lady, about her tall, thin son with his hooked nose, his brown eyes, and the thick mustache that formed a cushion of black hairs on his lip. Every day she'd ask each of the soldiers lodged in her home:

"Do you know where the French regiment has gone, the twenty-third temporary regiment?[1] My boy is in it."

They'd reply: "No, not knowing, not know at all." And understanding her grief and worry, since they, too, had mothers back home, they'd do her a thousand little services. Besides, she liked her four enemies; because not many peasants harbor patriotic hatreds: that's something for the higher classes only. Humble folk, those who pay the most because they're poor and crushed by every new burden, those who are killed en masse, who constitute the real cannon fodder because they're the most numerous, those who finally suffer most cruelly from the terrible miseries of war because they're the weakest and least resistant, scarcely comprehend those bellicose ardors, that excitable sense of honor, and those so-called political arrangements which in six months wear out two nations, the winner and the loser both.

---

1. A *régiment de marche* was formed, in times of emergency, by men from a variety of units.

On disait dans le pays, en parlant des Allemands de la mère Sauvage:
—En v'là quatre qu'ont trouvé leur gîte.

Or, un matin, comme la vieille femme était seule au logis, elle aperçut au loin dans la plaine un homme qui venait vers sa demeure. Bientôt elle le reconnut, c'était le piéton chargé de distribuer les lettres. Il lui remit un papier plié et elle tira de son étui les lunettes dont elle se servait pour coudre; puis elle lut:

«Madame Sauvage, la présente est pour vous porter une triste nouvelle. Votre garçon Victor a été tué hier par un boulet, qui l'a censément coupé en deux parts. J'étais tout près, vu que nous nous trouvions côte à côte dans la compagnie et qu'il me parlait de vous pour vous prévenir au jour même s'il lui arrivait malheur.

«J'ai pris dans sa poche sa montre pour vous la reporter quand la guerre sera finie.

«Je vous salue amicalement.

«CÉSAIRE RIVOT,
«Soldat de 2e classe au 23e de marche.»

La lettre était datée de trois semaines.

Elle ne pleurait point, elle demeurait immobile, tellement saisie, hébétée, qu'elle ne souffrait même pas encore. Elle pensait: «V'là Victor qu'est tué maintenant.» Puis peu à peu les larmes montèrent à ses yeux, et la douleur envahit son cœur. Les idées lui venaient une à une, affreuses, torturantes. Elle ne l'embrasserait plus, son enfant, son grand, plus jamais! Les gendarmes avaient tué le père, les Prussiens avaient tué le fils . . . Il avait été coupé en deux par un boulet. Et il lui semblait qu'elle voyait la chose, la chose horrible: la tête tombant, les yeux ouverts, tandis qu'il mâchait le coin de sa grosse moustache, comme il faisait aux heures de colère.

Qu'est-ce qu'on avait fait de son corps, après?

Si seulement on lui avait rendu son enfant, comme on lui avait rendu son mari, avec sa balle au milieu du front!

Mais elle entendit un bruit de voix. C'étaient les Prussiens qui revenaient du village. Elle cacha bien vite la lettre dans sa poche et elle les reçut tranquillement avec sa figure ordinaire, ayant eu le temps de bien essuyer ses yeux.

Ils riaient tous les quatre, enchantés, car ils rapportaient un beau lapin, volé sans doute, et ils faisaient signe à la vieille qu'on allait manger quelque chose de bon.

Elle se mit tout de suite à la besogne pour préparer le déjeuner; mais, quand il fallut tuer le lapin, le cœur lui manqua. Ce n'était pas

Speaking of old lady Sauvage's Germans, the locals would say: "*There* are four guys who've found a roof over their heads!"

Now, one morning while the old woman was alone at home, she saw at a distance on the plain a man who was heading for her house. She soon recognized him: he was the rural postman who delivered the mail. He handed her a folded sheet of paper and she took her sewing glasses out of their case; then she read:

"Madame Sauvage, this is to let you know some sad news. Your boy Victor was killed yesterday by a cannonball that practically cut him in two. I was nearby, since we were side by side in the company and he used to tell me about you so I'd let you know right away if anything happened to him.

"I took his watch out of his pocket and I'll bring it back to you when the war is over.

"Friendly greetings.

"CÉSAIRE RIVOT,
"Private in the 23rd temporary regiment."

The date on the letter was three weeks earlier.

She didn't cry, she remained motionless, so shocked and numbed that she wasn't even suffering yet. She was thinking: "And now Victor has been killed." Then little by little tears rose to her eyes and sorrow invaded her heart. Her thoughts came to her singly, frightful, tormenting thoughts. She'd no longer kiss him, her child, her big boy, never again! The constables had killed the father, the Prussians had killed the son . . . He'd been cut in two by a cannonball. And it seemed to her that she could see it, that horrible thing, happen: his head falling with open eyes while he gnawed at the corner of his thick mustache, as he did in times of anger.

What had they done with his body afterward?

If they had only given her back her child as they'd given her back her husband, with a bullet in the middle of his forehead!

But she heard the sound of voices. It was the Prussians returning from the village. Very swiftly she hid the letter in her pocket and welcomed them calmly with her usual expression, having had time to dry her eyes thoroughly.

All four were laughing delightedly because they were bringing a beautiful rabbit, stolen no doubt, and they were telling the old woman in sign language that they'd all eat something good.

She set to work at once preparing lunch, but when it was time to kill

le premier pourtant! Un des soldats l'assomma d'un coup de poing
derrière les oreilles.

Une fois la bête morte, elle fit sortir le corps rouge de la peau; mais
la vue du sang qu'elle maniait, qui lui couvrait les mains, du sang tiède
qu'elle sentait se refroidir et se coaguler, la faisait trembler de la tête
aux pieds; et elle voyait toujours son grand coupé en deux, et tout
rouge aussi comme cet animal encore palpitant.

Elle se mit à table avec ses Prussiens, mais elle ne put manger, pas
même une bouchée. Ils dévorèrent le lapin sans s'occuper d'elle. Elle
les regardait de côté, sans parler, mûrissant une idée, et le visage tellement impassible qu'ils ne s'aperçurent de rien.

Tout à coup, elle demanda: «Je ne sais seulement point vos noms,
et v'là un mois que nous sommes ensemble.» Ils comprirent, non sans
peine, ce qu'elle voulait, et dirent leurs noms. Cela ne lui suffisait pas;
elle se les fit écrire sur un papier, avec l'adresse de leurs familles, et,
reposant ses lunettes sur son grand nez, elle considéra cette écriture
inconnue, puis elle plia la feuille et la mit dans sa poche, par-dessus la
lettre qui lui disait la mort de son fils.

Quand le repas fut fini, elle dit aux hommes:

—J'vas travailler pour vous.

Et elle se mit à monter du foin dans le grenier où ils couchaient.

Ils s'étonnèrent de cette besogne; elle leur expliqua qu'ils auraient
moins froid; et ils l'aidèrent. Ils entassaient les bottes jusqu'au toit de
paille; et ils se firent ainsi une sorte de grande chambre avec quatre
murs de fourrage, chaude et parfumée, où ils dormiraient à merveille.

Au dîner, un d'eux s'inquiéta de voir que la mère Sauvage ne
mangeait point encore. Elle affirma qu'elle avait des crampes. Puis
elle alluma un bon feu pour se chauffer, et les quatre Allemands montèrent dans leur logis par l'échelle qui leur servait tous les soirs.

Dès que la trappe fut refermée, la vieille enleva l'échelle, puis rou-
vrit sans bruit la porte du dehors, et elle retourna chercher des bottes
de paille dont elle emplit sa cuisine. Elle allait nu-pieds, dans la neige
si doucement qu'on n'entendait rien. De temps en temps elle écoutait
les ronflements sonores et inégaux des quatre soldats endormis.

Quand elle jugea suffisants ses préparatifs, elle jeta dans le foyer
une des bottes, et, lorsqu'elle fut enflammée, elle l'éparpilla sur les
autres, puis elle ressortit et regarda.

Une clarté violente illumina en quelques secondes tout l'intérieur
de la chaumière, puis ce fut un brasier effroyable, un gigantesque four
ardent, dont la lueur jaillissait par l'étroite fenêtre et jetait sur la neige
un éclatant rayon.

the rabbit, her courage failed her. And yet it wasn't the first! One of
the soldiers killed it by punching it behind the ears.

Once the animal was dead, she drew the red body out of the skin,
but the sight of the blood which she was handling, and which covered
her hands, that warm blood which she felt cooling and clotting, made
her tremble from head to foot; and she kept seeing her big boy cut in
two and all red just like that still palpitating animal.

She sat down to table with her Prussians, but she couldn't eat, not
even a mouthful. They devoured the rabbit without bothering about
her. She gave them sidelong glances, not speaking, thinking out a plan,
her face so impassive that they noticed nothing.

Suddenly she said: "I don't even know your names and we've been
together for a month." Not without difficulty they understood what she
wanted and they told their names. That wasn't enough for her; she
made them write them down on a piece of paper, along with the ad-
dresses of their families, and, putting her glasses back on her large nose,
she studied that unfamiliar handwriting; then she folded the paper and
put it in her pocket, on top of the letter announcing her son's death.

When the meal was over, she said to the men:

"I'm going to work for you."

And she began carrying up hay into the loft where they slept.

They were surprised at that chore; she explained to them that they'd
be less cold; and they helped her. They piled up the bundles all the way
to the straw roof, thereby creating a sort of big room with four walls of
fodder, warm and aromatic, in which they'd sleep like a charm.

At dinner one of them became worried, seeing that old lady
Sauvage still wasn't eating. She declared that she had cramps. Then
she lit a good fire for warming herself, and the four Germans ascended to their bedroom by the ladder they used every night.

As soon as the trapdoor was shut behind them, the old woman removed the ladder, then noiselessly reopened the outside door and
went back out to get bundles of straw, with which she filled her
kitchen. She went barefoot in the snow, so quietly that they didn't
hear a thing. From time to time she'd stop to listen to the loud, irregular snoring of the four sleeping soldiers.

When she deemed her preparations sufficient, she threw one of the
bundles into the hearth and, when it had caught fire, she scattered it
over the rest; then she went back out and watched.

A violet glare lit up the entire inside of the cottage in a few seconds,
then there was a fearful mass of flame, a gigantic burning oven whose glow
shot out of the narrow window, casting a dazzling beam onto the snow.

Puis un grand cri partit du sommet de la maison, puis ce fut une clameur de hurlements humains, d'appels déchirants d'angoisse et d'épouvante. Puis, la trappe s'étant écroulée à l'intérieur, un tourbillon de feu s'élança dans le grenier, perça le toit de paille, monta dans le ciel comme une immense flamme de torche; et toute la chaumière flamba.

On n'entendait plus rien dedans que le crépitement de l'incendie, le craquement des murs, l'écroulement des poutres. Le toit tout à coup s'effondra, et la carcasse ardente de la demeure lança dans l'air, au milieu d'un nuage de fumée, un grand panache d'étincelles.

La campagne, blanche, éclairée par le feu, luisait comme une nappe d'argent teintée de rouge.

Une cloche, au loin, se mit à sonner.

La vieille Sauvage restait debout, devant son logis détruit, armée de son fusil, celui du fils, de crainte qu'un des hommes n'échappât.

Quand elle vit que c'était fini, elle jeta son arme dans le brasier. Une détonation retentit.

Des gens arrivaient, des paysans, des Prussiens.

On trouva la femme assise sur un tronc d'arbre, tranquille et satisfaite.

Un officier allemand, qui parlait le français comme un fils de France, lui demanda:

—Où sont vos soldats?

Elle tendit son bras maigre vers l'amas rouge de l'incendie qui s'éteignait, et elle répondit d'une voix forte:

—Là-dedans!

On se pressait autour d'elle. Le Prussien demanda:

—Comment le feu a-t-il pris?

Elle prononça:

—C'est moi qui l'ai mis.

On ne la croyait pas, on pensait que le désastre l'avait rendue folle. Alors, comme tout le monde l'entourait et l'écoutait, elle dit la chose d'un bout à l'autre, depuis l'arrivée de la lettre jusqu'au dernier cri des hommes flambés avec sa maison. Elle n'oublia pas un détail de ce qu'elle avait ressenti ni de ce qu'elle avait fait.

Quand elle eut fini, elle tira de sa poche deux papiers, et, pour les distinguer aux dernières lueurs du feu, elle ajusta encore ses lunettes, puis elle prononça, montrant l'un: «Ça, c'est la mort de Victor.» Montrant l'autre, elle ajouta, en désignant les ruines rouges d'un coup de tête: «Ça, c'est leurs noms, pour qu'on écrive chez eux.» Elle ten-

Then a loud cry issued from the top of the house, then there was a clamor of human howls, heartrending calls of anguish and horror. Then, the trapdoor having collapsed inside, a whirlwind of fire shot up into the hayloft, pierced the straw roof, and ascended into the sky like an immense torch flame; and the whole cottage was ablaze.

Nothing more was heard inside than the sizzling of the fire, the cracking of the walls, and the collapsing of the beams. Suddenly the roof caved in, and the burning carcass of the house hurled into the air, amid a cloud of smoke, a big plume of sparks.

The white countryside, illuminated by the fire, was gleaming like a sheet of silver tinged with red.

In the distance a bell started to peal.

Old lady Sauvage remained standing in front of her destroyed home, armed with her rifle, her son's, for fear lest one of the men escape.

When she saw it was all over, she threw her weapon into the flames. A shot went off.

People were arriving, peasants, Prussians.

They found the woman sitting on a tree trunk, calm and contented.

A German officer, who spoke French like a son of France, asked her:

"Where are your soldiers?"

She stretched out her scrawny arm toward the red heap of the dying fire, and answered loudly:

"In there!"

People were crowding around her. The Prussian asked:

"How did the fire start?"

She replied:

"I set it."

They didn't believe her, they thought the disaster had driven her crazy. Then, with everyone encircling her and listening to her, she narrated the event from start to finish, from the arrival of the letter down to the last cry of the men who had been burned up along with her house. She didn't forget a single detail of what she had felt or what she had done.

When she had finished, she took two papers out of her pocket and, to tell them apart by the last gleaming of the fire, she put on her glasses again; then, showing one of them, she said: "This one is Victor's death." Showing the other, she added, indicating the red ruins with a movement of her head: "This one is their names, so you can

dit tranquillement la feuille blanche à l'officier, qui la tenait par les épaules, et elle reprit:

—Vous écrirez comment c'est arrivé, et vous direz à leurs parents que c'est moi qui a fait ça. Victoire Simon, la Sauvage! N'oubliez pas.

L'officier criait des ordres en allemand. On la saisit, on la jeta contre les murs encore chauds de son logis. Puis douze hommes se rangèrent vivement en face d'elle, à vingt mètres. Elle ne bougea point. Elle avait compris; elle attendait.

Un ordre retentit, qu'une longue détonation suivit aussitôt. Un coup attardé partit tout seul, après les autres.

La vieille ne tomba point. Elle s'affaissa comme si on lui eût fauché les jambes.

L'officier prussien s'approcha. Elle était presque coupée en deux, et de sa main crispée elle tenait sa lettre baignée de sang.

Mon ami Serval ajouta:

—C'est par représailles que les Allemands ont détruit le château du pays qui m'appartenait.

Moi, je pensais aux mères des quatre doux garçons brûlés là-dedans; et à l'héroïsme atroce de cette autre mère, fusillée contre ce mur.

Et je ramassai une petite pierre, encore noircie par le feu.

## Toine

### I

On le connaissait à dix lieues aux environs le père Toine, le gros Toine, Toine-ma-Fine, Antoine Mâcheblé, dit Brûlot, le cabaretier de Tournevent.

Il avait rendu célèbre le hameau enfoncé dans un pli du vallon qui descendait vers la mer, pauvre hameau paysan composé de dix maisons normandes entourées de fossés et d'arbres.

Elles étaient là, ces maisons, blotties dans ce ravin couvert d'herbe et d'ajonc, derrière la courbe qui avait fait nommer ce lieu Tournevent. Elles semblaient avoir cherché un abri dans ce trou comme les oiseaux qui se cachent dans les sillons les jours d'ouragan, un abri contre le grand vent de mer, le vent du large, le vent dur et salé, qui ronge et brûle comme le feu, dessèche et détruit comme les gelées d'hiver.

Mais le hameau tout entier semblait être la propriété d'Antoine

write to their homes." She calmly held out the white sheet to the officer, who was holding her by the shoulders, and she resumed:

"You'll write how it happened, and you'll tell their parents it was I who did it. Victoire Simon, the Sauvage! Don't forget."

The officer was shouting orders in German. She was seized and flung against the walls of her home, which were still hot. Then twelve men briskly lined up opposite her, twenty meters away. She didn't move. She had understood; she was waiting.

An order was called out, immediately followed by a long detonation. One belated shot went off by itself, after the others.

The old woman didn't fall. She crumpled as if her legs had been cut away from under her.

The Prussian officer came up. She was nearly cut in two, and in her tensed hand she was holding her blood-soaked letter.

My friend Serval added:

"It was as a reprisal that the Germans destroyed the château of the estate that belonged to me."

I was thinking about the mothers of the four gentle boys who had been burned up in there, and about the terrible heroism of that other mother who had been shot against that wall.

And I picked up a little stone, still blackened by the fire.

# Toine

## I

For ten leagues around people knew old man Toine, fat Toine, Toine-My-Fine, Antoine Mâcheblé, called "Burnt Brandy," the tavernkeeper at Tournevent.

He had made famous that hamlet snuggled in a fold of the valley that descended to the sea, a poor hamlet of peasants made up of ten Norman houses surrounded by ditches and trees.

There they were, those houses, cowering in that grass- and furze-covered ravine, behind the curve that had given the name Tournevent, "chimney cowl," to that place. They seemed to have sought a shelter in that hole like those birds which hide in the furrows on stormy days, a shelter from the strong ocean wind, the wind from the open sea, the rough, salty wind that gnaws and burns like fire, withering and destroying like winter frost.

But the whole hamlet seemed to belong to Antoine Mâcheblé,

Mâcheblé, dit Brûlot, qu'on appelait d'ailleurs aussi souvent Toine et Toine-ma-Fine, par suite d'une locution dont il se servait sans cesse:

—Ma Fine est la première de France.

Sa Fine, c'était son cognac, bien entendu.

Depuis vingt ans il abreuvait le pays de sa Fine et de ses Brûlots, car chaque fois qu'on lui demandait:

—Qu'est-ce que j'allons bé, pé Toine?

Il répondait invariablement:

—Un brûlot, mon gendre, ça chauffe la tripe et ça nettoie la tête; y a rien de meilleur pour le corps.

Il avait aussi cette coutume d'appeler tout le monde «mon gendre», bien qu'il n'eût jamais eu de fille mariée ou à marier.

Ah! oui, on le connaissait Toine Brûlot, le plus gros homme du canton, et même de l'arrondissement. Sa petite maison semblait dérisoirement trop étroite et trop basse pour le contenir, et quand on le voyait debout sur sa porte où il passait des journées entières, on se demandait comment il pourrait entrer dans sa demeure. Il y rentrait chaque fois que se présentait un consommateur, car Toine-ma-Fine était invité de droit à prélever son petit verre sur tout ce qu'on buvait chez lui.

Son café avait pour enseigne: «Au rendez-vous des Amis», et il était bien, le pé Toine, l'ami de toute la contrée. On venait de Fécamp et de Montivilliers pour le voir et pour rigoler en l'écoutant, car il aurait fait rire une pierre de tombe, ce gros homme. Il avait une manière de blaguer les gens sans les fâcher, de cligner de l'œil pour exprimer ce qu'il ne disait pas, de se taper sur la cuisse dans ses accès de gaieté qui vous tirait le rire du ventre malgré vous, à tous les coups. Et puis c'était une curiosité rien que de le regarder boire. Il buvait tant qu'on lui en offrait, et de tout, avec une joie dans son œil malin, une joie qui venait de son double plaisir, plaisir de se régaler d'abord et d'amasser des gros sous ensuite pour sa régalade.

Les farceurs du pays lui demandaient:

—Pourquoi que tu ne bé point la mé, pé Toine?

Il répondait:

—Y a deux choses qui m'opposent, primo qu'a l'est salée, et deusio qu'i faudrait la mettre en bouteille, vu que mon abdomin n'est point pliable pour bé à c'te tasse-là!

Et puis il fallait l'entendre se quereller avec sa femme! C'était une telle comédie qu'on aurait payé sa place de bon cœur. Depuis trente ans qu'ils étaient mariés, ils se chamaillaient tous les jours. Seulement Toine rigolait, tandis que sa bourgeoise se fâchait. C'était une grande

called "Burnt Brandy," who was also called just as often Toine and Toine-My-Fine because of an expression he was always using:

"My fine brandy is the best in France."

His fine brandy was his cognac, of course.

For twenty years he had been giving the neighborhood his fine brandy and his burnt brandy to drink, because every time he was asked,

"What'll I have to drink, old man Toine?,"

he'd invariably reply:

"A burnt brandy, son-in-law; it warms your innards and it clears out your head; there's nothin' better for the body."

He also had that habit of calling everybody "son-in-law," even though he'd never had a married daughter or one yet to be married.

Oh, yes, people knew Toine Burnt Brandy, the fattest man in the subdistrict, and even in the district. His little house seemed, laughably, too narrow and low to contain him, and when people saw him standing in his doorway, where he spent entire days, they wondered how he was able to get into his home. He did go back in every time a customer showed up, because Toine-My-Fine was duly entitled to skim off his own little drink from everything consumed on his premises.

His inn sign read: "Friends' Get-Together," and old man Toine really was the friend of the whole area. People came from Fécamp and Montivilliers to see him and have a laugh listening to him, because that fat man would have made a tombstone laugh. He had a way of kidding people without getting them mad, of winking one eye to express things he didn't say, of slapping his thigh in his fits of gaiety, which gave you a belly laugh in spite of yourself, each and every time. And then it was fascinating just to watch him drink. He'd go on drinking for as long as he was treated, and he'd drink anything, with joy in his shrewd eyes, a joy derived from his double pleasure; first, the pleasure of drinking, then that accumulating plenty of coin for that drink.

The local wags would ask him:

"Why don't you drink up the ocean, old man Toine?"

He'd reply:

"Two things stop me. First, it's salty, and second, you'd have to bottle it, 'cause my tummy isn't flexible enough to drink it from that there cup!"

And then you had to hear him arguing with his wife! That was such a show, you'd have gladly paid for a seat. In the thirty years they'd been married, they had bickered every day. Except that Toine would laugh, while his better half would get mad. She was a tall peasant

paysanne, marchant à longs pas d'échassier, et portant une tête de chat-huant en colère. Elle passait son temps à élever des poules dans une petite cour, derrière le cabaret, et elle était renommée pour la façon dont elle savait engraisser les volailles.

Quand on donnait un repas à Fécamp chez des gens de la haute, il fallait, pour que le dîner fut goûté, qu'on y mangeât une pensionnaire de la mé Toine.

Mais elle était née de mauvaise humeur et elle avait continué à être mécontente de tout. Fâchée contre le monde entier, elle en voulait principalement à son mari. Elle lui en voulait de sa gaieté, de sa renommée, de sa santé et de son embonpoint. Elle le traitait de propre à rien, parce qu'il gagnait de l'argent sans rien faire, le sapas, parce qu'il mangeait et buvait comme dix hommes ordinaires, et il ne se passait point de jour sans qu'elle déclarât d'un air exaspéré:

—Ça serait-il point mieux dans l'étable à cochons un quétou comme ça? C'est que d'la graisse, que ça en fait mal au cœur.

Et elle lui criait dans la figure:

—Espère, espère un brin; j'verrons c'qu'arrivera, j'verrons ben! Ça crèvera comme un sac à grain, ce gros bouffi!

Toine riait de tout son cœur en se tapant sur le ventre et répondait:

—Eh! la mé Poule, ma planche, tâche d'engraisser comme ça d'la volaille. Tâche pour voir.

Et relevant sa manche sur son bras énorme:

—En v'là un aileron, la mé, en v'là un.

Et les consommateurs tapaient du poing sur les tables en se tordant de joie, tapaient du pied sur la terre du sol, et crachaient par terre dans un délire de gaieté.

La vieille furieuse reprenait:

—Espère un brin . . . espère un brin . . . j'verrons c'qu'arrivera . . . ça crèvera comme un sac à grain . . .

Et elle s'en allait furieuse, sous les rires des buveurs.

Toine, en effet, était surprenant à voir, tant il était devenu épais et gros, rouge et soufflant. C'était un de ces êtres énormes sur qui la mort semble s'amuser, avec des ruses, des gaietés et des perfidies bouffonnes, rendant irrésistiblement comique son travail lent de destruction. Au lieu de se montrer comme elle fait chez les autres, la gueuse, de se montrer dans les cheveux blancs, dans la maigreur, dans les rides, dans l'affaissement croissant qui fait dire avec un frisson: «Bigre! comme il a changé!» elle prenait plaisir à l'engraisser, celui-là, à le faire monstrueux et drôle, à l'enluminer de rouge et de bleu, à le souffler, à lui donner l'apparence d'une santé surhumaine; et les dé-

woman who took long strides like a wading bird and wore an expression like an angry tawny owl's. She spent her time raising chickens in a little yard behind the tavern, and she was famous for the way she was able to fatten her poultry.

When a dinner was given by high-society people in Fécamp, if it was to be successful, it had to include a "boarder" raised by Toine's old lady.

But she had been born bad-tempered and she had continued to be dissatisfied with everything. Angry with the whole world, she had a special grudge against her husband. She was annoyed by his cheerfulness, his fame, his good health, and his girth. She called him a good-for-nothing because he earned money without doing a thing, that sloth, and because he ate and drank like ten ordinary men, and not a day went by on which she didn't exclaim with an exasperated air:

"Wouldn't a hog like that be better off in the pigsty? He's nothing but fat, and he's disgusting."

And she'd yell into his face:

"Wait, wait a bit; we'll see what happens, we'll see! You'll bust like a grain sack, you big bloated thing!"

Toine would laugh heartily, slapping his belly, and he'd reply:

"Ah! Mother Hen, my flat board, try to fatten your poultry like this! Just try."

And, pulling up his sleeve to reveal his enormous arm:

"There's a wing for you, mother, there's one!"

And the customers would bang their fists on the tables, writhing with amusement, they'd stamp their feet on the earthen floor, and they'd spit on the ground in a delirium of gaiety.

The furious old woman would continue:

"Wait a bit . . . wait a bit . . . we'll see what happens . . . you'll bust like a grain sack . . ."

And she'd go away furious, to the laughter of the drinkers.

Indeed, Toine was amazing to see, he had become so thick and fat, red and puffing. He was one of those enormous beings with whom death seems to be having fun, using ruses, jokes, and comical treachery, making its slow task of destruction irresistibly comical. Instead of showing itself clearly as it does with other people (that bitch!), revealing itself in their white hair, their thinness, their wrinkles, and their progressive sagging which makes others say with a shudder, "Damn, how he's changed!," it was taking pleasure in fattening *this* fellow, in making him monstrous and odd, in painting him red and blue, in swelling him up, in giving him the appearance of superhuman health;

formations qu'elle inflige à tous les êtres devenaient chez lui risibles, cocasses, divertissantes, au lieu d'être sinistres et pitoyables.

—Espère un brin, répétait la mère Toine, j'verrons ce qu'arrivera.

## II

Il arriva que Toine eut une attaque et tomba paralysé. On coucha ce colosse dans la petite chambre derrière la cloison du café, afin qu'il pût entendre ce qu'on disait à côté, et causer avec les amis, car sa tête était demeurée libre, tandis que son corps, un corps énorme, impossible à remuer, à soulever, restait frappé d'immobilité. On espérait, dans les premiers temps, que ses grosses jambes reprendraient quelque énergie, mais cet espoir disparut bientôt, et Toine-ma-Fine passa ses jours et ses nuits dans son lit qu'on ne retapait qu'une fois par semaine, avec le secours de quatre voisins qui enlevaient le cabaretier par les quatre membres pendant qu'on retournait sa paillasse.

Il demeurait gai pourtant, mais d'une gaieté différente, plus timide, plus humble, avec des craintes de petit enfant devant sa femme qui piaillait toute la journée:

—Le v'là, le gros sapas, le v'là, le propre à rien, le faignant, ce gros soulot! C'est du propre, c'est du propre!

Il ne répondait plus. Il clignait seulement de l'œil derrière le dos de la vieille et il se retournait sur sa couche, seul mouvement qui lui demeurât possible. Il appelait cet exercice faire un «va-t-au nord», ou un «va-t-au sud».

Sa grande distraction maintenant c'était d'écouter les conversations du café, et de dialoguer à travers le mur; quand il reconnaissait les voix des amis, il criait:

—«Hé, mon gendre, c'est té Célestin?»

Et Célestin Maloisel répondait:

—C'est mé, pé Toine. C'est-il que tu regalopes, gros lapin?

Toine-ma-Fine prononçait:

—Pour galoper, point encore. Mais je n'ai point maigri, l'coffre est bon.

Bientôt, il fit venir les plus intimes dans sa chambre et on lui tenait compagnie, bien qu'il se désolât de voir qu'on buvait sans lui. Il répétait:

—C'est ça qui me fait deuil, mon gendre, de n'pu goûter d'ma fine, nom d'un nom. L'reste, j' m'en gargarise, mais de ne point bé ça me fait deuil.

and in him the deformations that death inflicts on all creatures became laughable, funny, and amusing instead of being sinister and pitiable.

"Wait a bit," Toine's old lady would repeat, "we'll see what happens."

## II

What happened is that Toine had a stroke and became paralyzed. That colossus was put to bed in the little room behind the tavern partition, so he could hear what was said nearby and could chat with his friends, since his head had remained clear, while his body, an enormous body it was impossible to budge or lift, remained stricken with immobility. In the first days it was hoped that his fat legs would recover some of their energy, but that hope soon evaporated, and Toine-My-Fine spent his days and nights in his bed, which was remade only once a week, with the aid of four neighbors who lifted the tavernkeeper by his four limbs while his mattress was being turned.

And yet he remained cheerful, but with a different kind of cheerfulness, a more timid and humble one, tinged with fear, like a small child's, of his wife, who cheeped like a chick all day long:

"There he is, the big lazybones, there he is, the good-for-nothing, the sluggard, that big drunk! It's disgusting, it's disgusting!"

He no longer replied. He merely winked an eye behind the old woman's back and turned over on his bed, the only movement of which he was still capable. He called that exercise "doing a northward" or "doing a southward."

Now his chief entertainment was listening to the conversations in the tavern and to have dialogues through the partition; when he recognized his friends' voices, he'd call out:

"Hey, son-in-law! Is that you, Célestin?"

And Célestin Maloisel would reply:

"It's me, old Toine. Are you galloping again, big rabbit?"

Toine-My-Fine would say:

"As for galloping, not yet. But I haven't gotten thinner, the chassis is strong."

Soon he invited his closest friends into his room and they kept him company, though he was saddened to see them drinking without him. He'd repeat:

"That's what grieves me, son-in-law, not to taste my fine brandy any more, God damn it! For all the rest I don't give a hoot, but not drinking grieves me."

Et la tête de chat-huant de la mère Toine apparaissait dans la fenêtre. Elle criait:

—Guètez-le, guètez-le, à c't'heure ce gros faignant, qu'i faut nourrir, qu'i faut laver, qu'i faut nettoyer comme un porc.

Et quand la vieille avait disparu, un coq aux plumes rouges sautait parfois sur la fenêtre, regardait d'un œil rond et curieux dans la chambre, puis poussait son cri sonore. Et parfois aussi, une ou deux poules volaient jusqu'aux pieds du lit, cherchant des miettes sur le sol.

Les amis de Toine-ma-Fine désertèrent bientôt la salle du café, pour venir, chaque après-midi, faire la causette autour du lit du gros homme. Tout couché qu'il était, ce farceur de Toine, il les amusait encore. Il aurait fait rire le diable, ce malin-là. Ils étaient trois qui reparaissaient tous les jours: Célestin Maloisel, un grand maigre, un peu tordu comme un tronc de pommier, Prosper Horslaville, un petit sec avec un nez de furet, malicieux, fûté comme un renard, et Césaire Paumelle, qui ne parlait jamais, mais qui s'amusait tout de même.

On apportait une planche de la cour, on la posait au bord du lit et on jouait aux dominos pardi, et on faisait de rudes parties, depuis deux heures jusqu'à six.

Mais la mère Toine devint bientôt insupportable. Elle ne pouvait point tolérer que son gros faignant d'homme continuât à se distraire, en jouant aux dominos dans son lit; et chaque fois qu'elle voyait une partie commencée, elle s'élançait avec fureur, culbutait la planche, saisissait le jeu, le rapportait dans le café et déclarait que c'était assez de nourrir ce gros suiffeux à ne rien faire sans le voir encore se divertir comme pour narguer le pauvre monde qui travaillait toute la journée.

Célestin Maloisel et Césaire Paumelle courbaient la tête, mais Prosper Horslaville excitait la vieille, s'amusait de ses colères.

La voyant un jour plus exaspérée que de coutume, il lui dit:

—Hé! la mé, savez-vous c'que j'f'rais, mé, si j'étais de vous?

Elle attendit qu'il s'expliquât, fixant sur lui son œil de chouette.

Il reprit:

—Il est chaud comme un four, vot'homme, qui n'sort point d'son lit. Eh ben, mé, j'li f'rais couver des œufs.

Elle demeura stupéfaite, pensant qu'on se moquait d'elle, considérant la figure mince et rusée du paysan qui continua:

—J'y en mettrais cinq sous un bras, cinq sous l'autre, l'même jour que je donnerais la couvée à une poule. Ça naîtrait d'même. Quand ils seraient éclos j'porterais à vot' poule les poussins de vot' homme pour qu'a les élève. Ça vous en f'rait de la volaille, la mé!

And the tawny-owl face of Toine's old lady would appear at the window. She'd yell:

"Look at him, look at him now, that big sluggard, who has to be fed, who has to be washed, who has to be cleaned like a pig."

And when the old woman had vanished, a rooster with red feathers would sometimes jump onto the window, look into the room with a round, inquisitive eye, and then utter its resonant cry. And sometimes one or two hens would also fly over to the legs of the bed, looking for crumbs on the ground.

Soon Toine-My-Fine's friends deserted the public room of the tavern and came every afternoon for a chat around the fat man's bed. Though recumbent, that joker Toine still amused them. That wag would have made the devil laugh. Three of them showed up daily: Célestin Maloisel, a tall, thin man who was a little twisted like an apple-tree trunk; Prosper Horslaville, a spare little man with a nose like a ferret's, waggish, sly as a fox; and Césaire Paumelle, who never spoke but enjoyed himself all the same.

They'd bring in a board from the yard, place it alongside the bed, and play dominoes, they did!—impressive games, from two o'clock till six.

But Toine's old lady soon became unbearable. She couldn't abide seeing her big no-good husband continue to enjoy himself playing dominoes in bed; and every time she saw him begin a game, she'd dash over furiously, overturn the board, seize the pieces, take them back to the tavern, and declare that it was enough to feed that big, do-nothing tub of lard without also seeing him enjoy himself, as if flouting the poor folks who worked all day.

Célestin Maloisel and Césaire Paumelle would bow their heads, but Prosper Horslaville would rouse up the old woman and laugh at her fits of rage.

One day, seeing her more exasperated than usual, he said to her:

"Hey, mother, know what I'd do if I were you?"

She waited for him to spell out his thoughts, glaring at him with her owl's eyes.

He continued:

"Your husband, who never gets out of bed, is as hot as an oven. Well, I would make him incubate eggs."

She remained dumbstruck, thinking he was making fun of her, as she studied the thin, crafty face of the peasant, who went on:

"I'd put five under one arm and five under the other on the same day I'd give a hen a clutch to hatch out. They'd hatch the same way. When they were hatched I'd take your husband's chicks to your hen to raise. That would give you plenty of poultry, mother!"

La vieille interdite demanda:

—Ça se peut-il?

L'homme reprit:

—Si ça s'peut! Pourqué que ça n'se pourrait point! Pisqu'on fait ben couver d's œufs dans une boîte chaude, on peut en mett' couver dans un lit.

Elle fut frappée par ce raisonnement et s'en alla, songeuse et calmée.

Huit jours plus tard elle entra dans la chambre de Toine avec son tablier plein d'œufs. Et elle dit:

—J'viens d'mett' la jaune au nid avec dix œufs. En v'là dix pour té. Tâche de n'point les casser.

Toine éperdu, demanda:

—Qué que tu veux?

Elle répondit:

—J'veux qu'tu les couves, propre à rien.

Il rit d'abord; puis, comme elle insistait, il se fâcha, il résista, il refusa résolument de laisser mettre sous ses gros bras cette graine de volaille que sa chaleur ferait éclore.

Mais la vieille, furieuse, déclara:

—Tu n'auras point d'fricot tant que tu n'les prendras point. J'verrons ben c'qu'arrivera.

Toine, inquiet, ne répondit rien.

Quand il entendit sonner midi, il appela:

—Hé! la mé, la soupe est-il cuite?

La vieille cria de sa cuisine:

—Y a point de soupe pour té, gros faignant.

Il crut qu'elle plaisantait et attendit, puis il pria, supplia, jura, fit des «va-t-au nord et des va-t-au sud» désespérés, tapa la muraille à coups de poing, mais il dut se résigner a laisser introduire dans sa couche cinq œufs contre son flanc gauche. Après quoi il eut sa soupe.

Quand ses amis arrivèrent, ils le crurent tout à fait mal, tant il paraissait drôle et gêné.

Puis on fit la partie de tous les jours. Mais Toine semblait n'y prendre aucun plaisir et n'avançait la main qu'avec des lenteurs et des précautions infinies.

—T'as donc l'bras noué, demandait Horslaville.

Toine répondit:

—J'ai quasiment t'une lourdeur dans l'épaule.

Soudain, on entendit entrer dans le café, les joueurs se turent.

The dumbfounded old woman asked:

"Is that possible?"

The man replied:

"Sure, it's possible! Why wouldn't it be? If you can hatch eggs in a hot box, you can have them hatched in a bed."

She was struck by that argument, and walked away pensive and relieved.

A week later she entered Toine's room with her apron full of eggs. And she said:

"I've just put the yellow hen on the nest with ten eggs. Here are ten for you. Try not to break them."

Bewildered, Toine asked:

"What is it you want?"

She answered:

"I want you to incubate them, good-for-nothing."

At first he laughed; then, since she insisted, he got angry, he resisted, he absolutely refused to let that hen fruit be put under his fat arms for his body heat to hatch.

But the old woman, furious, declared:

"You won't have any stew until you take them. We'll see what happens."

Toine, worried, made no reply.

When he heard the clock strike twelve, he called:

"Hey, mother, is the soup ready?"

From her kitchen the old woman yelled:

"There's no soup for you, big do-nothing."

He thought she was joking and he waited; then he begged, supplicated, swore, made desperate "northward" and "southward" turns, and banged on the partition with his fist; but he had to resign himself to allowing five eggs to be placed in his bed up against his left side. After that he got his soup.

When his friends arrived, they thought he was thoroughly ill, he looked so odd and constrained.

Then they played their daily game. But Toine didn't seem to be getting any pleasure out of it; if he extended his hand, it was slowly and with infinite precautions.

"So your arm is stiff?" Horslaville asked.

Toine replied:

"I've got a sort of tightness in my shoulder."

Suddenly the domino players fell silent, hearing someone enter the tavern.

C'était le maire avec l'adjoint. Ils demandèrent deux verres de fine et se mirent à causer des affaires du pays. Comme ils parlaient à voix basse, Toine Brûlot voulut coller son oreille contre le mur, et, oubliant ses œufs, il fit un brusque «va-t-au nord» qui le coucha sur une omelette.

Au juron qu'il poussa, la mère Toine accourut, et devinant le désastre, le découvrit d'une secousse. Elle demeura d'abord immobile, indignée, trop suffoquée pour parler devant le cataplasme jaune collé sur le flanc de son homme.

Puis, frémissant de fureur, elle se rua sur le paralytique et se mit à lui taper de grands coups sur le ventre, comme lorsqu'elle lavait son linge au bord de la mare. Ses mains tombaient l'une après l'autre avec un bruit sourd, rapides comme les pattes d'un lapin qui bat du tambour.

Les trois amis de Toine riaient à suffoquer, toussant, éternuant, poussant des cris, et le gros homme effaré parait les attaques de sa femme avec prudence, pour ne point casser encore les cinq œufs qu'il avait de l'autre côté.

## III

Toine fut vaincu. Il dut couver, il dut renoncer aux parties de domino, renoncer à tout mouvement, car la vieille le privait de nourriture avec férocité chaque fois qu'il cassait un œuf.

Il demeurait sur le dos, l'œil au plafond, immobile, les bras soulevés comme des ailes, échauffant contre lui les germes de volailles enfermés dans les coques blanches.

Il ne parlait plus qu'à voix basse comme s'il eût craint le bruit autant que le mouvement, et il s'inquiétait de la couveuse jaune qui accomplissait dans le poulailler la même besogne que lui.

Il demandait à sa femme:

—La jaune a-t-elle mangé la nuit?

Et la vieille allait de ses poules à son homme, et de son homme à ses poules, obsédée, possédée par la préoccupation des petits poulets qui mûrissaient dans le lit et dans le nid.

Les gens du pays qui savaient l'histoire s'en venaient, curieux et sérieux, prendre des nouvelles de Toine. Ils entraient à pas légers comme on entre chez les malades et demandaient avec intérêt:

—Eh bien! ça va-t-il?

Toine répondait:

—Pour aller, ça va, mais j'ai maujeure tant que ça m'échauffe. J'ai des fremis qui me galopent sur la peau.

It was the mayor with his deputy. They asked for two glasses of fine brandy and began chatting about local matters. Since they were speaking in low tones, Toine Burnt-Brandy wanted to glue his ear to the partition and, forgetting his eggs, he made an abrupt "northward" turn which laid him down on an omelet.

Hearing the oath he uttered, Toine's old lady came running and, guessing at the disaster, she uncovered him with one jerk. At first she remained motionless, angry, too choked up to speak as she beheld the yellow poultice plastered against her husband's side.

Then, quivering with rage, she flung herself onto the paralyzed man and started to shower heavy blows on his belly, as if washing her laundry at the edge of the pond. Her hands fell one after the other with a muffled sound, swift as the paws of a drumming rabbit.

Toine's three friends were laughing till they choked, coughing, sneezing, uttering cries, and the big man, frightened, was parrying his wife's attacks carefully, to avoid breaking the other five eggs located on his other side.

### III

Toine was vanquished. He had to incubate, he had to give up the domino games, give up all motion, because the old woman ferociously deprived him of food every time he broke an egg.

He remained on his back, gazing at the ceiling, motionless, his arms raised like wings, warming with his body the embryo chickens enclosed in their white shells.

If he spoke now, it was in low tones as if he feared sound as much as motion, and he worried about the yellow brood hen who was accomplishing in the henhouse the same task that he was.

He'd ask his wife:

"Did the yellow hen eat last night?"

And the old woman would shuttle between her hens and her husband, her husband and her hens, obsessed, possessed by her concern for the little chickens maturing in the bed and in the nest.

The locals who knew the story would come, curious and serious, for news of Toine. They'd come in walking quietly, like visitors to sickbeds, and they'd ask with concern:

"Well? Things okay?"

Toine would answer:

"Not bad, but it heats me up so much I can't take it. I've got ants running up and down my skin."

Or, un matin, sa femme entra très émue et déclara:

—La jaune en a sept. Y avait trois œufs de mauvais.

Toine sentit battre son cœur.—Combien en aurait-il, lui?

Il demanda:

—Ce sera tantôt?—avec une angoisse de femme qui va devenir mère.

La vieille répondit d'un air furieux, torturée par la crainte d'un insuccès:

—Faut croire!

Ils attendirent. Les amis prévenus que les temps étaient proches arrivèrent bientôt inquiets eux-mêmes.

On en jasait dans les maisons. On allait s'informer aux portes voisines.

Vers trois heures, Toine s'assoupit. Il dormait maintenant la moitié des jours. Il fut réveillé soudain par un chatouillement inusité sous le bras droit. Il y porta aussitôt la main gauche et saisit une bête couverte de duvet jaune, qui remuait dans ses doigts.

Son émotion fut telle, qu'il se mit à pousser des cris, et il lâcha le poussin qui courut sur sa poitrine. Le café était plein de monde. Les buveurs se précipitèrent, envahirent la chambre, firent cercle comme autour d'un saltimbanque, et la vieille étant arrivée cueillit avec précaution la bestiole blottie sous la barbe de son mari.

Personne ne parlait plus. C'était par un jour chaud d'avril. On entendait par la fenêtre ouverte glousser la poule jaune appelant ses nouveau-nés.

Toine, qui suait d'émotion, d'angoisse, d'inquiétude, murmura:

—J'en ai encore un sous le bras gauche, à c't'heure.

Sa femme plongea dans le lit sa grande main maigre, et ramena un second poussin, avec des mouvements soigneux de sage-femme.

Les voisins voulurent le voir. On se le repassa en le considérant attentivement comme s'il eût été un phénomène.

Pendant vingt minutes, il n'en naquit pas, puis quatre sortirent en même temps de leurs coquilles.

Ce fut une grande rumeur parmi les assistants. Et Toine sourit, content de son succès, commençant à s'enorgueillir de cette paternité singulière. On n'en avait pas souvent vu comme lui, tout de même! C'était un drôle d'homme, vraiment!

Il déclara:

—Ça fait six. Nom de nom qué baptême!

Et un grand rire s'éleva dans le public. D'autres personnes emplis-

Now, one morning his wife came in very excitedly and declared:

"The yellow hen has seven. There were three bad eggs."

Toine felt his heart pounding. How many would *he* have?

He asked:

"Will it be soon?" His anguish was like that of a woman about to become a mother.

The old lady replied furiously, tormented by the fear of a failure:

"I imagine so!"

They waited. The friends, informed that the time was approaching, soon arrived; they, too, were nervous.

People chatted about it in their homes. They went to neighbors' doors for an update.

About three o'clock Toine dozed off. Now he was sleeping half of every day. He was suddenly awakened by an unfamiliar tickling under his right arm. He immediately felt there with his left hand and grasped an animal covered with yellow down, which was wriggling in his fingers.

He was so excited that he began crying out, and he let go of the chick, which ran across his chest. The tavern was full of people. The drinkers made a dash, invaded the room, and formed a ring as if around a circus performer, and the old woman, arriving, carefully picked up the little animal that had taken shelter under her husband's beard.

No one was speaking now. It was a warm April day. Through the open window they could hear the yellow hen clucking as she called to her newly born brood.

Toine, who was sweating with excitement, anguish, and worry, murmured:

"I've got another one under my left arm now."

His wife plunged her big, thin hand into the bed and brought out a second chick, with careful movements like those of a midwife.

The neighbors insisted on seeing it. They passed it from hand to hand, studying it closely as if it were a phenomenon.

The twenty minutes nothing else was hatched, then four came out of their shells at the same time.

There was a lot of noise among the bystanders. And Toine smiled, happy at his success and beginning to take pride in that unusual fatherhood. They hadn't often seen men like him, had they? He was an odd man, wasn't he, though?

He declared:

"That makes six. God damn it, what a baptism!"

And a loud laugh came from the audience. Other people were fill-

saient le café. D'autres encore attendaient devant la porte. On se demandait:

—Combien qu'i en a?

—Y en a six.

La mère Toine portait à la poule cette famille nouvelle, et la poule gloussait éperdument, hérissait ses plumes, ouvrait les ailes toutes grandes pour abriter la troupe grossissante de ses petits.

—En v'la encore un! cria Toine.

Il s'était trompé, il y en avait trois! Ce fut un triomphe! Le dernier creva son enveloppe à sept heures du soir. Tous les œufs étaient bons! Et Toine affolé de joie, délivré, glorieux, baisa sur le dos le frêle animal, faillit l'étouffer avec ses lèvres. Il voulut le garder dans son lit, celui-là, jusqu'au lendemain, saisi par une tendresse de mère pour cet être si petiot qu'il avait donné à la vie; mais la vieille l'emporta comme les autres sans écouter les supplications de son homme.

Les assistants, ravis, s'en allèrent en devisant de l'événement, et Horslaville resté le dernier, demanda:

—Dis donc, pé Toine, tu m'invites à fricasser l'premier, pas vrai?

A cette idée de fricassée, le visage de Toine s'illumina, et le gros homme répondit:

—Pour sûr que je t'invite, mon gendre.


# Mouche
### Souvenir d'un canotier

Il nous dit:

En ai-je vu, de drôles de choses et de drôles de filles aux jours passés où je canotais. Que de fois j'ai eu envie d'écrire un petit livre, titré «Sur la Seine», pour raconter cette vie de force et d'insouciance, de gaieté et de pauvreté, de fête robuste et tapageuse que j'ai menée de vingt à trente ans.

J'étais un employé sans le sou; maintenant je suis un homme arrivé qui peut jeter des grosses sommes pour un caprice d'une seconde. J'avais au cœur mille désirs modestes et irréalisables qui me doraient l'existence de toutes les attentes imaginaires. Aujourd'hui, je ne sais pas vraiment quelle fantaisie me pourrait faire lever du fauteuil où je somnole. Comme c'était simple, et bon, et difficile de vivre ainsi, entre le bureau à Paris et la rivière à Argenteuil. Ma grande, ma seule, mon absorbante passion, pendant dix ans, ce fut la Seine. Ah! la belle

ing the tavern. Still others were waiting outside the door. People were asking one another:

"How many are there?"

"There are six."

Toine's old lady was taking that new family to the hen, and the hen was clucking in bewilderment, bristling out her feathers, and opening her wings wide to shelter the increasing troop of her young.

"Here's another one!" Toine exclaimed.

He was wrong: there were three! It was a triumph! The last one burst through its covering at seven in the evening. All the eggs were good! And Toine, mad with joy, a man delivered and in glory, kissed the frail creature on its back, nearly smothering it with his lips. He wanted to keep that one in his bed till the next day, gripped by maternal tenderness for that tiny creature he had introduced into life; but the old woman carried it off like the rest without heeding her husband's supplications.

The bystanders, delighted, went away discussing the event, and Horslaville, the last one left, asked:

"Tell me, old Toine, I'll be the first you invite for the fricassee, won't I?"

At that thought of a fricassee, Toine's face lit up, and the fat man replied:

"Naturally, I'll invite you, son-in-law."

# Mouche
## An Oarsman's Reminiscence

He said to us:

"How many odd things and odd girls I saw in the past when I used to row! How many times I've felt like writing a short book called *On the Seine*, to relate that life of vigor and freedom from care, merriment and poverty, and hardy, noisy partying that I led between the ages of twenty and thirty!

"I was a penniless clerk; now I'm a successful man who can fling away hefty sums for a second's caprice. In my heart I had a thousand modest but unachievable desires which gilded my existence with every possible fanciful expectation. Today I really don't know what whim could get me out of the armchair I drowse in. How simple it was, and good, and difficult, to live that way, between my office in Paris and the river at Argenteuil. My great, my only, my absorbing passion for ten years was the Seine. Ah, that lovely, calm, varied, and

calme, variée et puante rivière pleine de mirages et d'immondices. Je l'ai tant aimée, je crois, parce qu'elle m'a donné, me semble-t-il, le sens de la vie. Ah! les promenades le long des berges fleuries, mes amies les grenouilles qui rêvaient, le ventre au frais, sur une feuille de nénuphar et les lis d'eau coquets et frêles, au milieu des grandes herbes fines qui m'ouvraient soudain derrière un saule, un feuillet d'album japonais quand le martin-pêcheur fuyait devant moi comme une flamme bleue! Ai-je aimé tout cela, d'un amour instinctif des yeux qui se répandait dans tout mon corps en une joie naturelle et profonde!

Comme d'autres ont des souvenirs de nuits tendres, j'ai des souvenirs de levers de soleil dans les brumes matinales, flottantes, errantes vapeurs, blanches comme des mortes avant l'aurore, puis, au premier rayon glissant sur les prairies, illuminées de rose à ravir le cœur; et j'ai des souvenirs de lune argentant l'eau frémissante et courante, d'une lueur qui faisait fleurir tous les rêves.

Et tout cela, symbole de l'éternelle illusion, naissait pour moi sur de l'eau croupie qui charriait vers la mer toutes les ordures de Paris.

Puis quelle vie gaie avec les camarades. Nous étions cinq, une bande, aujourd'hui des hommes graves; et comme nous étions tous pauvres, nous avions fondé, dans une affreuse gargote d'Argenteuil, une colonie inexprimable qui ne possédait qu'une chambre-dortoir où j'ai passé les plus folles soirées, certes, de mon existence. Nous n'avions souci de rien, que de nous amuser et de ramer, car l'aviron pour nous, sauf pour un, était un culte. Je me rappelle de si singulières aventures, de si invraisemblables farces, inventées par ces cinq chenapans, que personne aujourd'hui ne les pourrait croire. On ne vit plus ainsi, même sur la Seine, car la fantaisie enragée qui nous tenait en haleine est morte dans les âmes actuelles.

A nous cinq nous possédions un seul bateau, acheté à grand-peine et sur lequel nous avons ri comme nous ne rirons plus jamais. C'était une large yole un peu lourde, mais solide, spacieuse et confortable. Je ne vous ferai point le portrait de mes camarades. Il y en avait un petit très malin, surnommé «Petit-Bleu»; un grand, à l'air sauvage, avec des yeux gris et des cheveux noirs, surnommé «Tomahawk»; un autre spirituel et paresseux, surnommé «La Tôque», le seul qui ne touchât jamais une rame sous prétexte qu'il ferait chavirer le bateau; un mince, élégant, très soigné, surnommé «N'a-qu'un-Œil» en souvenir d'un roman alors récent de Cladel, et parce qu'il portait un monocle enfin moi qu'on avait baptisé «Joseph Prunier». Nous vivions en parfaite intelligence avec le seul regret de n'avoir pas une barreuse. Une

stinking river full of visions and garbage! I think I loved it that much because I believe it gave me a meaning in life. Ah, the outings alongside its flowery banks, my friends the frogs who'd be dreaming, their belly in the cool, on a water-lily leaf, and the charming, frail pond lilies, amid the tall, thin grasses which suddenly, behind a willow, opened for me a page from a Japanese album when the kingfisher fled before me like a blue flame! How I loved all that, with an instinctive love in my eyes which spread all over my body as a profound natural pleasure!

"Just as others have memories of loving nights, I have memories of sunrises in the morning mists: floating, wandering vapors, white as dead women, before the dawn, then, at the first sunbeam gliding over the meadows, illuminated with a heartwarming pink; and I have memories of moonlight silvering the trembling, running water with a gleam that made every dream blossom out.

"And all of that, a symbol of the eternal illusion, arose for me on stagnant water which was carrying all the sewage of Paris toward the sea.

"And then, what a merry life with my pals. There were five of us, a gang, serious men today; and since we were all poor, we had founded, in a horrible cookshop at Argenteuil, an indescribable colony, which possessed a single dormitory room, in which I spent what were surely the craziest nights in my life. We didn't care about anything except to have fun and to row, because for us, with one exception, the oar was a cult. I recall such unusual adventures, such improbable pranks, invented by those five scoundrels that no one could believe them today. People don't live that way any more, not even on the Seine, because the rabid imagination that kept us breathless has died out of present-day souls.

"Between the five of us we owned a single boat, purchased with great difficulty; on it we laughed as we'll never laugh again. It was a wide skiff, a little heavy but solid, roomy, and comfortable. I won't paint the portrait of my buddies for you. One of them was short, very sharp, nicknamed 'Express Letter'; a tall one, with a wild look, gray eyes and black hair, was called 'Tomahawk'; another, witty and lazy, nicknamed 'La Tôque,' was the only one who never touched an oar (his pretext was that he'd make the boat capsize); a slender, elegant, very well groomed fellow was called 'One Eye' with reference to a then recent novel by Cladel, and because he wore a monocle; lastly there was me, who had been baptized 'Joseph Prunier.' We lived on the best of terms, our only regret being the lack of a tillerwoman. A woman is indispensable in a

femme, c'est indispensable dans un canot. Indispensable parce que ça tient l'esprit et le cœur en éveil, parce que ça anime, ça amuse, ça distrait, ça pimente et ça fait décor avec une ombrelle rouge glissant sur les berges vertes. Mais il ne nous fallait pas une barreuse ordinaire, à nous cinq qui ne ressemblions guère à tout le monde. Il nous fallait quelque chose d'imprévu, de drôle, de prêt à tout, de presque introuvable, enfin. Nous en avions essayé beaucoup sans succès, des filles de barre, pas des barreuses, canotières imbéciles qui préféraient toujours le petit vin qui grise, à l'eau qui coule et qui porte les yoles. On les gardait un dimanche, puis on les congédiait avec dégoût.

Or, voilà qu'un samedi soir N'a-qu'un-Œil nous amena une petite créature fluette, vive, sautillante, blagueuse et pleine de drôlerie, de cette drôlerie qui tient lieu d'esprit aux titis mâles et femelles éclos sur le pavé de Paris. Elle était gentille, pas jolie, une ébauche de femme où il y avait de tout, une de ces silhouettes que les dessinateurs crayonnent en trois traits sur une nappe de café après dîner entre un verre d'eau-de-vie et une cigarette. La nature en fait quelquefois comme ça.

Le premier soir, elle nous étonna, nous amusa, et nous laissa sans opinion tant elle était inattendue. Tombée dans ce nid d'hommes prêts à toutes les folies, elle fut bien vite maîtresse de la situation, et dès le lendemain elle nous avait conquis.

Elle était d'ailleurs tout à fait toquée, née avec un verre d'absinthe dans le ventre, que sa mère avait dû boire au moment d'accoucher, et elle ne s'était jamais dégrisée depuis, car sa nourrice, disait-elle, se refaisait le sang à coups de tafia; et elle-même n'appelait jamais autrement que «ma sainte famille» toutes les bouteilles alignées derrière le comptoir des marchands de vin.

Je ne sais lequel de nous la baptisa «Mouche» ni pourquoi ce nom lui fut donné, mais il lui allait bien, et lui resta. Et notre yole, qui s'appelait *Feuille-à-l'Envers*, fit flotter chaque semaine sur la Seine, entre Asnières et Maisons-Laffitte, cinq gars, joyeux et robustes, gouvernés sous un parasol de papier peint, par une vive et écervelée personne qui nous traitait comme des esclaves chargés de la promener sur l'eau et que nous aimions beaucoup.

Nous l'aimions tous beaucoup, pour mille raisons d'abord, pour une seule ensuite. Elle était, à l'arrière de notre embarcation, une espèce de petit moulin à paroles, jacassant au vent qui filait sur l'eau. Elle bavardait sans fin, avec le léger bruit continu de ces mécaniques ailées qui tournent dans la brise; et elle disait étourdiment les choses les plus inattendues, les plus cocasses, les plus stupéfiantes. Il y avait dans cet esprit, dont toutes les parties semblaient disparates à la façon de lo

rowboat. Indispensable because she keeps one's mind and heart aroused, because she provides animation, amusement, distraction, and spice, and because she's decorative with her red parasol gliding past the green banks. But we five, who bore little resemblance to the rest of the world, had no use for an ordinary tillerwoman. We needed something unexpected, odd, ready for anything—in short, practically undiscoverable. We had tried out many without success, dames at the tiller, not tillerwomen, idiotic oarswomen who always preferred an intoxicating cheap wine to the water that flows and bears skiffs. We kept them for one Sunday, then discharged them with disgust.

"Now, lo and behold, one Saturday evening One Eye brought us a little creature who was slim, lively, perky, jocular, and full of wisecracks, those wisecracks which take the place of wit among the street-smart males and females that the sidewalks of Paris engender. She was nice, not pretty, a rough sketch of a woman that had all sorts of things in it, one of those outline drawings that artists crayon onto a café tablecloth in three strokes after dinner between a glass of brandy and a cigarette. Nature sometimes creates girls like that.

"The first evening, she amazed us, amused us, and left us without an opinion, she was so unpredictable. Having fallen into that nest of men ready for any folly, she was very quickly mistress of the situation, and from the next day on, she had conquered us.

"Moreover, she was completely dotty, born with a glass of absinthe in her stomach, which her mother must have drunk when going into labor, and she had never become sober since then, because her nurse (she told us) used to fortify herself with swigs of rum; and she herself never gave any other name than 'my holy family' to all the bottles lined up behind the bar in saloons.

"I don't know which of us baptized her 'Mouche' (a fly), nor why that name was given to her, but it suited her and it stuck with her. And our skiff, which was called the *Leaf Wrong Side Up*, carried down the Seine every week, between Asnières and Maisons-Laffitte, five jolly, robust guys, governed from underneath a painted-paper parasol by a lively, madcap person who treated us like slaves assigned to take her rowing, a person we liked very much.

"We all liked her a lot, at first for a thousand reasons, later for just one. In the stern of our vessel she was a sort of little verbiage mill, chattering in the breeze that blew over the water. She babbled endlessly, with the quiet, continuous sound of those many-bladed devices that turn in the breeze; and she would thoughtlessly say the most unexpected, goofy, and stupefying things. In that mind, all the parts of

ques de toute nature et de toute couleur, non pas cousues ensemble, mais seulement faufilées, de la fantaisie comme dans un conte de fées, de la gauloiserie, de l'impudeur, de l'impudence, de l'imprévu, du comique, et de l'air, de l'air et du paysage comme dans un voyage en ballon.

On lui posait des questions pour provoquer des réponses trouvées on ne sait où. Celle dont on la harcelait le plus souvent était celle-ci:

—Pourquoi t'appelle-t-on Mouche?

Elle découvrait des raisons tellement invraisemblables que nous cessions de nager pour en rire.

Elle nous plaisait aussi, comme femme; et La Tôque, qui ne ramait jamais et qui demeurait tout le long des jours assis à côté d'elle au fauteuil de barre, répondit une fois à la demande ordinaire:

—Pourquoi t'appelle-t-on Mouche?

—Parce que c'est une petite cantharide?

Oui, une petite cantharide bourdonnante et enfiévrante, non pas la classique cantharide empoisonneuse, brillante et mantelée, mais une petite cantharide aux ailes rousses qui commençait à troubler étrangement l'équipage entier de la *Feuille-à-l'Envers*.

Que de plaisanteries stupides, encore, sur cette feuille où s'était arrêtée cette Mouche.

N'a-qu'un-Œil, depuis l'arrivée de Mouche dans le bateau, avait pris au milieu de nous un rôle prépondérant, supérieur, le rôle d'un monsieur qui a une femme à côté de quatre autres qui n'en ont pas. Il abusait de ce privilège au point de nous exaspérer parfois en embrassant Mouche devant nous, en l'asseyant sur ses genoux à la fin des repas et par beaucoup d'autres prérogatives humiliantes autant qu'irritantes.

On les avait isolés dans le dortoir par un rideau.

Mais je m'aperçus bientôt que mes compagnons et moi devions faire au fond de nos cerveaux de solitaires le même raisonnement «Pourquoi, en vertu de quelle loi d'exception, de quel principe inacceptable, Mouche, qui ne paraissait gênée par aucun préjugé, serait-elle fidèle à son amant, alors que les femmes du meilleur monde ne le sont pas à leurs maris.»

Notre réflexion était juste. Nous en fûmes bientôt convaincus Nous aurions dû seulement la faire plus tôt pour n'avoir pas à regretter le temps perdu. Mouche trompa N'a-qu'un-Œil avec tous les autres matelots de la *Feuille-à-l'Envers*.

Elle le trompa sans difficulté, sans résistance, à la première prière de chacun de nous.

which seemed disparate, like shreds of every material and every color, not sewn together but merely basted, there were the imagination to be found in fairy tales, broad humor, shamelessness, impudence, the unexpected, the comical—and air, air and landscape, as in a balloon ride.

"We'd ask her questions to elicit replies that came out of nowhere. The one with which we badgered her most often was:

"'Why are you called Fly?'

"She'd come up with such unlikely reasons that we'd stop rowing to laugh at them.

"We also liked her as a woman; and one time La Tôque, who never rowed but sat beside her all day long at the tiller seat, replied to that regular question,

"'Why are you called Fly?'

"His reply was: 'Because she's a little Spanish fly, an aphrodisiac?'

"Yes, a little buzzing and fever-inducing Spanish fly, not the classic Spanish fly, venomous, shiny, and mantled, but a little Spanish fly with russet wings which was beginning to trouble strangely the entire crew of the *Leaf Wrong Side Up*.

"And how many stupid jokes we made about that leaf on which that fly had settled!

"Ever since Mouche's arrival in the boat, One Eye had assumed a preponderant, superior role among us, the role of a gentleman who possesses a woman alongside four others who don't. He'd abuse that privilege sometimes to the point of exasperating us, by kissing Mouche in front of us, by seating her on his knees at the end of meals, and by many other prerogatives which were as humiliating as they were irritating.

"They had been isolated in our dormitory by means of a curtain.

"But I soon observed that my companions and I must be following the same line of reasoning deep in our bachelor brains: 'Why, by dint of what exceptional law, of what unacceptable principle, should Mouche, who seemed unconstrained by any prejudice, be faithful to her lover when women of the highest society aren't faithful to their husbands?'

"Our reflections were correct. We were soon convinced of it. It was only that we should have made them sooner, so as not to be sorry over lost time. Mouche cheated on One Eye with all the other sailors of the *Leaf Wrong Side Up*.

"She cheated on him without difficulty and without resistance, the very first time each of us asked her to.

Mon Dieu, les gens pudiques vont s'indigner beaucoup! Pourquoi? Quelle est la courtisane en vogue qui n'a pas une douzaine d'amants, et quel est celui de ces amants assez bête pour l'ignorer? La mode n'est-elle pas d'avoir un soir chez une femme célèbre et cotée, comme on a un soir à l'Opéra, au Français ou à l'Odéon, depuis qu'on y joue les demi-classiques. On se met à dix pour entretenir une cocotte qui fait de son temps une distribution difficile, comme on se met à dix pour posséder un cheval de course que monte seulement un jockey, véritable image de l'amant de cœur.

On laissait par délicatesse Mouche à N'a-qu'un-Œil, du samedi soir au lundi matin. Les jours de navigation étaient à lui. Nous ne le trompions qu'en semaine, à Paris, loin de la Seine, ce qui, pour des canotiers comme nous, n'était presque plus tromper.

La situation avait ceci de particulier, que les quatre maraudeurs des faveurs de Mouche n'ignoraient point ce partage, qu'ils en parlaient entre eux, et même avec elle, par allusions voilées qui la faisaient beaucoup rire. Seul, N'a-qu'un-Œil semblait tout ignorer, et cette position spéciale faisait naître une gêne entre lui et nous, paraissait le mettre à l'écart, l'isoler, élever une barrière à travers notre ancienne confiance et notre ancienne intimité. Cela lui donnait pour nous un rôle difficile, un peu ridicule, un rôle d'amant trompé, presque de mari.

Comme il était fort intelligent, doué d'un esprit spécial de pince-sans-rire, nous nous demandions quelquefois, avec une certaine inquiétude, s'il ne se doutait de rien.

Il eut soin de nous renseigner, d'une façon pénible pour nous. On allait déjeuner à Bougival, et nous ramions avec vigueur, quand La Tôque qui avait, ce matin-là, une allure triomphante d'homme satisfait et qui, assis côte à côte avec la barreuse, semblait se serrer contre elle un peu trop librement à notre avis, arrêta la nage en criant: «Stop!»

Les huit avirons sortirent de l'eau.

Alors, se tournant vers sa voisine, il demanda:

—Pourquoi t'appelle-t-on Mouche?

Avant qu'elle eût pu répondre, la vois de N'a-qu'un-Œil, assis à l'avant, articula d'un ton sec:

—Parce qu'elle se pose sur toutes les charognes.

Il y eut d'abord un grand silence, une gêne, que suivit une envie de rire. Mouche elle-même demeurait interdite.

Alors, La Tôque commanda:

—Avant partout.

Le bateau se remit en route.

"My God, chaste people are going to get very angry! Why? What fashionable courtesan doesn't have a dozen lovers, and which of those lovers is stupid enough to be unaware of it? Isn't it the fashion to book a night with a famous, highly regarded woman, just as one subscribes to the Opéra, the Comédie-Française, or the Odéon, now that semi-classic plays are performed there? Ten men pool their resources to support a tart who raises difficulties portioning out her time, just as ten men get together to own a racehorse that's mounted by one jockey only: the true image of the 'fancy man.'

"Out of delicacy we'd leave Mouche to One Eye from Saturday night to Monday morning. The rowing days were for him. We cheated on him only during the week, in Paris, far from the Seine, which for rowers like us was hardly cheating at all.

"The situation was special in that the four plunderers of Mouche's favors were fully aware they were sharing; they discussed it among themselves, and even with her, in veiled allusions that made her laugh a lot. Only One Eye seemed ignorant of everything, and that special position created a constraint between him and us, seeming to set him on one side, to isolate him, to erect a barrier across our former trust and our former closeness. That gave him in our eyes a difficult role, slightly ludicrous, the role of a deceived lover, of a husband almost.

"Since he was very intelligent, endowed with a special dry, sarcastic humor, we'd sometimes wonder, with a certain nervousness, whether he didn't suspect anything.

"He took the trouble to inform us, in a way that was painful to us. We were on the way to lunch at Bougival, and we were rowing vigorously, when La Tôque, who that morning had the triumphant look of a contented man and was sitting next to the tillerwoman, pressing against her a little too freely in our opinion, halted the rowing by shouting: 'Stop!'

"The eight oars emerged from the water.

"Then, turning to the girl beside him, he asked:

"'Why are you called Fly?'

"Before she could reply, the voice of One Eye, who was sitting in the bow, articulated dryly:

"'Because she settles on every piece of filthy carrion.'

"At first there was a profound silence, a constraint, which was followed by an urge to laugh. Mouche herself remained dumbstruck.

"Then La Tôque gave the order:

"'Sail on!'

"The boat started moving again.

L'incident était clos, la lumière faite.

Cette petite aventure ne changea rien à nos habitudes. Elle rétablit seulement la cordialité entre N'a-qu'un-Œil et nous. Il redevint le propriétaire honoré de Mouche, du samedi soir au lundi matin, sa supériorité sur nous tous ayant été bien établie par cette définition, qui clôtura d'ailleurs l'ère des questions sur le mot «Mouche». Nous nous contentâmes à l'avenir du rôle secondaire d'amis reconnaissants et attentionnés qui profitaient discrètement des jours de la semaine sans contestation d'aucune sorte entre nous.

Cela marcha très bien pendant trois mois environ. Mais voilà que tout à coup Mouche prit, vis-à-vis de nous tous, des attitudes bizarres. Elle était moins gaie, nerveuse, inquiète, presque irritable. On lui demandait sans cesse:

—Qu'est-ce que tu as?

Elle répondait:

—Rien. Laisse-moi tranquille.

La révélation nous fut faite par N'a-qu'un-Œil, un samedi soir. Nous venions de nous mettre à table dans la petite salle à manger que notre gargotier Barbichon nous réservait dans sa guinguette, et, le potage fini, on attendait la friture quand notre ami, qui paraissait aussi soucieux, prit d'abord la main de Mouche et ensuite parla:

—Mes chers camarades, dit-il, j'ai une communication des plus graves à vous faire et qui va peut-être amener de longues discussions Nous aurons le temps d'ailleurs de raisonner entre les plats.

Cette pauvre Mouche m'a annoncé une désastreuse nouvelle dont elle m'a chargé en même temps de vous faire part.

Elle est enceinte.

Je n'ajoute que deux mots:

Ce n'est pas le moment de l'abandonner et la recherche de la paternité est interdite.

Il y eut d'abord de la stupeur, la sensation d'un désastre, et nous nous regardions les uns les autres avec l'envie d'accuser quelqu'un Mais lequel? Ah! lequel? Jamais je n'avais senti comme en ce moment la perfidie de cette cruelle farce de la nature qui ne permet jamais à un homme de savoir d'une façon certaine s'il est le père de son enfant.

Puis peu à peu une espèce de consolation nous vint et nous réconforta, née au contraire d'un sentiment confus de solidarité.

Tomahawk, qui ne parlait guère, formula ce début de rassérénement par ces mots:

—Ma foi, tant pis, l'union fait la force.

"The incident was over; light had been shed.

"That little adventure made no change in our habits. It merely restored the warm feelings between One Eye and us. He became once more the honored proprietor of Mouche from Saturday night to Monday morning, his superiority over all of us having been clearly established by that defining incident, which also brought to an end the era of questions about the word Mouche. For the future we were satisfied with the secondary role of grateful, attentive friends who took discreet advantage of weekdays without any kind of confrontation between us.

"That went very well for about three months. But, lo and behold, all of a sudden Mouche took on bizarre attitudes with regard to all of us. She was less cheerful, she was nervous, worried, almost irritable. We kept on asking her:

"'What's wrong with you?'

"She'd reply:

"'Nothing. Leave me alone.'

"The revelation was made to us by One Eye, one Saturday night. We had just sat down to table in the little dining room which our host Barbichon reserved for us in his tavern and, the soup being finished, we were waiting for the fish fry when our friend, who also looked worried, first took Mouche's hand, then said:

"'My dear comrades, I have a communication of the gravest kind to make to you, one that will perhaps lead to long discussions. Anyway, we'll have time to talk things out between courses.

"'Poor Mouche here has announced to me a disastrous piece of news which at the same time she has enjoined upon me to impart to you.

"'She's pregnant.

"'I add just a few words:

"'This is not the time to abandon her, and any investigation as to the father is forbidden.'

"At first there was stupor, the sensation of a disaster, and we looked at one another with the urge to accuse someone. But which one? Ah, which one? I had never felt as I did then the treacherousness of that cruel farce of Nature which never allows a man to know with certainty whether he's the father of his child.

"Then gradually a sort of consolation came over us and comforted us, a consolation arising, on the contrary, from a confused feeling of solidarity.

"Tomahawk, who scarcely ever spoke, formulated that foretaste of restored serenity with the words:

"'By God, too bad about it, in union there is strength.'

Les goujons entraient apportés par un marmiton. On ne se jetait pas dessus, comme toujours, car on avait tout de même l'esprit troublé.

N'a-qu'un-Œil reprit:

—Elle a eu, en cette circonstance, la délicatesse de me faire des aveux complets. Mes amis, nous sommes tous également coupables. Donnons-nous la main et adoptons l'enfant.

La décision fut prise à l'unanimité. On leva les bras vers le plat de poissons frits et on jura.

—Nous l'adoptons.

Alors, sauvée tout d'un coup, délivrée du poids horrible d'inquiétude qui torturait depuis un mois cette gentille et détraquée pauvresse de l'amour, Mouche s'écria:

—Oh! mes amis! mes amis! Vous êtes de braves cœurs . . . de braves cœurs . . . de braves cœurs . . . Merci tous! Et elle pleura, pour la première fois, devant nous.

Désormais on parla de l'enfant dans le bateau comme s'il était né déjà, et chacun de nous s'intéressait, avec une sollicitude de participation exagérée, au développement lent et régulier de la taille de notre barreuse.

On cessait de ramer pour demander:

—Mouche?

Elle répondait:

—Présente.

—Garçon ou fille?

—Garçon.

—Que deviendra-t-il?

Alors elle donnait essor à son imagination de la façon la plus fantastique. C'étaient des récits interminables, des inventions stupéfiantes, depuis le jour de la naissance jusqu'au triomphe définitif. Il fut tout, cet enfant, dans le rêve naïf, passionné et attendrissant de cette extraordinaire petite créature, qui vivait maintenant, chaste entre nous cinq, qu'elle appelait ses «cinq papas». Elle le vit et le raconta marin, découvrant un nouveau monde plus grand que l'Amérique, général rendant à la France l'Alsace et la Lorraine, puis empereur et fondant une dynastie de souverains généreux et sages qui donnaient à notre patrie le bonheur définitif, puis savant dévoilant d'abord le secret de la fabrication de l'or, ensuite celui de la vie éternelle, puis aéronaute inventant le moyen d'aller visiter les astres et faisant du ciel infini une immense promenade pour les hommes, réalisation de tous les songes les plus imprévus, et les plus magnifiques.

"The gudgeons arrived, brought in by a cook's helper. We didn't pounce upon them as we always did because we nevertheless were troubled in mind.

"One Eye continued:

"'In these circumstances she has had the delicacy to make a complete confession to me. My friends, we're all equally guilty. Let's shake hands and let's adopt the child.'

"We made that decision unanimously. We raised our arms in the direction of the platter of fried fish and we swore:

"'We adopt it.'

"Then, suddenly rescued, delivered from the horrible weight of worry that for a month had been tormenting that nice but loopy beggar girl of love, Mouche exclaimed:

"'Oh, my friends, my friends! You have good hearts . . . good hearts . . . good hearts . . . Thank you all!' And for the first time she wept in our presence.

"From then on, in the boat we spoke about the child as if it were already born, and each of us, with an exaggerated solicitude for participation, took an interest in the slow but steady increase in our tillerwoman's girth.

"We'd stop rowing so we could ask:

"'Mouche?'

"She'd reply:

"'Present!'

"'Boy or girl?'

"'Boy.'

"'What will he be when he grows up?'

"Then she'd give rein to her imagination in the most fantastic way. She made interminable narrations, mind-boggling fabrications, from the day of his birth up to his crowning success. He was everything, that child, in the naive, passionate, and touching dreams of that extraordinary little woman who was now living chastely with the five of us, whom she called her 'five daddies.' She saw him as a seaman and related how he discovered a new world larger than the Americas; as a general restoring Alsace and Lorraine to France; then as an emperor founding a dynasty of noble, wise sovereigns who bestowed definitive happiness on our country; then as a scientist revealing first the secret of manufacturing gold, then that of eternal life; then as an aviator inventing a way to visit the heavenly bodies, and turning the infinite heavens into an immense promenade for mankind, the achievement of all the most unforeseen and magnificent daydreams.

Dieu, fut-elle gentille et amusante, la pauvre petite, jusqu'à la fin de l'été!

Ce fut le vingt septembre que creva son rêve. Nous revenions de déjeuner à Maisons-Laffitte et nous passions devant Saint-Germain, quand elle eut soif et nous demanda de nous arrêter au Pecq.

Depuis quelque temps elle devenait lourde, et cela l'ennuyait beaucoup. Elle ne pouvait plus gambader comme autrefois, ni bondir du bateau sur la berge, ainsi qu'elle avait coutume de la faire. Elle essayait encore, malgré nos cris et nos efforts, et vingt fois, sans nos bras tendus pour la saisir, elle serait tombée.

Ce jour-là, elle eut l'imprudence de vouloir débarquer avant que le bateau fût arrêté, par une de ces bravades où se tuent parfois les athlètes malades ou fatigués.

Juste au moment où nous allions accoster, sans qu'on pût prévoir ou prévenir son mouvement, elle se dressa, prit son élan et essaya de sauter sur le quai.

Trop faible, elle ne toucha que du bout du pied le bord de la pierre, glissa, heurta de tout son ventre l'angle aigu, poussa un grand cri et disparut dans l'eau.

Nous plongeâmes tous les cinq en même temps pour ramener un pauvre être défaillant, pâle comme une morte et qui souffrait déjà d'atroces douleurs.

Il fallut la porter bien vite dans l'auberge la plus voisine, où un médecin fut appelé.

Pendant dix heures que dura la fausse couche elle supporta avec un courage d'héroïne d'abominables tortures. Nous nous désolions autour d'elle, enfiévrés d'angoisse et de peur.

Puis on la délivra d'un enfant mort, et pendant quelques jours encore nous eûmes pour sa vie les plus grandes craintes.

Le docteur, enfin, nous dit un matin: «Je crois qu'elle est sauvée. Elle est en acier, cette fille.» Et nous entrâmes ensemble dans sa chambre, le cœur radieux.

N'a-qu'un-Œil, parlant pour tous, lui dit:

—Plus de danger, petite Mouche, nous sommes bien contents.

Alors, pour la seconde fois, elle pleura devant nous, et, les yeux sous une glace de larmes, elle balbutia:

—Oh! si vous saviez, si vous saviez . . . quel chagrin . . . quel chagrin . . . je ne me consolerai jamais.

—De quoi donc, petite Mouche?

—De l'avoir tué, car je l'ai tué! oh! sans le vouloir! quel chagrin! . .

"God, was she pleasant and amusing, the poor little girl, until the very end of the summer!

"It was on September twentieth that her dream exploded. We were returning from a lunch at Maisons-Laffitte and we were passing Saint-Germain when she got thirsty and asked us to stop at Le Pecq.

"For some time she had been getting heavy, which bothered her a lot. She could no longer gambol as before, or jump from the boat onto the bank as she had been used to doing. She'd still try, in spite of our shouts and our efforts, and she'd have fallen twenty times if we hadn't stretched out our arms to grab her.

"On that day, she was so imprudent as to try to get off before the boat stopped, in one of those fits of bravado in which sick or exhausted athletes are sometimes killed.

"Just when we were going to pull up, without our being able to foresee or forestall her action, she stood up, prepared for a leap, and tried to jump onto the dock.

"Too weak to do so, she merely touched the edge of the stone with the tip of her foot, slipped, struck the sharp angle with her whole belly, uttered a loud cry, and disappeared into the water.

"All five of us dived in at the same time, only to draw up a poor, swooning creature, pale as a dead woman, who was already suffering horrible pain.

"We had to carry her very quickly into the nearest inn, where we sent for a doctor.

"For the ten hours that the miscarriage lasted she endured hideous torments with heroic courage. Around her we were grieving, in feverish anguish and fear.

"Then she was delivered of a dead child, and for a few more days we had the greatest fears for her life.

"Finally the doctor told us one morning: 'I think she's out of danger. That girl is made of iron.' And, together, we entered her room, our hearts radiant.

"One Eye, speaking for everybody, said to her:

"'No more danger, little Mouche; we're very happy about it.'

"Then for the second time she wept in our presence and, her eyes glazed over with tears, she stammered:

"'Oh, if you only knew, if you only knew . . . what grief . . . what grief . . . I'll never console myself.'

"'For what, little Mouche?'

"'For having killed him, because I did kill him! Oh, not intentionally! What grief! . . .'

Elle sanglotait. Nous l'entourions, émus, ne sachant quoi lui dire. Elle reprit:

—Vous l'avez vu, vous?

Nous répondîmes, d'une seule voix:

—Oui.

—C'était un garçon, n'est-ce pas?

—Oui.

—Beau, n'est-ce pas?

On hésita beaucoup. Petit-Bleu, le moins scrupuleux, se décida à affirmer:

—Très beau.

Il eut tort, car elle se mit à gémir, presque à hurler de désespoir.

Alors, N'a-qu'un-Œil, qui l'aimait peut-être le plus, eut pour la calmer une invention géniale, et baisant ses yeux ternis par les pleurs:

—Console-toi, petite Mouche, console-toi, nous t'en ferons un autre.

Le sens comique qu'elle avait dans les moelles se réveilla tout à coup, et à moitié convaincue, à moitié gouailleuse, toute larmoyante encore et le cœur crispé de peine, elle demanda, en nous regardant tous:

—Bien vrai?

Et nous répondîmes ensemble:

—Bien vrai.

## Le champ d'oliviers

### I

Quand les hommes du port, du petit port provençal de Garandou, au fond de la baie Pisca, entre Marseille et Toulon, aperçurent la barque de l'abbé Vilbois qui revenait de la pêche, ils descendirent sur la plage pour aider à tirer le bateau.

L'abbé était seul dedans, et il ramait comme un vrai marin, avec une énergie rare malgré ses cinquante-huit ans. Les manches retroussées sur des bras musculeux, la soutane relevée en bas et serrée entre les genoux, un peu déboutonnée sur la poitrine, son tricorne sur le banc à son côté, et la tête coiffée d'un chapeau cloche en liège recouvert de toile blanche, il avait l'air d'un solide et bizarre ecclésiastique des pays chauds, fait pour les aventures plus que pour dire la messe.

De temps en temps, il regardait derrière lui pour bien reconnaître

"She was sobbing. We surrounded her, touched, not knowing what to say to her.

"She continued:

"'Did you see him?'

"We answered, all at the same time:

"'Yes.'

"'It was a boy, wasn't it?'

"'Yes.'

"'Good-looking, wasn't he?'

"We hesitated a long time. Express Letter, the least scrupulous among us, decided to affirm the statement:

"'Very good-looking.'

"It was a mistake on his part, because she started to moan, almost to howl with despair.

"Then One Eye, who perhaps loved her most, thought of a brilliant way to calm her down; kissing her tear-dimmed eyes, he said:

"'Cheer up, little Mouche, cheer up, we'll make you another one.'

"The sense of humor she had in her bones suddenly awoke, and half seriously, half jokingly, her eyes still filled with tears and her heart contorted with pain, she looked at all of us and asked:

"'Really and truly?'

"And, all together, we replied:

"'Really and truly.'"

## The Olive Grove

### I

When the men of the port, the little Provençal port of Garandou, at the far end of Pisca Bay, between Marseilles and Toulon, caught sight of Father Vilbois's boat returning from a fishing trip, they went down to the beach to help him pull it up.

The priest was the only person in it, and he rowed like a true seaman, with unusual energy despite his fifty-eight years. His sleeves rolled up onto his muscular arms, his cassock tucked up and compressed between his knees, and with a few buttons undone on his chest, his three-cornered hat on the thwart beside him, and his head closely covered by a round cork cap covered with white canvas, he had the appearance of a solid but bizarre ecclesiastic of the warm regions, made for adventures rather than for saying mass.

From time to time he looked behind him to get his bearings on the

le point d'abordage, puis il recommençait à tirer, d'une façon rythmée, méthodique et forte, pour montrer, une fois de plus, à ces mauvais matelots du Midi, comment nagent les hommes du Nord.

La barque lancée toucha le sable et glissa dessus comme si elle allait gravir toute la plage en y enfonçant sa quille; puis elle s'arrêta net, et les cinq hommes qui regardaient venir le curé s'approchèrent, affables, contents, sympathiques au prêtre.

—Eh ben! dit l'un avec son fort accent de Provence, bonne pêche, monsieur le curé?

L'abbé Vilbois rentra ses avirons, retira son chapeau cloche pour se couvrir de son tricorne, abaissa ses manches sur ses bras, reboutonna sa soutane, puis ayant repris sa tenue et sa prestance de desservant du village, il répondit avec fierté:

—Oui, oui, très bonne, trois loups, deux murènes et quelques girelles.

Les cinq pêcheurs s'étaient approchés de la barque, et penchés au-dessus du bordage, ils examinaient, avec un air de connaisseurs, les bêtes mortes, les loups gras, les murènes à tête plate, hideux serpents de mer, et les girelles violettes striées en zigzag de bandes dorées de la couleur des peaux d'oranges.

Un d'eux dit:

—Je vais vous porter ça dans votre bastide, monsieur le curé.

—Merci, mon brave.

Ayant serré les mains, le prêtre se mit en route, suivi d'un homme et laissant les autres occupés à prendre soin de son embarcation.

Il marchait à grands pas lents, avec un air de force et de dignité. Comme il avait encore chaud d'avoir ramé avec tant de vigueur, il se découvrait par moments en passant sous l'ombre légère des oliviers, pour livrer à l'air du soir, toujours tiède, mais un peu calmé par une vague brise du large, son front carré, couvert de cheveux blancs, droits et ras, un front d'officier bien plus qu'un front de prêtre. Le village apparaissait sur une butte, au milieu d'une large vallée descendant en plaine vers la mer.

C'était par un soir de juillet. Le soleil éblouissant, tout près d'atteindre la crête dentelée de collines lointaines, allongeait en biais sur la route blanche, ensevelie sous un suaire de poussière, l'ombre interminable de l'ecclésiastique dont le tricorne démesuré promenait dans le champ voisin une large tache sombre qui semblait jouer à grimper vivement sur tous les troncs d'oliviers rencontrés, pour retomber aussitôt par terre, où elle rampait entre les arbres.

Sous les pieds de l'abbé Vilbois, un nuage de poudre fine, de cette farine impalpable dont sont couverts, en été, les chemins provençaux,

landing place, then he'd start to ply the oars again, in a rhythmic, me-
thodical, powerful way, to show these bad southern sailors once more
how northerners row.

The swift boat touched the sand and slid over it as if it were going
to climb the whole beach, digging in its keel; then it stopped short,
and the five men who had been watching the priest arrive came up to
him, affable, pleased, sympathetic to him.

"Well!" said one with his strong Provençal accent. "Good fishing,
Father?"

Father Vilbois shipped his oars, removed his round cap, which he
replaced with his tricorne, let down his sleeves over his arms, and re-
buttoned his cassock; then, having regained his imposing bearing as
village priest, he answered proudly:

"Yes, yes, very good: three sea perch, two morays, and a few
girellas."

The five fishermen had come up to the boat and, leaning over the
gunwale, they examined the dead fish with the air of connoisseurs: the
fat sea perch; the flat-headed morays, hideous sea serpents; and the
violet girellas with zigzagging golden stripes the color of orange skins.

One of them said:

"I'll carry it into your cabin, Father."

"Thanks, my dear fellow."

After shaking their hands, the priest set out, followed by one man
and leaving the others busily tending to his boat.

He walked with large, slow strides, with an air of strength and dig-
nity. Since he was still hot from rowing so vigorously, he removed his
hat every so often while passing beneath the slight shade of the olive
trees, in order to expose to the evening air, still warm but somewhat
cooled by a vague ocean breeze, his square forehead, overshadowed
by close-cropped straight white hair, the forehead of a military officer
rather than a priest. The village appeared on a knoll, amid a wide valley that descended in a level slope toward the sea.

It was a July evening. The dazzling sunshine, which had all but
reached the serrated ridge of distant hills, obliquely lengthened the
priest's interminable shadow on the white road, which was buried beneath a shroud of dust; his gigantic tricorne made a wide dark blotch
move across the adjacent field, as if it were playfully and briskly climb-
ing every olive trunk in its path, only to fall back at once to the ground,
where it crawled between the trees.

Beneath Father Vilbois's feet a cloud of fine dust, that impalpable
flour which coats Provençal roads in summer, ascended like smoke

s'élevait, fumant autour de sa soutane qu'elle voilait et couvrait, en bas, d'une teinte grise de plus en plus claire. Il allait, rafraîchi maintenant et les mains dans ses poches, avec l'allure lente et puissante d'un montagnard faisant une ascension. Ses yeux calmes regardaient le village, son village où il était curé depuis vingt ans, village choisi par lui, obtenu par grande faveur, où il comptait mourir. L'église, son église, couronnait le large cône des maisons entassées autour d'elle, de ses deux tours de pierre brune, inégales et carrées, qui dressaient dans ce beau vallon méridional leurs silhouettes anciennes plus pareilles à des défenses de château fort, qu'à des clochers de monument sacré.

L'abbé était content, car il avait pris trois loups, deux murènes et quelques girelles.

Il aurait ce nouveau petit triomphe auprès de ses paroissiens, lui, qu'on respectait surtout, parce qu'il était peut-être, malgré son âge, l'homme le mieux musclé du pays. Ces légères vanités innocentes étaient son plus grand plaisir. Il tirait au pistolet de façon à couper des tiges de fleurs, faisait quelquefois des armes avec le marchand de tabac, son voisin, ancien prévôt de régiment, et il nageait mieux que personne sur la côte.

C'était d'ailleurs un ancien homme du monde, fort connu jadis, fort élégant, le baron de Vilbois, qui s'était fait prêtre, à trente-deux ans, à la suite d'un chagrin d'amour.

Issu d'une vieille famille picarde, royaliste et religieuse, qui depuis plusieurs siècles donnait ses fils à l'armée, à la magistrature ou au clergé, il songea d'abord à entrer dans les ordres sur le conseil de sa mère, puis sur les instances de son père il se décida à venir simplement à Paris, faire son droit, et chercher ensuite quelque grave fonction au Palais.

Mais pendant qu'il achevait ses études, son père succomba à une pneumonie à la suite de chasses au marais, et sa mère, saisie par le chagrin, mourut peu de temps après. Donc, ayant hérité soudain d'une grosse fortune, il renonça à des projets de carrière quelconque pour se contenter de vivre en homme riche.

Beau garçon, intelligent bien que d'un esprit limité par des croyances, des traditions et des principes, héréditaires comme ses muscles de hobereau picard, il plut, il eut du succès dans le monde sérieux, et goûta la vie en homme jeune, rigide, opulent et considéré.

Mais voilà qu'à la suite de quelques rencontres chez un ami il devint amoureux d'une jeune actrice, d'une toute jeune élève du Conservatoire qui débutait avec éclat à l'Odéon.

around his cassock, which it veiled and covered at the hem with a gray tint that became whiter and whiter. Cooling off now, his hands in his pockets, he was walking with the slow, powerful gait of a mountaineer during a climb. His calm eyes were looking at the village, *his* village, which he had served as priest for twenty years, a village which he had chosen and had obtained as a great favor, and where he expected to die. The church, *his* church, crowned the broad cone of houses piled up around it with its two towers of brown stone, square but irregular, which lifted their ancient outlines in that lovely valley, looking more like turrets of a fortress than like bell towers of a sacred building.

The priest was pleased, because he had caught three sea perch, two morays, and a few girellas.

He'd enjoy this new little triumph in the eyes of his flock, he, who was respected especially because, despite his age, he was perhaps the most muscular man in the area. Those slight, innocent vanities were his greatest pleasure. At pistol practice he could sever flower stems; sometimes he fenced with his neighbor the tobacconist, formerly a regimental provost marshal; and he rowed better than anyone else on the coast.

Moreover, he had once been in society, very well known in the past, very elegant, Baron de Vilbois, who had become a priest at thirty-two after a disappointment in love.

The scion of an old family in Picardy, royalist and pious, which for several centuries had been devoting its sons to the army, the law, or the Church, he had at first thought of taking orders on his mother's advice; then, at his father's insistence, he had decided simply to go to Paris, take a law degree, and then look for some serious position in the law courts.

But while he was completing his studies, his father succumbed to pneumonia as a result of hunting in the marshes, and his mother, grief-stricken, died soon after. And so, finding himself all at once the heir to a great fortune, he gave up his plans for any sort of career and was contented to lead a rich man's life.

Handsome and intelligent, though his views were limited by the beliefs, traditions, and principles he had inherited along with his muscles, those of a Picardy country squire, he was attractive and he garnered success in serious society, enjoying the life of a young man who was hidebound, wealthy, esteemed.

But suddenly, after a few encounters at a friend's home, he fell in love with a young actress, a very young student of the Conservatoire dramatic academy, who was making spectacular debut appearances at the Odéon Theater.

Il en devint amoureux avec toute la violence, avec tout l'emportement d'un homme né pour croire à des idées absolues. Il en devint
amoureux en la voyant à travers le rôle romanesque où elle avait
obtenu, le jour même où elle se montra pour la première fois au public, un grand succès.

Elle était jolie, nativement perverse, avec un air d'enfant naïf qu'il
appelait son air d'ange. Elle sut le conquérir complètement, faire de
lui un de ces délirants forcenés, un de ces déments en extase qu'un
regard ou qu'une jupe de femme brûle sur le bûcher des Passions
Mortelles. Il la prit donc pour maîtresse, lui fit quitter le théâtre, et
l'aima, pendant quatre ans, avec une ardeur toujours grandissante.
Certes, malgré son nom et les traditions d'honneur de se famille, il aurait fini par l'épouser, s'il n'avait découvert, un jour, qu'elle le trompait
depuis longtemps avec l'ami qui la lui avait fait connaître.

Le drame fut d'autant plus terrible qu'elle était enceinte, et qu'il attendait la naissance de l'enfant pour se décider au mariage.

Quand il tint entre ses mains les preuves, des lettres, surprises dans
un tiroir, il lui reprocha son infidélité, sa perfidie, son ignominie, avec
toute la brutalité du demi-sauvage qu'il était.

Mais elle, enfant des trottoirs de Paris, impudente autant qu'impudique, sûre de l'autre homme comme de celui-là, hardie d'ailleurs
comme ces filles du peuple qui montent aux barricades par simple
crânerie, le brava et l'insulta; et comme il levait la main, elle lui montra son ventre.

Il s'arrêta, pâlissant, songea qu'un descendant de lui était là, dans
cette chair souillée, dans ce corps vil, dans cette créature immonde,
un enfant de lui! Alors il se rua sur elle pour les écraser tous les deux,
anéantir cette double honte. Elle eut peur, se sentant perdue, et
comme elle roulait sous son poing, comme elle voyait son pied prêt à
frapper par terre le flanc gonflé où vivait déjà un embryon d'homme,
elle lui cria, les mains tendues pour arrêter les coups:

—Ne me tue point. Ce n'est pas à toi, c'est à lui.

Il fit un bond en arrière, tellement stupéfait, tellement bouleversé
que sa fureur resta suspendue comme son talon, et il balbutia:

—Tu . . . tu dis?

Elle, folle de peur tout à coup devant la mort entrevue dans les yeux
et dans le geste terrifiant de cet homme, répéta:

—Ce n'est pas à toi, c'est à lui.

Il murmura, les dents serrées, anéanti:

—L'enfant?

—Oui.

He fell in love with her with all the violence, all the impetuousness of a man born to believe in absolute ideas. He fell in love with her, seeing her through the prism of the romantic role in which she had made a great success on the very day when she had first appeared before an audience.

She was pretty, innately depraved, with the air of a naive child which he called her "air of an angel." She was able to conquer him completely, to make of him one of those delirious lunatics, one of those ecstatic madmen whom a woman's glance or skirt burns on the pyre of "mortal passions." So he took her as a mistress, made her leave the stage, and loved her for four years with a constantly growing ardor. Despite his name and his family's traditions of honor, he'd surely have married her eventually, had he not discovered one day that she had long been deceiving him with the friend who had introduced her to him.

The drama was all the more frightful because she was pregnant and he had been awaiting the birth of the child before deciding on marriage.

When he had the proof in his hands, letters found by chance in a drawer, he reproached her for her infidelity, treachery, and ignominy, with all the brutality of the half savage that he was.

But she, a child of the Parisian sidewalks, as impudent as she was shameless, as sure of possessing that other man as she was about this one, and also as bold as those girls of the populace who climb onto barricades out of sheer swagger, defied him and insulted him; when he raised his hand to her, she showed him her belly.

He stopped, turning pale; he imagined that a descendant of his was there, in that sullied flesh, in that vile body, in that unclean creature, a child of his! Then he hurled himself upon her to crush both of them, to wipe out that double shame. She got frightened, sensing that she was lost, and as she was rolling beneath his fists, seeing his foot raised to strike, as she lay on the floor, the swollen womb in which a human embryo already lived, she called out to him, her hands outstretched to ward off the blows:

"Don't kill me! It isn't yours, it's his."

He jumped back, so stupefied, so unsettled, that his rage was suspended, as his heel was, and he stammered:

"Wha . . . what did you say?"

She, suddenly maddened with fear at the death she could read in that man's eyes and terrifying pose, repeated:

"It isn't yours, it's his."

His teeth clenched, he muttered, dumbfounded:

"The child?"

"Yes."

—Tu mens.

Et, de nouveau, il commença le geste du pied qui va écraser quelqu'un, tandis que sa maîtresse, redressée à genoux, essayant de reculer, balbutiait toujours:

—Puisque je te dis que c'est à lui. S'il était à toi, est-ce que je ne l'aurais pas eu depuis longtemps?

Cet argument le frappa comme la vérité même. Dans un de ces éclairs de pensée où tous les raisonnements apparaissent en même temps avec une illuminante clarté, précis, irréfutables, concluants, irrésistibles, il fut convaincu, il fut sûr qu'il n'était point le père du misérable enfant de gueuse qu'elle portait en elle; et, soulagé, délivré, presque apaisé soudain, il renonça à détruire cette infâme créature.

Alors il lui dit d'une voix plus calme:

—Lève-toi, va-t'en, et que je ne te revoie jamais.

Elle obéit, vaincue, et s'en alla.

Il ne la revit jamais.

Il partit de son côté. Il descendit vers le Midi, vers le soleil, et s'arrêta dans un village, debout au milieu d'un vallon, au bord de la Méditerranée. Une auberge lui plut qui regardait la mer; il y prit une chambre et y resta. Il y demeura dix-huit mois, dans le chagrin, dans le désespoir, dans un isolement complet. Il y vécut avec le souvenir dévorant de la femme traîtresse, de son charme, de son enveloppement, de son ensorcellement inavouable, et avec le regret de sa présence et de ses caresses.

Il errait par les vallons provençaux, promenant au soleil tamisé par les grisâtres feuillettes des oliviers, sa pauvre tête malade où vivait une obsession.

Mais ses anciennes idées pieuses, l'ardeur un peu calmée de sa foi première lui revinrent au cœur tout doucement dans cette solitude douloureuse. La religion qui lui était apparue autrefois comme un refuge contre la vie inconnue, lui apparaissait maintenant comme un refuge contre la vie trompeuse et torturante. Il avait conservé des habitudes de prière. Il s'y attacha dans son chagrin, et il allait souvent, au crépuscule, s'agenouiller dans l'église assombrie où brillait seul, au fond du chœur, le point de feu de la lampe, gardienne sacrée du sanctuaire, symbole de la présence divine.

Il confia sa peine à ce Dieu, à son Dieu, et lui dit toute sa misère. Il lui demandait conseil, pitié, secours, protection, consolation, et dans son oraison répétée chaque jour plus fervente, il mettait chaque fois une émotion plus forte.

Son cœur meurtri, rongé par l'amour d'une femme, restait ouvert

"You're lying."

And he once more began to assume that pose—the raised foot about to crush someone—while his mistress, who had risen to her knees, trying to draw back, was still stammering:

"But I tell you it's his! If it were yours, wouldn't I have had it quite some time ago?"

That reasoning struck him as being absolutely true. In one of those flashes of thought in which all arguments appear simultaneously with brilliant clarity—precise, irrefutable, conclusive, irresistible—he was convinced, he was sure, that he wasn't the father of that wretched child of a whore she was carrying inside her; and relieved, set free, almost pacified all at once, he gave up the attempt to destroy that ignoble creature.

Then he said to her in calmer tones:

"Get up and get out! Don't let me see you ever again!"

Vanquished, she obeyed and departed.

He never saw her again.

He, too, went away. He went down south, toward the sunshine, and stopped in a village that stood in the middle of a valley beside the Mediterranean. He liked an inn there that faced the sea; he took a room in it and stayed there. He remained there eighteen months, in sorrow, in despair, in complete isolation. He lived there with the devouring memory of the perfidious woman, of her charm, of her enveloping ways, of her unspeakable sorcery, and he missed her presence and her caresses.

He would roam through the valleys of Provence, exposing his poor, sick, obsessed head to the sunlight filtering through the little grayish leaves of the olive trees.

But his old pious ideas, the ardor, somewhat cooled, of his early beliefs, returned to his heart very quietly in that painful solitude. Religion, which had once appeared to him as a refuge from a life he didn't know, now appeared to him as a refuge from a life that was deceitful and tormenting. He had retained the habit of praying. In his grief he now clung to this, and at dusk he often went to kneel in the darkened church where the only light, at the far end of the chancel, came from the tiny flame of the lamp, the sacred guardian of the sanctuary, symbol of God's presence.

He confided his sorrow to that God, his God, and told him all his unhappiness. He asked him for advice, pity, aid, protection, consolation; and in his prayers, repeated more fervently every day, he invested an emotion that was stronger each time.

His bruised heart, gnawed by love for a woman, remained open and

et palpitant, avide toujours de tendresse; et peu à peu, à force de prier, de vivre en ermite avec des habitudes de piété grandissantes, de s'abandonner à cette communication secrète des âmes dévotes avec le Sauveur qui console et attire les misérables, l'amour mystique de Dieu entra en lui et vainquit l'autre.

Alors il reprit ses premiers projets, et se décida à offrir à l'Église une vie brisée qu'il avait failli lui donner vierge.

Il se fit donc prêtre. Par sa famille, par ses relations il obtint d'être nommé desservant de ce village provençal où le hasard l'avait jeté, et, ayant consacré à des œuvres bienfaisantes une grande partie de sa fortune, n'ayant gardé que ce qui lui permettrait de demeurer jusqu'à sa mort utile et secourable aux pauvres, il se réfugia dans une existence calme de pratiques pieuses et de dévouement à ses semblables.

Il fut un prêtre à vues étroites, mais bon, une sorte de guide religieux à tempérament de soldat, un guide de l'Église qui conduisait par force dans le droit chemin l'humanité errante, aveugle, perdue en cette forêt de la vie où tous nos instincts, nos goûts, nos désirs, sont des sentiers qui égarent. Mais beaucoup de l'homme d'autrefois restait toujours vivant en lui. Il ne cessa pas d'aimer les exercices violents, les nobles sports, les armes, et il détestait les femmes, toutes, avec une peur d'enfant devant un mystérieux danger.

## II

Le matelot qui suivait le prêtre se sentait sur la langue une envie toute méridionale de causer. Il n'osait pas, car l'abbé exerçait sur ses ouailles un grand prestige. A la fin il s'y hasarda.

—Alors, dit-il, vous vous trouvez bien dans votre bastide, monsieur le curé?

Cette bastide était une de ces maisons microscopiques où les Provençaux des villes et des villages vont se nicher, en été, pour prendre l'air. L'abbé avait loué cette case dans un champ, à cinq minutes de son presbytère, trop petit et emprisonné au centre de la paroisse, contre l'église.

Il n'habitait pas régulièrement, même en été, cette campagne; il y allait seulement passer quelques jours de temps en temps, pour vivre en pleine verdure et tirer au pistolet.

—Oui, mon ami, dit le prêtre, je m'y trouve très bien.

La demeure basse apparaissait bâtie au milieu des arbres, peinte en rose, zébrée, hachée, coupée en petits morceaux par les branches et

palpitating, always avid for tenderness; and gradually, by dint of praying, of living like a hermit with increasing habits of piety, of abandoning himself to that secret communication between devout souls and the Savior who consoles and attracts the wretched, the mystical love for God entered into him and overcame that other love.

Then he took up his first plans again and decided to offer to the Church a broken life which he had once almost given to it intact.

So he became a priest. Through his family and his connections he succeeded in being appointed priest of that Provençal village where chance had led him, and, having devoted a large part of his fortune to charities, keeping only as much as would allow him to remain useful and serviceable to the poor as long as he lived, he took refuge in a calm existence of pious deeds and affection for his fellow men.

He was a narrow-minded but kindly priest, a sort of religious leader with a soldier's nature, a guide of the Church who forcibly led onto the straight path that erring, blind humanity which was lost in that forest of life where all our instincts, tastes, and desires are trails that lead us astray. But much of the man he had been remained still living in him. He never ceased to love vigorous exercise, noble sport, and weaponry, and he detested woman, all of them, with the fear of a child confronted with some mysterious danger.

## II

The sailor who was following the priest felt on his tongue the typical southerner's urge to chat. He didn't dare, because the priest enjoyed a lofty reputation among his parishioners. Finally he took a chance, saying:

"And so you're comfortable in your cabin, Father?"

That cabin was one of those microscopic houses in which Provençal folk from cities and villages lodge in summertime to take the air. The priest had rented that shack, which stood in a field five minutes' walk from his formal residence, which he found too enclosed, imprisoned as it was in the center of the parish, up against the church.

He didn't live in that countryside all the time, not even during the summer; he merely went to spend a few days there every so often, to live amid the greenery and practice with his pistol.

"Yes, my friend," the priest said, "I'm very cozy there."

The low dwelling could now be seen amid the trees, painted pink but striped, crosshatched, and cut into bits by the branches and leaves

les feuilles des oliviers dont était planté le champ sans clôture où elle semblait poussée comme un champignon de Provence.

On apercevait aussi une grande femme qui circulait devant la porte en préparant une petite table à dîner où elle posait à chaque retour, avec une lenteur méthodique, un seul couvert, une assiette, une serviette, un morceau de pain, un verre à boire. Elle était coiffée du petit bonnet des Arlésiennes, cône pointu de soie ou de velours noir sur qui fleurit un champignon blanc.

Quand l'abbé fut à portée de la voix, il lui cria:

—Eh! Marguerite?

Elle s'arrêta pour regarder, et reconnaissant son maître:

—Té c'est vous, monsieur le curé?

—Oui. Je vous apporte une belle pêche, vous allez tout de suite me faire griller un loup, un loup au beurre, rien qu'au beurre, vous entendez?

La servante, venue au-devant des hommes, examinait d'un œil connaisseur les poissons portés par le matelot.

—C'est que nous avons déjà une poule au riz, dit-elle.

—Tant pis, le poisson du lendemain ne vaut pas le poisson sortant de l'eau. Je vais faire une petite fête de gourmand, ça ne m'arrive pas trop souvent; et puis, le péché n'est pas gros.

La femme choisissait le loup, et comme elle s'en allait en l'emportant, elle se retourna:

—Ah! il est venu un homme vous chercher trois fois, monsieur le curé.

Il demanda avec indifférence:

—Un homme! Quel genre d'homme?

—Mais un homme qui ne se recommande pas de lui-même.

—Quoi! un mendiant?

—Peut-être, oui, je ne dis pas. Je croirais plutôt un maoufatan.

L'abbé Vilbois se mit à rire de ce mot provençal qui signifie malfaiteur, rôdeur de routes, car il connaissait l'âme timorée de Marguerite qui ne pouvait séjourner à la bastide sans s'imaginer tout le long des jours et surtout des nuits qu'ils allaient être assassinés.

Il donna quelques sous au marin qui s'en alla, et, comme il disait, ayant conservé toutes ses habitudes de soins et de tenue d'ancien mondain:—«Je vas me passer un peu d'eau sur le nez et sur les mains»,—Marguerite lui cria de sa cuisine où elle grattait à rebours, avec un couteau, le dos du loup dont les écailles un peu tachées de sang se détachaient comme d'infimes piécettes d'argent:

—Tenez le voilà!

of the olive trees planted in the unenclosed field, in which it seemed to have sprung up like a Provençal mushroom.

Also visible was a tall woman moving to and fro in and out of the door as she prepared a small dining table, on which she placed, slowly and methodically, every time she came back out, a single setting, one plate, one napkin, one piece of bread, and one glass. On her head was the little bonnet that the women of Arles wear, a pointed cone of black silk or velvet adorned with a white mushroom.

When the priest was within calling distance, he shouted to her:

"Hey! Marguerite?"

She stopped to take a look and, recognizing her master:

"Ho, it's you, Father?"

"Yes. I've brought you a nice catch. I want you to grill a perch for me right away, a perch with butter and nothing but butter, understand?"

The servant, having walked up to the men, was examining with a connoisseur's eye the fish carried by the sailor.

"Only, we already have chicken and rice," she said.

"Too bad about it: fish a day later isn't as good as fish right out of the water. I want to have a little gourmet party, I don't have them that often; and, besides, it isn't a very big sin."

The woman picked out a perch, but while she was taking it away, she turned around:

"Oh! A man came looking for you three times, Father."

He asked, indifferently:

"A man? What kind of man?"

"Well, a man whose appearance is no recommendation."

"What, a beggar?"

"Yes, maybe, I don't say no. He struck me more as being a *maoufatan*."

Father Vilbois started to laugh at that Provençal version of *malfaiteur*, criminal, vagabond, because he was familiar with the timorous soul of Marguerite, who couldn't reside in the cabin without imagining all day long, and especially all night long, that they were going to be murdered.

He gave a few sous to the sailor, who departed; and as he was saying (since he had retained all his former socialite's habits about personal care and grooming), "I'm going to splash a little water over my face and hands," Marguerite shouted to him from the kitchen, where she was scraping the back of the perch with a knife against the direction of the scales, which, slightly stained with blood, were coming off like tiny silver coins:

"Ha! There he is!"

L'abbé vira vers la route et aperçut en effet un homme, qui lui parut, de loin, fort mal vêtu, et qui s'en venait à petits pas vers la maison. Il l'attendit, souriant encore de la terreur de sa domestique, et pensant: «Ma foi, je crois qu'elle a raison, il a bien l'air d'un maoufatan».

L'inconnu approchait, les mains dans ses poches, les yeux sur le prêtre, sans se hâter. Il était jeune, portait toute la barbe blonde et frisée, et des mèches de cheveux se roulaient en boucles au sortir d'un chapeau de feutre mou, tellement sale et défoncé que personne n'en aurait pu deviner la couleur et la forme premières. Il avait un long pardessus marron, une culotte dentelée autour des chevilles, et il était chaussé d'espadrilles, ce qui lui donnait une démarche molle, muette, inquiétante, un pas imperceptible de rôdeur.

Quand il fut à quelques enjambées de l'ecclésiastique, il ôta la loque qui lui abritait le front, en se découvrant avec un air un peu théâtral, et montrant une tête flétrie, crapuleuse et jolie, chauve sur le sommet du crâne, marque de fatigue ou de débauche précoce, car cet homme assurément n'avait pas plus de vingt-cinq ans.

Le prêtre, aussitôt, se découvrit aussi, devinant et sentant que ce n'était pas là le vagabond ordinaire, l'ouvrier sans travail ou le repris de justice errant entre deux prisons et qui ne sait plus guère parler que le langage mystérieux des bagnes.

—Bonjour, monsieur le curé, dit l'homme. Le prêtre répondit simplement: «Je vous salue», ne voulant pas appeler «Monsieur» ce passant suspect et haillonneux. Ils se contemplaient fixement et l'abbé Vilbois, devant le regard de ce rôdeur, se sentait troublé, ému comme en face d'un ennemi inconnu, envahi par une de ces inquiétudes étranges qui se glissent en frissons dans la chair et dans le sang.

A la fin, le vagabond reprit:

—Eh bien! me reconnaissez-vous?

Le prêtre, très étonné, répondit:

—Moi, pas du tout, je ne vous connais point.

—Ah! vous ne me connaissez point. Regardez-moi davantage.

—J'ai beau vous regarder, je ne vous ai jamais vu.

—Ça c'est vrai, reprit l'autre, ironique, mais je vais vous montrer quelqu'un que vous connaissez mieux.

Il se recoiffa et déboutonna son pardessus. Sa poitrine était nue dedans. Une ceinture rouge, roulée autour de son ventre maigre, retenait sa culotte au-dessus de ses hanches.

Il prit dans sa poche une enveloppe, une de ces invraisemblables enveloppes que toutes les taches possibles ont marbrées, une de ces

The priest turned toward the road and did in fact see a man who, at that distance, seemed to him to be very badly dressed; he was approaching the house, taking short steps. He awaited him, still smiling at his servant's panic and thinking: "By heaven, I think she's right; he does look like a *maoufatan*."

The stranger was approaching, his hands in his pockets, his eyes on the priest, without hurrying. He was young, wearing a full beard, blond and wavy, and locks of hair were curling as they escaped from a soft felt hat that was so dirty and crushed that no one could have guessed its original color and shape. He had on a long brown overcoat and trousers that were jagged around the ankles, and on his feet were canvas sandals that gave him a soft, quiet, unsettling gait, the inaudible footsteps of a prowler.

When he was a few strides away from the priest, he took off the rag that had been sheltering his brow, sweeping it off with a somewhat theatrical air and exposing a withered head, dissolute though good-looking, bald at the top of the skull, a sign of premature fatigue or debauch, because the fellow was certainly not older than twenty-five.

At once the priest took his own hat off, divining and sensing that this was no ordinary vagabond, an unemployed laborer or an ex-convict roaming between two prisons, hardly able any longer to speak except in the mysterious lingo of jailbirds.

"Hello, Father," the man said. The priest merely replied: "Greetings," not wishing to give the title "sir" to that suspicious, ragged passerby. They studied each other closely, and under the eyes of that prowler, Father Vilbois felt troubled and upset, as if facing an unknown enemy; he was assailed by one of those strange anxieties which steal into one's blood and flesh with a shudder.

Finally the vagabond continued:

"Well, do you recognize me?"

The priest, greatly surprised, answered:

"I? Not at all, I don't know you."

"Oh, you don't know me at all. Look at me some more."

"It's no use my looking at you, I've never seen you."

"*That* is true," the other man continued with irony, "but I'll show you someone you know better."

He put his hat back on and unbuttoned his overcoat. Inside it, his chest was bare. A red sash, rolled around his thin belly, held up his trousers above his hips.

From his pocket he drew an envelope, one of those unlikely envelopes streaked with every possible stain, one of those envelopes

enveloppes qui gardent, dans les doublures des gueux errants, les papiers quelconques, vrais ou faux, volés ou légitimes, précieux défenseurs de la liberté contre le gendarme rencontré. Il en tira une photographie, une de ces cartes grandes comme une lettre, qu'on faisait souvent autrefois, jaunie, fatiguée, traînée longtemps partout, chauffée contre la chair de cet homme et ternie par sa chaleur.

Alors, l'élevant à côté de sa figure, il demanda:

—Et celui-là, le connaissez-vous?

L'abbé fit deux pas pour mieux voir et demeura pâlissant, bouleversé, car c'était son propre portrait, fait pour Elle, à l'époque lointaine de son amour.

Il ne répondait rien, ne comprenant pas.

Le vagabond répéta:

—Le reconnaissez-vous, celui-là?

Et le prêtre balbutia:

—Mais oui.

—Qui est-ce?

—C'est moi.

—C'est bien vous?

—Mais oui.

—Eh bien! regardez-nous tous les deux, maintenant, votre portrait et moi?

Il avait vu déjà, le misérable homme, il avait vu que ces deux êtres, celui de la carte et celui qui riait à côté, se ressemblaient comme deux frères, mais il ne comprenait pas encore, et il bégaya:

—Que me voulez-vous, enfin?

Alors, le gueux, d'une voix méchante:

—Ce que je veux, mais je veux que vous me reconnaissiez d'abord.

—Qui êtes-vous donc?

—Ce que je suis? Demandez-le à n'importe qui sur la route, demandez-le à votre bonne, allons le demander au maire du pays si vous voulez, en lui montrant ça; et il rira bien, c'est moi qui vous le dis. Ah! vous ne voulez pas reconnaître que je suis votre fils, papa curé?

Alors le vieillard, levant ses bras en un geste biblique et désespéré gémit:

—Ça n'est pas vrai.

Le jeune homme s'approcha tout contre lui, face à face.

—Ah! ça n'est pas vrai. Ah! l'abbé, il faut cesser de mentir, entendez-vous?

Il avait une figure menaçante et les poings fermés, et il parlait avec une conviction si violente, que le prêtre, reculant toujours, se demandait lequel des deux se trompait en ce moment.

which, in the linings of wandering beggars, contain the miscellaneous papers, real or false, stolen or legitimate, precious protectors of freedom against a chance meeting with a constable. From it he drew a photograph, one of those cards the size of a folded letter that were often taken in the past; it was yellowed, worn out, having been hauled around everywhere for ages, heated against that man's skin and tarnished by his body heat.

Then, raising it alongside his face, he asked:

"And do you recognize *this* man?"

The priest took two steps forward to see it better, and stopped short, turning pale, unsettled, because it was his own portrait, made for *her*, in the distant era of his love.

He made no reply, at a loss to comprehend.

The vagabond repeated:

"Do you recognize *this* man?"

And the priest stammered:

"Of course."

"Who is it?"

"It's me."

"It's really you?"

"Of course."

"Well, then! Now look at both of us, your picture and me."

The unhappy man had already seen, he had seen that those two beings, the one in the photo and the one laughing beside him, were as alike as two brothers, but he still failed to understand, and he stammered:

"Well, what do you want of me?"

Then the beggar said in malicious tones:

"What do I want? Well, first of all I want you to recognize me."

"Who *are* you?"

"Who I am? Ask anybody on the road, ask your maid, let's go ask the mayor of the village if you like, showing him this; and he'll have a good laugh, I assure you. Ah! You don't want to acknowledge me as your son, daddy priest?"

Then the old man, raising his arms in a despairing, biblical gesture, moaned:

"It isn't true."

The young man came right up to him, face to face.

"Oh, it isn't true? Oh, priest, you've got to stop lying, get it?"

His expression was threatening and his fists were clenched, and he spoke with so violent a determination that the priest,, who kept backing away, wondered which of the two was mistaken just then.

Encore une fois, cependant, il affirma:

—Je n'ai jamais eu d'enfant.

L'autre ripostant:

—Et pas de maîtresse, peut-être?

Le vieillard prononça résolument un seul mot, un fier aveu:

—Si.

—Et cette maîtresse n'était pas grosse quand vous l'avez chassée?

Soudain, la colère ancienne, étouffée vingt-cinq ans plus tôt, non pas étouffée, mais murée au fond du cœur de l'amant, brisa les voûtes de foi, de dévotion résignée, de renoncement à tout, qu'il avait construites sur elle, et, hors de lui, il cria:

—Je l'ai chassée parce qu'elle m'avait trompé et qu'elle portait en elle l'enfant d'un autre, sans quoi, je l'aurais tuée, monsieur, et vous avec elle.

Le jeune homme hésita, surpris à son tour par l'emportement sincère du curé, puis il répliqua plus doucement:

—Qui vous a dit ça que c'était l'enfant d'un autre?

—Mais elle, elle-même, en me bravant.

Alors, le vagabond, sans contester cette affirmation, conclut avec un ton indifférent de voyou qui juge une cause:

—Eh ben! c'est maman qui s'est trompée en vous narguant, v'là tout.

Redevenant aussi plus maître de lui, après ce mouvement de fureur, l'abbé, à son tour, interrogea:

—Et qui vous a dit, à vous, que vous étiez mon fils?

—Elle, en mourant, m'sieu l'curé . . . Et puis ça!

Et il tendait, sous les yeux du prêtre, la petite photographie.

Le vieillard la prit, et lentement, longuement, le cœur soulevé d'angoisse, il compara ce passant inconnu avec son ancienne image, et il ne douta plus, c'était bien son fils.

Une détresse emporta son âme, une émotion inexprimable, affreusement pénible, comme le remords d'un crime ancien. Il comprenait un peu, il devinait le reste, il revoyait la scène brutale de la séparation. C'était pour sauver sa vie, menacée par l'homme outragé que la femme, la trompeuse et perfide femelle lui avait jeté ce mensonge. Et le mensonge avait réussi. Et un fils de lui était né, avait grandi, était devenu ce sordide coureur de routes, qui sentait le vice comme un bouc sent la bête.

Il murmura:

—Voulez-vous faire quelques pas avec moi, pour nous expliquer davantage?

Nevertheless he declared once again:

"I've never had a child."

The other retorted:

"And no mistress, perhaps?"

Resolutely the old man uttered a single word, a proud avowal:

"Yes!"

"And that mistress wasn't big with child when you drove her away?"

Suddenly that old anger, stifled twenty-five years before, not stifled but immured at the bottom of the lover's heart, broke through those walls of religion, resigned devoutness, and renunciation of all things which he had built around it, and, beside himself, he shouted:

"I drove her away because she had deceived me and was carrying another man's child; otherwise I'd have killed her, sir, and you along with her."

The young man hesitated; it was his turn to be taken aback at the priest's sincere rage. Then he retorted more quietly:

"Who told you it was another man's child?"

"*She* did, she herself, defying me."

Then the vagabond, without trying to refute that declaration, concluded in the indifferent tone of a scoundrel judging a case:

"Oh, well! Mother was wrong when she was defying you, that's all."

Gaining more control over himself again, as well, after his furious outburst, the priest asked, in his turn:

"And who told *you* that you were my son?"

"She did, when she was dying, Father . . . And then there's this!"

And he held out the little photo under the priest's eyes.

The old man took it and slowly, at length, his heart churning with anguish, he compared that unknown passerby with that old picture of him, and he had no more doubts: he *was* his son.

A distress snatched away his soul, an inexpressible emotion, frightfully painful, like remorse for an old crime. He understood a little, he divined the rest, he saw again the brutal scene of the separation. It was to save her life, when threatened by the outraged man, that the woman, the deceitful, treacherous female had flung that lie at him. And the lie had succeeded. And a son of his had been born, had grown up, had become that sordid nomad who stank of vice the way a he-goat stinks of its animal nature.

He muttered:

"Do you want to take a little stroll with me so we can talk things out?"

L'autre se mit à ricaner.

—Mais, parbleu! C'est bien pour cela que je suis venu.

Ils s'en allèrent ensemble, côte à côte, par le champ d'oliviers. Le soleil avait disparu. La grande fraîcheur des crépuscules du Midi étendait sur la campagne un invisible manteau froid. L'abbé frissonnait et levant soudain les yeux, dans un mouvement habituel d'officiant, il aperçut partout autour de lui, tremblotant sur le ciel, le petit feuillage grisâtre de l'arbre sacré qui avait abrité sous son ombre frêle la plus grande douleur, la seule défaillance du Christ.

Une prière jaillit de lui, courte et désespérée, faite avec cette voix intérieure qui ne passe point par la bouche et dont les croyants implorent le Sauveur: «Mon Dieu, secourez-moi.»

Puis se tournant vers son fils:

—Alors, votre mère est morte?

Un nouveau chagrin s'éveillait en lui, en prononçant ces paroles «Votre mère est morte» et crispait son cœur, une étrange misère de la chair de l'homme qui n'a jamais fini d'oublier, et un cruel écho de la torture qu'il avait subie, mais plus encore peut-être, puisqu'elle était morte, un tressaillement de ce délirant et court bonheur de jeunesse dont rien maintenant ne restait plus que la plaie de son souvenir.

Le jeune homme répondit:

—Oui, monsieur le curé, ma mère est morte.

—Y a-t-il longtemps?

—Oui, trois ans déjà.

Un doute nouveau envahit le prêtre.

—Et comment n'êtes-vous pas venu me trouver plus tôt?

L'autre hésita.

—Je n'ai pas pu. J'ai eu des empêchements . . . Mais, pardonnez moi d'interrompre ces confidences que je vous ferai plus tard, aussi détaillées qu'il vous plaira, pour vous dire que je n'ai rien mangé depuis hier matin.

Une secousse de pitié ébranla tout le vieillard, et, tendant brusque ment les deux mains.

—Oh! mon pauvre enfant, dit-il.

Le jeune homme reçut ces grandes mains tendues, qui envelop pèrent ses doigts, plus minces, tièdes et fiévreux.

Puis il répondit avec cet air de blague qui ne quittait guère se lèvres:

—Eh ben! vrai, je commence à croire que nous nous entendron tout de même.

Le curé se mit à marcher.

The other man started to laugh sarcastically.

"Damn it all, that's just what I came for!"

They went off together side by side, through the olive grove. The sun had disappeared. The great coolness of the southern dusk was spreading an invisible cloak of chill over the countryside. The priest was shivering and, suddenly raising his eyes in the habitual gesture of an officiating cleric, he saw everywhere around him, as they quivered against the sky, the small grayish leaves of the sacred tree that had sheltered beneath its scanty shade the greatest sorrow, the only weak moment, of Christ.

A prayer gushed from him, brief and despairing, uttered by that inner voice which doesn't pass the lips, and with which believers beseech their Savior: "My God, help me!"

Then, turning to his son:

"So your mother is dead?"

A new grief was awakening in him as he uttered the words, "your mother is dead," and was wringing his heart, a strange misery of the flesh in a man who has never altogether forgotten, and a cruel echo of the torture he had undergone, but even more, perhaps, since she was dead, a thrill of that delicious, brief happiness of youth, of which nothing remained any longer than the wound of its recollection.

The young man replied:

"Yes, Father, my mother is dead."

"Did she die a long time ago?"

"Yes, it's three years now."

A new doubt assailed the priest.

"Then, how come you didn't seek me out sooner?"

The other man hesitated.

"I wasn't able to. I had obstacles . . . But forgive me for breaking off these confidences, which I'll impart to you later, with as many details as you like, and for telling you that I've had nothing to eat since yesterday morning."

A wave of pity shook the old man's whole being, and, abruptly holding out both hands, he said:

"Oh, my poor boy!"

The young man accepted those big outstretched hands, which enveloped his fingers, which were thinner, warm, and feverish.

Then he replied with that sarcastic tone hardly ever absent from his lips:

"Well! I'm really beginning to think we'll get along together after all."

The priest started to walk.

—Allons dîner, dit-il.

Il songeait soudain, avec une petite joie instinctive, confuse et bizarre, au beau poisson pêché par lui, qui joint à la poule au riz, ferait, ce jour-là, un bon repas pour ce misérable enfant.

L'Arlésienne, inquiète et déjà grondeuse, attendait devant la porte.

—Marguerite, cria l'abbé, enlevez la table et portez-la dans la salle, bien vite, bien vite, et mettez deux couverts, mais bien vite.

La bonne restait effarée, à la pensée que son maître allait dîner avec ce malfaiteur.

Alors, l'abbé Vilbois se mit lui-même à desservir et à transporter dans l'unique pièce du rez-de-chaussée, le couvert préparé pour lui.

Cinq minutes plus tard, il était assis, en face du vagabond, devant une soupière pleine de soupe aux choux, qui faisait monter, entre leurs visages, un petit nuage de vapeur bouillante.

### III

Quand les assiettes furent pleines, le rôdeur se mit à avaler sa soupe avidement par cuillerées rapides. L'abbé n'avait plus faim, et il humait seulement avec lenteur le savoureux bouillon des choux, laissant le pain au fond de son assiette.

Tout à coup il demanda:

—Comment vous appelez-vous?

L'homme rit, satisfait d'apaiser sa faim.

—Père inconnu, dit-il, pas d'autre nom de famille que celui de ma mère que vous n'aurez probablement pas encore oublié. J'ai, par contre, deux prénoms, qui ne me vont guère entre parenthèses «Philippe-Auguste».

L'abbé pâlit et demanda, la gorge serrée:

—Pourquoi vous a-t-on donné ces prénoms?

Le vagabond haussa les épaules.

—Vous devez bien le deviner. Après vous avoir quitté, maman voulu faire croire à votre rival que j'étais à lui, et il l'a cru à peu près jusqu'à mon âge de quinze ans. Mais, à ce moment-là, j'ai commencé à vous ressembler trop. Et il m'a renié, la canaille. On m'avait donc donné ses deux prénoms, Philippe-Auguste; et, si j'avais eu la chance de ne ressembler à personne ou d'être simplement le fils d'un troisième larron qui ne se serait pas montré, je m'appellerais aujourd'hui le vicomte Philippe-Auguste de Pravallon, fils tardivement reconnu du comte du même nom, sénateur. Moi, je me suis baptisé «Pas de veine».

"Let's have dinner," he said.

He was suddenly thinking, with a touch of instinctive joy, confused and
odd, about that fine fish he had caught, which, along with the chicken
and rice, would make a good meal that day for his unhappy child.

The woman of Arles, nervous and already irritable, was waiting outside the door.

"Marguerite," the priest called, "take away the table and put it in the
parlor, very quickly, very quickly, and lay two places, but very quickly!"

The maid was flustered at the thought that her master was going to
dine with that criminal.

Then, Father Vilbois began to clear the table himself, carrying the
setting prepared for him into the only room on the ground floor.

Five minutes later, he was seated opposite the vagabond in front of
a tureen filled with cabbage soup, which made a little cloud of piping-
hot steam arise between their faces.

### III

When the plates were full, the prowler began to gulp down his soup
hungrily in rapid spoonfuls. The priest was no longer hungry, but was
merely slowly inhaling the delicious cabbage vapors, leaving the bread
at the bottom of his plate.

All at once he asked:

"What's your name?"

The man laughed, happy to appease his hunger.

"Father unknown," he said; "no other family name than my
mother's, which you probably haven't forgotten yet. On the other
hand, I have two Christian names, which, incidentally, I don't care for
much: Philippe-Auguste."

The priest turned pale and, his throat constricted, asked:

"Why were you given those Christian names?"

The vagabond shrugged his shoulders.

"Really, you must guess why. After leaving you, mother wanted to
make your rival think I was his, and he did believe it more or less until
I turned fifteen. But at that time I began to resemble you too closely.
And he disowned me, that bastard. So I had been given his two
Christian names, Philippe-Auguste; and, if I had had the luck not to
resemble anyone, or of merely being the son of a third thief who had
never shown his face, I'd be called today Viscount Philippe-Auguste
de Pravallon, the belatedly acknowledged son of the count of the same
name, the senator. As for me, I've named myself 'Out of Luck.'"

—Comment savez-vous tout cela?

—Parce qu'il y a eu des explications devant moi, parbleu, et de rudes explications, allez. Ah! c'est ça qui vous apprend la vie!

Quelque chose de plus pénible et de plus tenaillant que tout ce qu'il avait ressenti et souffert depuis une demi-heure oppressait le prêtre. C'était en lui une sorte d'étouffement qui commençait, qui allait grandir et finirait par le tuer, et cela lui venait, non pas tant des choses qu'il entendait, que de la façon dont elles étaient dites et de la figure de crapule du voyou qui les soulignait. Entre cet homme et lui, entre son fils et lui, il commençait à sentir à présent ce cloaque des saletés morales qui sont, pour certaines âmes, de mortels poisons. C'était son fils cela? Il ne pouvait encore le croire. Il voulait toutes les preuves, toutes; tout apprendre, tout entendre, tout écouter, tout souffrir. Il pensa de nouveau aux oliviers qui entouraient sa petite bastide, et il murmura pour la seconde fois: «Oh! mon Dieu, secourez-moi.»

Philippe-Auguste avait fini sa soupe. Il demanda:

—On ne mange donc plus, l'abbé?

Comme la cuisine se trouvait en dehors de la maison, dans un bâtiment annexé, et que Marguerite ne pouvait entendre la voix de son curé, il la prévenait de ses besoins par quelques coups donnés sur un gong chinois suspendu près du mur, derrière lui.

Il prit donc le marteau de cuir et heurta plusieurs fois la plaque ronde de métal. Un son, faible d'abord, s'en échappa, puis grandit s'accentua, vibrant, aigu, suraigu, déchirant, horrible plainte du cuivre frappé.

La bonne apparut. Elle avait une figure crispée et elle jetait des regards furieux sur le «maoufatan» comme si elle eût pressenti, avec son instinct de chien fidèle, le drame abattu sur son maître. En ses mains elle tenait le loup grillé d'où s'envolait une savoureuse odeur de beurre fondu. L'abbé, avec une cuiller, fendit le poisson d'un bout à l'autre, et offrant le filet du dos à l'enfant de sa jeunesse:

—C'est moi qui l'ai pris tantôt, dit-il, avec un reste de fierté qui surnageait dans sa détresse.

Marguerite ne s'en allait pas.

Le prêtre reprit:

—Apportez du vin, du bon, du vin blanc du cap Corse.

Elle eut presque un geste de révolte, et il dut répéter, en prenant un air sévère: «Allez, deux bouteilles.» Car, lorsqu'il offrait du vin à quelqu'un, plaisir rare, il s'en offrait toujours une bouteille à lui même.

"How do you know all this?"

"Because there were discussions of it in my presence, by God, and outspoken discussions, I can tell you! Ah, it's things like that that teach you what life is like!"

The priest was oppressed by something more painful and wrenching than anything he had felt and suffered in the last half hour. Within him was a sort of stifling which was just beginning but would increase and finally kill him; it came not so much from the things he was hearing as from the way they were told and from the debauched face of the scoundrel who was emphasizing them. Between that man and himself, between his son and him, he was now starting to sense that sewer of moral filth which for certain souls is mortal poison. Was that his son? He still couldn't believe it. He wanted every possible proof, every one; to learn it all, hear it all, listen to it all, suffer it all. Again he thought of the olive trees surrounding his little cabin, and for the second time he murmured: "Oh, my God, help me!"

Philippe-Auguste had finished his soup. He asked:

"Is that all we're getting to eat, priest?"

Since the kitchen was outside the house, in a shed built onto it, and Marguerite couldn't hear the priest's voice, he used to inform her of his wants by striking a few blows on a Chinese gong hanging near the wall, behind him.

So he took the leather hammer and struck the round metal plaque several times. A sound, weak at first, escaped it, then grew louder and accentuated, vibrant, shrill, very shrill, piercing, a horrible lament of the smitten copper.

The maid appeared. Her expression was tense and she was darting furious glances at the *maoufatan* as if, with her instinct, like that of a faithful dog, she sensed the catastrophe that had swooped down on her master. In her hands she held the grilled perch, from which a delicious smell of melted butter was arising. With a spoon the priest divided the fish from one end to the other, and, offering the filleted back to the child of his youth, he said:

"It was I who caught it a while ago." In his voice a remnant of pride still survived in his distress.

Marguerite was still standing there.

The priest continued:

"Bring wine, good wine, white wine from Cap Corse."

She almost made a gesture of rebellion, and he had to repeat, assuming a severe air: "Go! Two bottles." Because when he offered anyone wine, a rare pleasure, he always had a bottle himself.

Philippe-Auguste, radieux, murmura:

—Chouette. Une bonne idée. Il y a longtemps que je n'ai mangé comme ça.

La servante revint au bout de deux minutes. L'abbé les jugea longues comme deux éternités, car un besoin de savoir lui brûlait à présent le sang, dévorant ainsi qu'un feu d'enfer.

Les bouteilles étaient débouchées, mais la bonne restait là, les yeux fixés sur l'homme.

—Laissez-nous—dit le curé.

Elle fit semblant de ne pas entendre.

Il reprit presque durement:

—Je vous ai ordonné de nous laisser seuls.

Alors elle s'en alla.

Philippe-Auguste mangeait le poisson avec une précipitation vorace; et son père le regardait, de plus en plus surpris et désolé de tout ce qu'il découvrait de bas sur cette figure qui lui ressemblait tant. Les petits morceaux que l'abbé Vilbois portait à ses lèvres, lui demeuraient dans la bouche, sa gorge serrée refusant de les laisser passer; et il les mâchait longtemps, cherchant, parmi toutes les questions qui lui venaient à l'esprit, celle dont il désirait le plus vite la réponse.

Il finit par murmurer:

—De quoi est-elle morte?

—De la poitrine.

—A-t-elle été longtemps malade?

—Dix-huit mois, à peu près.

—D'où cela lui était-il venu?

—On ne sait pas.

Ils se turent. L'abbé songeait. Tant de choses l'oppressaient qu'il aurait voulu déjà connaître, car depuis le jour de la rupture, depuis le jour où il avait failli la tuer, il n'avait rien su d'elle. Certes, il n'avait pas non plus désiré savoir, car il l'avait jetée avec résolution dans une fosse d'oubli, elle, et ses jours de bonheur; mais voilà qu'il sentait naître en lui tout à coup, maintenant qu'elle était morte, un ardent désir d'apprendre, un désir jaloux, presque un désir d'amant.

Il reprit:

—Elle n'était pas seule, n'est-ce pas?

—Non, elle vivait toujours avec lui.

Le vieillard tressaillit.

—Avec lui! Avec Pravallon?

—Mais oui.

Philippe-Auguste, radiant, murmured:

"Dandy! Good idea! I haven't eaten this well for ages."

The servant returned two minutes later. The priest found them as long as two eternities, because a need to know was now heating his blood, as devouring as hellfire.

The bottles were uncorked, but the maid was still there, her eyes glued to that man.

"Leave us," the priest said.

She pretended not to hear.

He continued almost harshly:

"I ordered you to leave us alone."

Then she left.

Philippe-Auguste was eating the fish with voracious haste; and his father was watching him, more and more surprised and saddened by all the baseness he descried in that face which was so like his. The little morsels that Father Vilbois lifted to his lips remained in his mouth, his constricted throat refusing them passage; and he chewed them over and over, seeking among all the questions that came to his mind the one he wanted an answer to most quickly.

Finally he murmured:

"What did she die of?"

"T.B."

"Was she ill a long time?"

"Eighteen months, more or less."

"How did she contract it?"

"No one knows."

They fell silent. The priest was thinking. So many things were weighing on him that he would have liked to know about already, because since the day they had broken up, since the day he had nearly killed her, he had heard nothing about her. To be sure, he hadn't wanted to hear anything, either, because he had resolutely cast her into a pit of oblivion, her and his days of happiness; but now he suddenly felt arising in him—now that she was dead—an ardent desire to find out, a jealous desire, almost a lover's desire.

He continued:

"She wasn't alone, isn't that right?"

"No, she kept on living with him."

The old man gave a start.

"With him? With Pravallon?"

"Of course."

Et l'homme jadis trahi calcula que cette même femme qui l'avait trompé était demeurée plus de trente ans avec son rival.

Ce fut presque malgré lui qu'il balbutia:

—Furent-ils heureux ensemble?

En ricanant, le jeune homme répondit:

—Mais oui, avec des hauts et des bas! Ça aurait été très bien sans moi. J'ai toujours tout gâté, moi.

—Comment, et pourquoi? dit le prêtre.

—Je vous l'ai déjà raconté. Parce qu'il a cru que j'étais son fils jusqu'à mon âge de quinze ans environ. Mais il n'était pas bête, le vieux, il a bien découvert tout seul la ressemblance, et alors il y a eu des scènes. Moi, j'écoutais aux portes. Il accusait maman de l'avoir mis dedans. Maman ripostait: «Est-ce ma faute? Tu savais très bien, quand tu m'as prise, que j'étais la maîtresse de l'autre.» L'autre c'était vous.

—Ah! ils parlaient donc de moi quelquefois?

—Oui, mais ils ne vous ont jamais nommé devant moi, sauf à la fin, tout à la fin, aux derniers jours, quand maman s'est sentie perdue. Ils avaient tout de même de la méfiance.

—Et vous . . . vous avez appris de bonne heure que votre mère était dans une situation irrégulière?

—Parbleu! Je ne suis pas naïf, moi, allez, et je ne l'ai jamais été. Ça se devine tout de suite ces choses-là, dès qu'on commence à connaître le monde.

Philippe-Auguste se versait à boire coup sur coup. Ses yeux s'allumaient, son long jeûne lui donnant une griserie rapide.

Le prêtre s'en aperçut; il faillit l'arrêter, puis la pensée l'effleura que l'ivresse rendait imprudent et bavard, et, prenant la bouteille, il emplit de nouveau le verre du jeune homme.

Marguerite apportait la poule au riz. L'ayant posée sur la table, elle fixa de nouveau ses yeux sur le rôdeur, puis elle dit à son maître avec un air indigné:

—Mais regardez qu'il est saoul, monsieur le curé.

—Laisse-nous donc tranquilles, reprit le prêtre, et va-t'en.

Elle sortit en tapant la porte.

Il demanda:

—Qu'est-ce qu'elle disait de moi, votre mère?

—Mais ce qu'on dit d'ordinaire d'un homme qu'on a lâché; que vous n'étiez pas commode, embêtant pour une femme, et qui lui auriez rendu la vie très difficile avec vos idées.

—Souvent elle a dit cela?

And the man betrayed in the past made the calculation that the woman who had betrayed him had remained with his rival for over thirty years.

It was almost in spite of himself that he stammered:

"Were they happy together?"

With a sarcastic laugh the young man replied:

"Sure they were, with ups and downs! It would have been fine without me. *I've* always spoiled everything."

"How and why?" the priest asked.

"I've already told you. Because he believed I was his son till I was about fifteen. But he wasn't stupid, the old guy, he managed to spot the resemblance on his own, and then he made scenes. I would listen at the doors. He'd accuse mother of having hoodwinked him. Mother would retort: 'Is it my fault? When you took me you knew very well that I was the other man's mistress.' The other man was you."

"Oh, so they spoke of me sometimes?"

"Yes, but they never named you in my presence, except at the end, the very end, in the last days, when mother felt she was doomed. They were mistrustful, I can tell you!"

"And you . . . did you learn early on that your mother was in an irregular situation?"

"By God! I'm not a simpleton, I tell you, and I never was one. That sort of thing is guessed immediately, as soon as you start getting familiar with the world."

Philippe-Auguste was pouring out one glass of wine for himself after another. His eyes were lighting up, his long fast making him rapidly tipsy.

The priest noticed this; he almost stopped him, then the thought lightly touched his mind that drunkenness would make him careless and loosen his tongue; taking the bottle, he refilled the young man's glass.

Marguerite was bringing the chicken and rice. After setting it on the table, she once again glued her eyes to the prowler, then she said to her master in indignant tones:

"Just look, he's drunk, Father."

"Won't you leave us in peace?" the priest replied. "Go away."

She left, slamming the door.

He asked:

"What did your mother use to say about me?"

"Oh, what women usually say about men they've deserted; that you were hard to get along with, a nuisance for a woman, and that you'd have made her life very difficult with your ideas."

"Did she say that frequently?"

—Oui, quelquefois avec des subterfuges, pour que je ne comprenne point, mais je devinais tout.

—Et vous, comment vout traitait-on dans cette maison?

—Moi? très bien d'abord, et puis très mal ensuite. Quand maman a vu que je gâtais son affaire, elle m'a flanqué à l'eau.

—Comment ça?

—Comment ça! c'est bien simple. J'ai fait quelques fredaines vers seize ans; alors ces gouapes-là m'ont mis dans une maison de correction, pour se débarrasser de moi.

Il posa ses coudes sur la table, appuya ses deux joues sur ses deux mains et, tout à fait ivre, l'esprit chaviré dans le vin, il fut saisi tout à coup par une de ces irrésistibles envies de parler de soi qui font divaguer les pochards en de fantastiques vantardises.

Et il souriait gentiment, avec une grâce féminine sur les lèvres, une grâce perverse que le prêtre reconnut. Non seulement il la reconnut, mais il la sentit, haïe et caressante, cette grâce qui l'avait conquis et perdu jadis. C'était à sa mère que l'enfant, à présent, ressemblait le plus, non par les traits du visage, mais par le regard captivant et faux et surtout par la séduction du sourire menteur qui semblait ouvrir la porte de la bouche à toutes les infamies du dedans.

Philippe-Auguste raconta:

—Ah! ah! ah! J'en ai eu une vie, moi, depuis la maison de correction, une drôle de vie qu'un grand romancier payerait cher. Vrai, le père Dumas, avec son *Monte-Cristo*, n'en a pas trouvé de plus cocasses que celles qui me sont arrivées.

Il se tut, avec une gravité philosophique d'homme gris qui réfléchit, puis, lentement:

—Quand on veut qu'un garçon tourne bien, on ne devrait jamais l'envoyer dans une maison de correction, à cause des connaissances de là-dedans, quoi qu'il ait fait. J'en avais fait une bonne, moi, mais elle a mal tourné. Comme je me baladais avec trois camarades, un peu éméchés tous les quatre, un soir, vers neuf heures, sur la grand-route, auprès du gué de Folac, voilà que je rencontre une voiture où tout le monde dormait, le conducteur et sa famille; c'étaient des gens de Martinon qui revenaient de dîner à la ville. Je prends le cheval par la bride, je le fais monter dans le bac du passeur et je pousse le bac au milieu de la rivière. Ça fait du bruit, le bourgeois qui conduisait se réveille, il ne voit rien, il fouette. Le cheval part et saute dans le bouillon avec la voiture. Tous noyés! Les camarades m'ont dénoncé. Ils avaient bien ri d'abord en me voyant faire ma farce. Vrai, nous

"Yes, sometimes using a subterfuge so I wouldn't understand, but I guessed everything."

"And you, how were you treated in that house?"

"Me? Very well at first, and then very badly. When mother saw I was ruining her arrangement, she chucked me into the drink."

"How so?"

"How so? Very simple. When I was around sixteen I sowed some wild oats; then those good-for-nothings put me in a reformatory to get rid of me."

He put his elbows on the table, rested his two cheeks on his two hands, and, completely drunk, his mind having capsized in the wine, he was suddenly seized by one of those irresistible urges to talk about himself that make drunks wander off into fantastic braggadocio.

And he was smiling pleasantly, with a feminine grace on his lips, a perverse grace that the priest recognized. Not only did he recognize it, but he felt it, detested but caressing—that grace which had subdued and ruined him in the past. It was his mother that the child now resembled more, not in his facial features but in the captivating, false look in his eyes and especially in the seductiveness of the lying smile that seemed to open the portal of his lips to all the vileness he had inside.

Philippe-Auguste related:

"Ha, ha, ha! What a life I've led ever since the reformatory, a peculiar life that a big novelist would pay a lot for. Really, old man Dumas, with his *Monte Cristo*, never invented funnier things than the ones I've experienced!"

He fell silent, with the philosophic earnestness of a tipsy man who's pondering; then, slowly:

"If you want a boy to turn out well, you should never send him to a reformatory, no matter what he's done, on account of the things he learns about in there. I had pulled off a good trick, but it turned out badly. One night about nine, when I was strolling with three buddies, and all four of us were a little squiffed—it was on the highway, near the Folac ford—all at once I come across a carriage in which everyone was asleep, the driver and his family they were folks from Martinon coming home from a dinner in town. I took the horse by the bridle and walked him onto the ferry, which I shoved into the middle of the river. That made a noise, the solid citizen who was driving woke up, he didn't see anything, he whipped the horse. The horse plunged forward and landed in the drink along with the carriage. They were all drowned! My buddies turned me in. At first they'd had a good laugh watching me play my prank. Of course, we hadn't imagined things

n'avions pas pensé que ça tournerait si mal. Nous espérions seulement un bain, histoire de rire.

Depuis ça, j'en ai fait de plus raides pour me venger de la première, qui ne méritait pas la correction, sur ma parole. Mais ce n'est pas la peine de les raconter. Je vais vous dire seulement la dernière, parce que celle-là elle vous plaira, j'en suis sûr. Je vous ai vengé, papa.

L'abbé regardait son fils avec des yeux terrifiés, et il ne mangeait plus rien.

Philippe-Auguste allait se remettre à parler.

—Non, dit le prêtre, pas à présent, tout à l'heure.

Se retournant, il battit et fit crier la stridente cymbale chinoise.

Marguerite entra aussitôt.

Et son maître commanda, avec une voix si rude qu'elle baissa la tête, effrayée et docile:

—Apporte-nous la lampe et tout ce que tu as encore à mettre sur la table, puis tu ne paraîtras plus tant que je n'aurai pas frappé le gong.

Elle sortit, revint et posa sur la nappe une lampe de porcelaine blanche, coiffée d'un abat-jour vert, un gros morceau de fromage, des fruits, puis s'en alla.

Et l'abbé dit résolument:

—Maintenant, je vous écoute.

Philippe-Auguste emplit avec tranquillité son assiette de dessert et son verre de vin. La seconde bouteille était presque vide, bien que le curé n'y eût point touché.

Le jeune homme reprit, bégayant, la bouche empâtée de nourriture et de saoulerie:

—La dernière, la voilà. C'en est une rude: J'étais revenu à la maison . . . et j'y restais malgré eux parce qu'ils avaient peur de moi . . . peur de moi . . . Ah! faut pas qu'on m'embête, moi . . . je suis capable de tout quand on m'embête . . . Vous savez . . . ils vivaient ensemble et pas ensemble. Il avait deux domiciles, lui, un domicile de sénateur et un domicile d'amant. Mais il vivait chez maman plus souvent que chez lui, car il ne pouvait plus se passer d'elle. Ah! . . . en voilà une fine, et une forte . . . maman . . . elle savait vous tenir un homme, celle-là! Elle l'avait pris corps et âme, et elle l'a gardé jusqu'à la fin. C'est-il bête, les hommes! Donc, j'étais revenu et je les maîtrisais par la peur. Je suis débrouillard, moi, quand il faut, et pour la malice, pour la ficelle, pour la poigne aussi, je ne crains personne. Voilà que maman tombe malade et il l'installe dans une belle propriété près de Meulan, au milieu d'un parc grand comme une forêt. Ça dure dix-huit mois en-

would go so badly. We were only expecting them to get a soaking, just for a laugh.

"Since then I've done more serious things as revenge for that first one, which didn't deserve being jailed for, I swear. But it doesn't pay to tell them all. I'll just tell you about the last one, because I'm sure you'll like that one. I avenged you, dad."

The priest was looking at his son with terrified eyes, and was no longer eating anything.

Philippe-Auguste was about to resume speaking:

"No," said the priest, "not now; in a little while."

Turning around, he struck the strident Chinese cymbal, making it resound.

Marguerite entered at once.

And in a tone so rough that she lowered her head, frightened and docile, her master ordered:

"Bring us the lamp and everything else you have to put on the table, then you won't show your face again until I strike the gong."

She went out, returned, and placed on the tablecloth a white porcelain lamp with a green shade, a big piece of cheese, and some fruit. Then she departed.

And the priest said resolutely:

"Now I'll listen to you."

Philippe-Auguste calmly filled his plate with dessert and his glass with wine. The second bottle was nearly empty, though the priest hadn't touched it.

Stammering, his mouth clogged with food and drunkenness, the young man continued:

"Here's my latest prank. It was one to remember! I had returned home . . . and I was staying there in spite of them because they were afraid of me . . . afraid of me . . . Oh, nobody ought to cross me . . . I'm capable of anything when I'm crossed . . . You know . . . they were living together and not together. He had two residences, a senator's residence and a lover's residence. But he lived with mother more often than in his regular home because he could no longer do without her. Ah! . . . there was a shrewd, strong woman for you . . . mother . . . she knew how to hold onto a man, she did! She had captured him body and soul, and she kept him down to the end. How dumb men are! And so, I had come back and I was lording it over them by terror. I'm resourceful when I have to be, and I fear no rival when it comes to craftiness, knowhow, and energy, too. All at once mother fell ill and he set her up in a beautiful country house near Meulan, in the middle of a park that was as big as a forest. That lasted about eighteen months

viron . . . comme je vous ai dit. Puis nous sentons approcher la fin. Il
venait tous les jours de Paris, et il avait du chagrin, mais là, du vrai.

Donc, un matin, ils avaient jacassé ensemble près d'une heure, et
je me demandais de quoi ils pouvaient jaboter si longtemps quand on
m'appelle. Et maman me dit:

—Je suis près de mourir et il y a quelque chose que je veux te
révéler, malgré l'avis du comte.—Elle l'appelait toujours «le comte»
en parlant de lui.—C'est le nom de ton père, qui vit encore.

Je le lui avais demandé plus de cent fois . . . plus de cent fois . . . le
nom de mon père . . . plus de cent fois . . . et elle avait toujours refusé
de le dire . . . Je crois même qu'un jour j'y ai flanqué des gifles pour
la faire jaser, mais ça n'a servi de rien. Et puis, pour se débarrasser de
moi, elle m'a annoncé que vous étiez mort sans le sou, que vous étiez
un pas grand-chose, une erreur de sa jeunesse, une gaffe de vierge,
quoi. Elle me l'a si bien raconté que j'y ai coupé, mais en plein, dans
votre mort.

Donc elle me dit:

—C'est le nom de ton père.

L'autre, qui était assis dans un fauteuil, réplique comme ça, trois
fois:

—Vous avez tort, vous avez tort, vous avez tort, Rosette.

Maman s'assied dans son lit. Je la vois encore avec ses pommettes
rouges et ses yeux brillants, car elle m'aimait bien tout de même; et
elle lui dit:

—Alors faites quelque chose pour lui, Philippe!

En lui parlant, elle le nommait «Philippe» et moi «Auguste».

Il se mit à crier comme un forcené:

—Pour cette crapule-là, jamais, pour ce vaurien, ce repris de justice, ce . . . ce . . . ce . . .

Et il en trouva des noms pour moi, comme s'il n'avait cherché que
ça toute sa vie.

J'allais me fâcher, maman me fait taire, et elle lui dit:

—Vous voulez donc qu'il meure de faim, puisque je n'ai rien, moi.

Il répliqua, sans se troubler:

—Rosette, je vous ai donné trente-cinq mille francs par an, depuis
trente ans, cela fait plus d'un million. Vous avez vécu par moi en
femme riche, en femme aimée, j'ose dire, en femme heureuse. Je ne
dois rien à ce gueux qui a gâté nos dernières années et il n'aura rien
de moi. Il est inutile d'insister. Nommez-lui l'autre si vous voulez. Je
le regrette, mais je m'en lave les mains.

. . . as I've said. Then we felt that the end was drawing near. He used to come from Paris every day, and he was grieving, but really!

"And so, one morning they'd been chattering together for nearly an hour, and I was wondering what they could be jawing about for so long when they called me in. And mother said to me:

"'I'm near death, and there's something I want to reveal to you, though the count advises me not to.' She always called him 'the count' when speaking of him. 'It's the name of your father, who's still alive.'

"I had asked her for it more than a hundred times . . . more than a hundred times . . . my father's name . . . more than a hundred times . . . and she had always refused to tell me . . . I even think I gave her a few slaps one day to make her spill it, but it did no good. And then, to get rid of me, she told me you had died without a cent, that you weren't of much account, an error of her youth, a virgin's blunder, that's all. She told me this so neatly that I fell for it, totally convinced you were dead.

"And so, she said to me:

"'It's the name of your father.'

"The other fellow, sitting in an armchair, pipes up like this, three times:

"'You're making a mistake, you're making a mistake, you're making a mistake, Rosette.'

"Mother sat up in her bed. I can still see her with her red cheekbones and her shiny eyes, because she loved me in spite of everything; and she said to him:

"'Then do something for him, Philippe!'

"When addressing him she always called him 'Philippe'; she'd call me 'Auguste.'

"He began to yell like a lunatic:

"'For that wastrel, never! For that good-for-nothing, that ex-convict, that . . . that . . . that . . .'

"And he found names for me as if he'd never looked for anything else in his whole life.

"I was about to get angry, mother made me keep quiet, and she said to him:

"'So you want him to starve to death, because *I* have nothing.'

"He retorted, without becoming agitated:

"'Rosette, I've given you thirty-five thousand francs yearly for thirty years; that makes over a million. Through me you've lived like a rich woman, a loved woman, I dare say, a happy woman. I owe nothing to that tramp who has spoiled our last years, and he'll get nothing from me. It's useless to insist. Tell him the other man's name if you like. I'm sorry about it, but I wash my hands of it.'

Alors, maman se tourne vers moi. Je me disais: «Bon . . . v'là que je retrouve mon vrai père . . . ; s'il a de la galette, je suis un homme sauvé . . .»

Elle continua:

—Ton père, le baron de Vilbois, s'appelle aujourd'hui l'abbé Vilbois, curé de Garandou, près de Toulon. Il était mon amant quand je l'ai quitté pour celui-ci.

Et voilà qu'elle me conte tout, sauf qu'elle vous a mis dedans aussi au sujet de sa grossesse. Mais les femmes, voyez-vous, ça ne dit jamais la vérité.

Il ricanait, inconscient, laissant sortir librement toute sa fange. Il but encore, et la face toujours hilare, continua:

—Maman mourut deux jours . . . deux jours plus tard. Nous avons suivi son cercueil au cimetière, lui et moi . . . est-ce drôle, . . . dites . . . lui et moi . . . et trois domestiques . . . c'est tout. Il pleurait comme une vache . . . nous étions côte à côte . . . on eût dit papa et le fils à papa.

Puis nous voilà revenus à la maison. Rien que nous deux. Moi je me disais: «Faut filer, sans un sou.» J'avais juste cinquante francs. Qu'est-ce que je pourrais bien trouver pour me venger?

Il me touche le bras, et me dit:

—J'ai à vous parler.

Je le suivis dans son cabinet. Il s'assit devant sa table, puis, en barbotant dans ses larmes, il me raconte qu'il ne veut pas être pour moi aussi méchant qu'il le disait à maman; il me prie de ne pas vous embêter . . .—Ça . . . ça nous regarde, vous et moi . . .—Il m'offre un billet de mille . . . mille . . . mille . . . qu'est-ce que je pouvais faire avec mille francs . . . moi . . . un homme comme moi. Je vis qu'il y en avait d'autres dans le tiroir, un vrai tas. La vue de c'papier-là, ça me donne une envie de chouriner. Je tends la main pour prendre celui qu'il m'offrait, mais au lieu de recevoir son aumône, je saute dessus, je le jette par terre, et je lui serre la gorge jusqu'à lui faire tourner de l'œil; puis, quand je vis qu'il allait passer, je le bâillonne, je le ligote, je le déshabille, je le retourne et puis . . . ah! ah! ah! . . . je vous ai drôlement vengé! . . .

Philippe-Auguste toussait, étranglé de joie, et toujours sur sa lèvre relevée d'un pli féroce et gai, l'abbé Vilbois retrouvait l'ancien sourire de la femme qui lui avait fait perdre la tête.

—Après? dit-il.

—Après . . . Ah! ah! ah! . . . Il y avait grand feu dans la cheminée . . . c'était en décembre . . . par le froid . . . qu'elle est morte . . .

"Then mother turned toward me. I was saying to myself: 'Fine . . . now I'll look up my real father . . . ; if he's got dough, I'm a saved man . . .'

"She continued:

"'Your father, Baron de Vilbois, is now called Father Vilbois, the village priest at Garandou, near Toulon. He was my lover when I left him for this man.'

"And, just see, she told me everything, except that she hoodwinked you, too, about her pregnancy. But, you see, women never tell the truth."

He was laughing sarcastically; immoral, he was letting all his slime ooze out freely. He drank some more and, his face still merry, he continued:

"Mother died two days . . . two days later. We followed her coffin to the cemetery, he and I . . . funny, isn't it? . . . tell me . . . he and I . . . and three servants . . . that's all. He was bawling his head off . . . we were side by side . . . anyone would have thought us a close-knit father and son.

"Then there we were back at the house. Just the two of us. I was telling myself: 'Gotta beat it, without a cent.' I had exactly fifty francs. What could I find to avenge myself?

"He touched my arm and said:

"'I have to talk to you.'

"I followed him into his study. He sat down at his desk, then, wallowing in his tears, he told me he didn't want to be as mean to me as he'd told mother; he asked me not to pester you . . . 'This . . . this concerns only us, you and me . . .' He offered me a banknote for a thousand . . . a thousand . . . a thousand . . . What could I do with a mere thousand francs . . . I . . . a man like me? I saw that there were more notes in the drawer, a big heap of them. The sight of that paper gave me an urge to stab him. I held out my hand to take the one he was giving me, but instead of accepting his handout, I jumped on him, I threw him on the floor, and I squeezed his neck till his eyes were turning up; then, when I saw he was about to croak, I gagged him, tied him up, undressed him, turned him over, and then . . . ha! ha! ha! . . . I avenged you in a funny way! . . ."

Philippe-Auguste was coughing, choking with joy, and, the whole time, on his lip that was curled up in a ferocious and merry pucker, Father Vilbois saw once more that old smile of the woman who had made him lose his head.

"After that?" he asked.

"After that . . . ha! ha! ha! . . . There was a roaring fire in the fireplace . . . it was in December . . . on a cold day . . . that she died . . . mother

maman . . . grand feu de charbon . . . Je prends le tisonnier . . . je le fais rougir . . . et voilà . . . que je lui fais des croix dans le dos, huit, dix, je ne sais pas combien, puis je le retourne et je lui en fais autant sur le ventre. Est-ce drôle, hein! papa. C'est ainsi qu'on marquait les forçats autrefois. Il se tortillait comme une anguille . . . mais je l'avais bien bâillonné, il ne pouvait pas crier. Puis, je pris les billets— douze—avec le mien ça faisait treize . . . ça ne m'a pas porté chance. Et je me suis sauvé en disant aux domestiques de ne pas déranger M. le comte jusqu'à l'heure du dîner parce qu'il dormait.

Je pensais bien qu'il ne dirait rien, par peur du scandale, vu qu'il est sénateur. Je me suis trompé. Quatre jours après j'étais pincé dans un restaurant de Paris. J'ai eu trois ans de prison. C'est pour ça que je n'ai pas pu venir vous trouver plus tôt.

Il but encore, et bredouillant de façon à prononcer à peine les mots.

—Maintenant . . . papa . . . papa curé! . . . Est-ce drôle d'avoir un curé pour papa! . . . Ah! ah! faut être gentil, bien gentil avec bibi, parce que bibi n'est pas ordinaire . . . et qu'il en a fait une bonne . . . pas vrai . . . une bonne . . . au vieux . . .

La même colère qui avait affolé jadis l'abbé Vilbois, devant la maîtresse trahissante, le soulevait à présent devant cet abominable homme.

Lui qui avait tant pardonné, au nom de Dieu, les secrets infâmes chuchotés dans le mystère des confessionnaux, il se sentait sans pitié, sans clémence en son propre nom, et il n'appelait plus maintenant à son aide ce Dieu secourable et miséricordieux, car il comprenait qu'aucune protection céleste ou terrestre ne peut sauver ici-bas ceux sur qui tombent de tels malheurs.

Toute l'ardeur de son cœur passionné et de son sang violent, éteinte par l'épiscopat, se réveillait dans une révolte irrésistible contre ce misérable qui était son fils, contre cette ressemblance avec lui, et aussi avec la mère, la mère indigne qui l'avait conçu pareil à elle, et contre la fatalité qui rivait ce gueux à son pied paternel ainsi qu'un boulet de galérien.

Il voyait, il prévoyait tout avec une lucidité subite, réveillé par ce choc de ses vingt-cinq ans de pieux sommeil et de tranquillité.

Convaincu soudain qu'il fallait parler fort pour être craint de ce malfaiteur et le terrifier du premier coup, il lui dit, les dents serrées par la fureur, et ne songeant plus à son ivresse:

—Maintenant que vous m'avez tout raconté, écoutez-moi. Vous partirez demain matin. Vous habiterez un pays que je vous indiquerai et que vous ne quitterez jamais sans mon ordre. Je vous y payerai une

. . . a big coal fire . . . I picked up the poker . . . I heated it red-hot . . . and see . . . I made crosses on his back, eight, ten, I don't know how many, then I turned him over and I made the same number on his stomach. Funny, isn't it, dad? That's how they used to brand galley slaves. He was twisting like an eel . . . but I had gagged him properly, he couldn't yell. Then I took the banknotes—twelve—with mine that made thirteen . . . which was unlucky for me. And I made my exit, telling the servants not to disturb the count until dinnertime because he was taking a nap.

"I was convinced he'd say nothing for fear of the scandal, seeing he's a senator. I was wrong. Four days later, I was pinched in a restaurant in Paris. I was jailed for three years. That's why I was unable to look you up sooner."

He kept on drinking, and he was stammering so badly he could hardly articulate his words.

"Now . . . daddy . . . daddy priest! . . . Boy, it's funny to have a priest for your daddy! Ha, ha! You gotta be nice to little me, because little me is no ordinary guy . . . and because he pulled off a good one . . . right? . . . a good one . . . on the old man . . ."

The same anger that had once maddened Father Vilbois in the presence of his deceitful mistress was now stirring him up in the presence of that abominable man.

He who, in God's name, had forgiven so many vile secrets whispered in the mystery of confessionals felt himself without pity or clemency in his own name, and he was now no longer calling to his aid that God of succor and mercy, because he understood that no heavenly or earthly protection can save those men in this world on whom such misfortunes descend.

All the ardor of his passionate heart and violent blood, an ardor extinguished by his priesthood, was reawakening in an irresistible rebellion against that wretch who was his son, against that man's resemblance to him, and also to his mother, the ignoble mother who had conceived him similar to herself, and against the fate that was chaining that tramp to his father's foot like a galley slave's iron ball.

He saw, he foresaw everything with a sudden lucidity, awakened by that shock from his twenty-five years of pious slumber and tranquillity.

Suddenly convinced that he had to speak forcefully if he was to be feared by that criminal, terrifying him at the very outset, he said, his teeth clenched in fury, and no longer considering his drunken state:

"Now that you've told me everything, listen to me. You're leaving tomorrow morning. You'll live in an area which I'll indicate and which you'll never leave without my orders. There I'll pay you an allowance that will

pension qui vous suffira pour vivre, mais petite, car je n'ai pas d'argent. Si vous désobéissez une seule fois, ce sera fini et vous aurez affaire à moi . . .

Bien qu'abruti par le vin, Philippe-Auguste comprit la menace, et le criminel qui était en lui surgit tout à coup. Il cracha ces mots, avec des hoquets:

—Ah! papa, faut pas me la faire . . . T'es curé . . . je te tiens . . . et tu fileras doux, comme les autres!

L'abbé sursauta; et ce fut, dans ses muscles de vieil hercule, un invincible besoin de saisir ce monstre, de le plier comme une baguette et de lui montrer qu'il faudrait céder.

Il lui cria, en secouant la table et en la lui jetant dans la poitrine:

—Ah! prenez garde, prenez garde, . . . je n'ai peur de personne, moi . . .

L'ivrogne, perdant l'équilibre, oscillait sur sa chaise. Sentant qu'il allait tomber et qu'il était au pouvoir du prêtre, il allongea sa main, avec un regard d'assassin, vers un des couteaux qui traînaient sur la nappe. L'abbé Vilbois vit le geste, et il donna à la table une telle poussée que son fils culbuta sur le dos et s'étendit par terre. La lampe roula et s'éteignit.

Pendant quelques secondes une fine sonnerie de verres heurtés chanta dans l'ombre; puis ce fut une sorte de rampement de corps mou sur le pavé, puis plus rien.

Avec la lampe brisée la nuit subite s'était répandue sur eux si prompte, inattendue et profonde, qu'ils en furent stupéfaits comme d'un événement effrayant. L'ivrogne, blotti contre le mur, ne remuait plus; et le prêtre restait sur sa chaise, plongé dans ces ténèbres, qui noyaient sa colère. Ce voile sombre jeté sur lui arrêtant son emportement, immobilisa aussi l'élan furieux de son âme; et d'autres idées lui vinrent, noires et tristes comme l'obscurité.

Le silence se fit, un silence épais de tombe fermée, où rien ne semblait plus vivre et respirer. Rien non plus ne venait du dehors, pas un roulement de voiture au loin, pas un aboiement de chien, pas même un glissement dans les branches ou sur les murs, d'un léger souffle de vent.

Cela dura longtemps, très longtemps, peut-être une heure. Puis, soudain, le gong tinta! Il tinta frappé d'un seul coup dur, sec et fort, que suivit un grand bruit bizarre de chute et de chaise renversée.

Marguerite, aux aguets, accourut; mais dès qu'elle eut ouvert la porte, elle recula épouvantée devant l'ombre impénétrable. Puis tremblante, le cœur précipité, la voix haletante et basse, elle appela:

be enough for you to live on, but small, because I have no money. If you disobey me just once, it'll be all over and you'll have me to deal with . . ."

Though fuddled with the wine, Philippe-Auguste understood the threat, and the criminal in him loomed up all at once. He spat out these words through hiccups:

"Oh, dad, you mustn't pull that on me . . . You're a priest . . . I've got you . . . and you'll make no peep, just like the others!"

The priest gave a start, and in his muscles, those of an old strongman, there was an unconquerable urge to grab that monster, bend him like a stick, and show him he'd have to give in.

Shaking the table and slamming it against his chest, he shouted:

"Oh, be careful, be careful . . . *I'm* not afraid of anybody . . ."

The drunkard, losing his balance, was tottering on his chair. Feeling that he was about to fall and that he was in the priest's power, he stretched out his hand, with murder in his eyes, for one of the knives lying on the tablecloth. Father Vilbois saw that gesture and gave the table such a shove that his son tumbled onto his back and stretched out on the floor. The lamp rolled away and went out.

For a few seconds the faint ringing of struck drinking glasses sounded in the darkness; then there was a sort of crawling of a limp body on the floor stones, then nothing.

With the breaking of the lamp sudden night had spread around them so quickly, unexpectedly, and deeply that they were as stupefied by it as by some frightening event. The drunkard, huddled against the wall, was no longer moving; and the priest remained on his chair, immersed in that darkness, which was drowning his anger. That dark veil thrown over him, arresting his fury, also immobilized his soul's raging impetus; and other ideas came to him, black and sad as the darkness.

Silence reigned, a dense silence like that of a closed tomb, in which nothing seemed to live and breathe any longer. Nor was anything to be heard from outside, not the clatter of a coach in the distance, not the barking of a dog, not even the rustling in the branches, or against the walls, of a light breeze.

That lasted a long time, a very long time, perhaps an hour. Then, suddenly, the gong rang! It rang after being struck a single blow, rough, abrupt, and strong, which was followed by a loud, peculiar noise of a fall and an overturned chair.

Marguerite, who had been on the lookout, ran over; but as soon as she opened the door, she recoiled in fright at the impenetrable darkness. Then, trembling, her heart racing, her voice breathless and low, she called:

—M'sieu l'curé, m'sieu l'curé.

Personne ne répondit, rien ne bougea.

«Mon Dieu, mon Dieu, pensa-t-elle, qu'est-ce qu'ils ont fait, qu'est-ce qu'est arrivé?»

Elle n'osait pas avancer, elle n'osait pas retourner prendre une lumière; et une envie folle de se sauver, de fuir et de hurler la saisit, bien qu'elle se sentît les jambes brisées à tomber sur place. Elle répétait:

—M'sieur le curé, m'sieur le curé, c'est moi, Marguerite.

Mais soudain, malgré sa peur, un désir instinctif de secourir son maître, et une de ces bravoures de femmes qui les rendent par moments héroïques emplirent son âme d'audace terrifiée, et, courant à sa cuisine, elle rapporta son quinquet.

Sur la porte de la salle, elle s'arrêta. Elle vit d'abord le vagabond, étendu contre le mur, et qui dormait ou semblait dormir, puis la lampe cassée, puis, sous la table, les deux pieds noirs et les jambes aux bas noirs de l'abbé Vilbois, qui avait dû s'abattre sur le dos en heurtant le gong de sa tête.

Palpitante d'effroi, les mains tremblantes, elle répétait:

—Mon Dieu, mon Dieu, qu'est-ce que c'est?

Et comme elle avançait à petits pas, avec lenteur, elle glissa dans quelque chose de gras et faillit tomber.

Alors, s'étant penchée, elle s'aperçut que, sur le pavé rouge, un liquide rouge aussi coulait, s'étendant autour de ses pieds et courant vite vers la porte. Elle devina que c'était du sang.

Folle, elle s'enfuit, jetant sa lumière pour ne plus rien voir, et elle se précipita dans la campagne, vers le village. Elle allait, heurtant les arbres, les yeux fixés vers les feux lointains et hurlant.

Sa voix aiguë s'envolait par la nuit comme un sinistre cri de chouette et clamait sans discontinuer: «Le maoufatan . . . le maoufatan . . . le maoufatan . . .»

Lorsqu'elle atteignit les premières maisons, des hommes effarés sortirent et l'entourèrent; mais elle se débattait sans répondre, car elle avait perdu la tête.

On finit par comprendre qu'un malheur venait d'arriver dans la campagne du curé, et une troupe s'arma pour courir à son aide.

Au milieu du champ d'oliviers la petite bastide peinte en rose était devenue invisible et noire dans la nuit profonde et muette. Depuis que la lueur unique de sa fenêtre éclairée s'était éteinte comme un œil fermé, elle demeurait noyée dans l'ombre, perdue dans les ténèbres, introuvable pour quiconque n'était pas enfant du pays.

Bientôt des feux coururent au ras de terre, à travers les arbres,

"Father, Father!"

No one replied, nothing budged.

"My God, my God," she thought, "what have they done, what has happened?"

She didn't dare to walk in, she didn't dare to go back for a lamp; and a mad urge to escape, flee, and shriek gripped her, though she felt as if her legs were broken and she'd fall down right there. She kept repeating:

"Father, Father, it's me, Marguerite."

But suddenly, despite her fear, an instinctive desire to aid her master, and one of those surges of courage which make women heroic at times, filled her soul with terrified audacity and, running to her kitchen, she brought back her Argand lamp.

On the doorway to the room she halted. First she saw the vagabond stretched out against the wall; he was sleeping or seemed to be; then, the broken lamp; then, under the table, the two black shoes and black-stockinged legs of Father Vilbois, who must have fallen on his back, striking the gong with his head.

Palpitating with fright, her hands trembling, she repeated:

"My God, my God, what is all this?"

And as she moved forward slowly, taking short steps, she slipped on something greasy and almost fell.

Then, leaning over, she noticed that, on the red flooring, a red liquid was also flowing, spreading around her feet, and moving quickly toward the door. She guessed that it was blood.

She ran away madly, throwing down her lamp in order to see no more, and she hastened out into the countryside, toward the village. As she went, bumping into trees, her eyes glued to the distant lights, she was shrieking.

Her high-pitched voice flew off through the night like the sinister cry of a screech owl, as she yelled without letup: "The *maoufatan* . . the *maoufatan* . . . the *maoufatan* . . ."

When she reached the first house, alarmed men came out and encircled her; but she struggled without replying, because she had lost her head.

Finally they understood that a disaster had just occurred on the priest's rural property, and a troop armed themselves to hasten to his aid.

In the middle of the olive grove the little pink-painted cabin had become invisible and black in the deep, mute night. Ever since the single gleam from its lighted window had gone out like a closed eye, it had remained drowned in shadow, lost in darkness, unfindable by anyone who wasn't a local native.

Soon lights were running near ground level, across the trees, com-

venant vers elle. Ils promenaient sur l'herbe brûlée de longues clartés jaunes, et sous leurs éclats errants les troncs tourmentés des oliviers ressemblaient parfois à des monstres, à des serpents d'enfer enlacés et tordus. Les reflets projetés au loin firent soudain surgir dans l'obscurité quelque chose de blanchâtre et de vague, puis, bientôt le mur bas et carré de la petite demeure redevint rose devant les lanternes. Quelques paysans les portaient, escortant deux gendarmes, revolver au poing, le garde champêtre, le maire et Marguerite que des hommes soutenaient, car elle défaillait.

Devant la porte demeurée ouverte, effrayante, il y eut un moment d'hésitation. Mais le brigadier saisissant un falot, entra suivi par les autres.

La servante n'avait pas menti. Le sang, figé maintenant, couvrait le pavé comme un tapis. Il avait coulé jusqu'au vagabond, baignant une de ses jambes et une de ses mains.

Le père et le fils dormaient, l'un, la gorge coupée, du sommeil éternel, l'autre du sommeil des ivrognes. Les deux gendarmes se jetèrent sur celui-ci, et avant qu'il fût réveillé il avait des chaînes aux poignets. Il frotta ses yeux, stupéfait, abruti de vin; et lorsqu'il vit le cadavre du prêtre, il eut l'air terrifié, et de ne rien comprendre.

—Comment ne s'est-il pas sauvé? dit le maire.

—Il était trop saoul, répliqua le brigadier.

Et tout le monde fut de son avis, car l'idée ne serait venue à personne que l'abbé Vilbois, peut-être, avait pu se donner la mort.

## L'inutile beauté

### I

La victoria fort élégante, attelée de deux superbes chevaux noirs, attendait devant le perron de l'hôtel. C'était à la fin de juin, vers cinq heures et demie, et, entre les toits qui enfermaient la cour d'honneur, le ciel apparaissait plein de clarté, de chaleur, de gaieté.

La comtesse de Mascaret se montra sur le perron juste au moment où son son mari, qui rentrait, arriva sous la porte cochère. Il s'arrêta quelques secondes pour regarder sa femme, et il pâlit un peu. Elle était fort belle, svelte, distinguée avec sa longue figure ovale, son teint d'ivoire doré, ses grands yeux gris et ses cheveux noirs; et elle monta dans sa voiture sans le regarder, sans paraître même l'avoir aperçu, avec une allure si particulièrement racée, que l'infâme jalousie dont i

ing toward it. They cast long yellow beams over the parched grass, and by their roving flashes the twisted trunks of the olive trees at times resembled monsters, hellish serpents enlaced and writhing. The reflections beamed into the distance suddenly made something whitish and vague loom up in the darkness, then before long the low, square wall of the little dwelling became pink again in the light of the lanterns. They were carried by a few peasants, escorting two constables, holding their revolvers, the rural policeman, the mayor, and Marguerite, who was supported by some men, because she was fainting.

Outside the door, which had been left alarmingly open, there was a moment of hesitation. But the sergeant, grabbing a lantern, went in, followed by the rest.

The servant hadn't lied. Blood, congealed now, covered the floor like a carpet. It had flowed up to the vagabond, soaking one of his legs and one of his hands.

Father and son were asleep; one, his throat cut, slept the eternal sleep; the other, the sleep of drunkards. The two constables pounced on the latter, and before he had awakened he had chains on his wrists. He rubbed his eyes in amazement, fuddled with wine; and when he saw the corpse of the priest, he looked terrified and as if he couldn't understand a thing.

"How is it he didn't run away?" asked the mayor.

"He was too drunk," replied the sergeant.

And everyone agreed with him, because the idea wouldn't have occurred to anyone that Father Vilbois might perhaps have killed himself.

## Wasted Beauty

### I

The very elegant victoria, to which two superb black horses were harnessed, was waiting in front of the stairs to the town house. It was at the end of June, about five-thirty, and between the roofs enclosing the main courtyard, the sky could be seen, full of brightness, warmth, and cheer.

The Comtesse de Mascaret appeared on the staircase at the very moment when her husband, who was returning home, arrived beneath the carriage entrance. He stopped a few seconds to look at his wife, and he turned a little pale. She was very beautiful, slim, and distinguished, with her long oval face, her complexion of gilt ivory, her big gray eyes, and her black hair; and she stepped into her carriage without looking at him, without even seeming to have seen him, with

était depuis si longtemps dévoré le mordit au cœur de nouveau. Il
s'approcha, et la saluant:

—Vous allez vous promener? dit-il.

Elle laissa passer quatre mots entre ses lèvres dédaigneuses.

—Vous le voyez bien!

—Au bois?

—C'est probable.

—Me serait-il permis de vous accompagner?

—La voiture est à vous.

Sans s'étonner du ton dont elle lui répondait, il monta et s'assit à
côté de sa femme, puis il ordonna:

—Au bois.

Le valet de pied sauta sur le siège auprès du cocher; et les chevaux,
selon leur habitude, piaffèrent en saluant de la tête jusqu'à ce qu'ils
eussent tourné dans la rue.

Les deux époux demeuraient côte à côte sans se parler. Il cherchait
comment entamer l'entretien, mais elle gardait un visage si obstiné-
ment dur qu'il n'osait pas.

A la fin, il glissa sournoisement sa main vers la main gantée de la
comtesse et la toucha comme par hasard, mais le geste qu'elle fit en
retirant son bras fut si vif et si plein de dégoût qu'il demeura anxieux
malgré ses habitudes d'autorité et de despotisme.

Alors il murmura:

—Gabrielle!

Elle demanda, sans tourner la tête:

—Que voulez-vous?

—Je vous trouve adorable.

Elle ne répondit rien, et demeurait étendue dans sa voiture avec un
air de reine irritée.

Ils montaient maintenant les Champs-Élysées, vers l'Arc de
Triomphe de l'Étoile. L'immense monument, au bout de la longue
avenue, ouvrait dans un ciel rouge son arche colossale. Le soleil semblait descendre sur lui en semant par l'horizon une poussière de feu.

Et le fleuve des voitures, éclaboussées de reflets sur les cuivres, su
les argentures et les cristaux des harnais et des lanternes, laissai
couler un double courant vers le bois et vers la ville.

Le comte de Mascaret reprit:

—Ma chère Gabrielle.

Alors, n'y tenant plus, elle répliqua d'une voix exaspérée:

a manner so especially well bred that the base jealousy which had devoured him for so long gnawed at his heart again. He approached and, greeting her, said:

"Going out for a ride?"

She let a few words pass her scornful lips.

"As you can very well see!"

"To the Bois de Boulogne?"

"Most likely."

"May I be allowed to accompany you?"

"You own the carriage."

Without being surprised at the tone in which she answered him, he got in and sat down beside his wife, then he commanded:

"To the Bois!"

The footman jumped onto the box next to the coachman; and the horses, as usual with them, pranced and bobbed their heads until they had turned into the street.

The two spouses remained side by side without speaking to each other. He was looking for a way to broach the conversation, but she maintained so severe an expression that he lacked the courage.

Finally he slyly slid his hand over to the countess's gloved hand, touching it as if by chance, but her gesture when withdrawing her hand was so brusque and so full of distaste that he was left anxious, despite his customary authoritarian despotism.

Then he murmured:

"Gabrielle!"

Without turning her head, she asked:

"What do you want?"

"I find you adorable."

She made no reply, but continued to lie well back in her carriage with the air of an irritated queen.

They were now ascending the Champs-Élysées in the direction of the Arch of Triumph at the Étoile. The immense monument, at the end of the long avenue, opened its colossal arch to a red sky. The sun seemed to descend on it while sowing a fiery dust on the horizon.

And the river of carriages, spattered with reflections on their brass fittings and on the silver and crystal of the horse trappings and the lanterns, let a double current flow toward the Bois and toward the heart of town.

The Comte de Mascaret continued:

"My dear Gabrielle."

Then, out of patience, she retorted in exasperated tones:

—Oh! laissez-moi tranquille, je vous prie. Je n'ai même plus la liberté d'être seule dans ma voiture, à présent.

Il simula n'avoir point écouté et continua:

—Vous n'avez jamais été aussi jolie qu'aujourd'hui.

Elle était certainement à bout de patience et elle répliqua avec une colère qui ne se contenait point:

—Vous avez tort de vous en apercevoir, car je vous jure bien que je ne serai plus jamais à vous.

Certes, il fut stupéfait et bouleversé, et, ses habitudes de violence reprenant le dessus, il jeta un—«Qu'est-ce à dire?» qui révélait plus le maître brutal que l'homme amoureux.

Elle répéta, à voix basse, bien que leurs gens ne pussent rien entendre dans l'assourdissant ronflement des roues:

—Ah! qu'est-ce à dire? qu'est-ce à dire? Je vous retrouve donc! vous voulez que je vous le dise?

—Oui.

—Que je vous dise tout?

—Oui.

—Tout ce que j'ai sur le cœur depuis que je suis la victime de votre féroce égoïsme?

Il était devenu rouge d'étonnement et d'irritation. Il grogna, les dents serrées:

—Oui, dites!

C'était un homme de haute taille, à larges épaules, à grande barbe rousse, un bel homme, un gentilhomme, un homme du monde qu passait pour un mari parfait et pour un père excellent.

Pour la première fois depuis leur sortie de l'hôtel elle se retourn vers lui et le regarda bien en face:

—Ah! vous allez entendre des choses désagréables, mais sachez qu je suis prête à tout, que je braverai tout, que je ne crains rien, et vou aujourd'hui moins que personne.

Il la regardait aussi dans les yeux, et une rage déjà le secouait. I murmura:

—Vous êtes folle!

—Non, mais je ne veux plus être la victime de l'odieux supplice d maternité que vous m'imposez depuis onze ans! je veux vivre enfin e femme du monde, comme j'en ai le droit, comme toutes les femme en ont le droit.

Redevenant pâle tout à coup, il balbutia:

—Je ne comprends pas.

—Si, vous comprenez. Il y a maintenant trois mois que j'ai ac

"Oh, leave me in peace, please. I no longer have even the freedom to be alone in my carriage any more."

He pretended not to have been listening, and he went on:

"You've never been as lovely as you are today."

She was certainly at the end of her tether, and she retorted with an uncontrolled anger:

"You're wrong to notice it, because I swear to you that I'll never be yours again!"

Of course, he was amazed and dumbfounded, and, his violent habits regaining the upper hand, he spat out a "Meaning what?" that revealed a brutal master rather than a man in love.

She repeated, in low tones, even though their servants couldn't hear a thing in the deafening rumble of the wheels:

"Ha! Meaning what? Meaning what? That's you all over! You want me to tell you?"

"Yes."

"To tell you everything?"

"Yes."

"Everything I've had on my mind since I've been the victim of your ferocious selfishness?"

He had turned red with surprise and irritation. He growled between clenched teeth:

"Yes, tell me!"

He was a tall man with broad shoulders and a big red beard, a handsome man, a gentleman, a man of the world whom people took to be a perfect husband and excellent father.

For the first time since they had left their house, she turned in his direction and looked him right in the face:

"Oh, you're going to hear some unpleasant things, but I want you to know I'm ready for anything, I'll face up to anything, and I fear nothing, and you less than anyone else today."

He was looking right into her eyes, too, and he was already shaken by fury. He muttered:

"You're insane!"

"No, but I no longer wish to be the victim of that hateful torture of childbearing that you've been inflicting on me for eleven years! I want to live at last like a woman of the world, as I've a right to, as every woman has a right to!"

Suddenly turning pale again, he stammered:

"I don't understand."

"Yes, you do. It's been three months now since I gave birth to my

couché de mon dernier enfant, et comme je suis encore très belle, et, malgré vos efforts, presque indéformable, ainsi que vous venez de le reconnaître en m'apercevant sur votre perron, vous trouvez qu'il est temps que je redevienne enceinte.

—Mais vous déraisonnez!

—Non. J'ai trente ans et sept enfants, et nous sommes mariés depuis onze ans, et vous espérez que cela continuera encore dix ans, après quoi vous cesserez d'être jaloux.

Il lui saisit le bras et l'étreignant:

—Je ne vous permettrai pas de me parler plus longtemps ainsi.

—Et moi, je vous parlerai jusqu'au bout, jusqu'à ce que j'aie fini tout ce que j'ai à vous dire, et si vous essayez de m'en empêcher, j'élèverai la voix de façon à être entendue par les deux domestiques qui sont sur le siège. Je ne vous ai laissé monter ici que pour cela, car j'ai ces témoins qui vous forceront à m'écouter et à vous contenir. Écoutez-moi. Vous m'avez toujours été antipathique et je vous l'ai toujours laissé voir, car je n'ai jamais menti, monsieur. Vous m'avez épousée malgré moi, vous avez forcé mes parents qui étaient gênés à me donner à vous, parce que vous êtes très riche. Ils m'y ont contrainte, en me faisant pleurer.

Vous m'avez donc achetée, et dès que j'ai été en votre pouvoir, dès que j'ai commencé à devenir pour vous une compagne prête à s'attacher, à oublier vos procédés d'intimidation et de coercition pour me souvenir seulement que je devais être une femme dévouée et vous aimer autant qu'il m'était possible de le faire, vous êtes devenu jaloux, vous, comme aucun homme ne l'a jamais été, d'une jalousie d'espion, basse, ignoble, dégradante pour vous, insultante pour moi. Je n'étais pas mariée depuis huit mois que vous m'avez soupçonnée de toutes les perfidies. Vous me l'avez même laissé entendre. Quelle honte! Et comme vous ne pouviez pas m'empêcher d'être belle et de plaire, d'être appelée dans les salons et aussi dans les journaux une des plus jolies femmes de Paris, vous avez cherché ce que vous pourriez imaginer pour écarter de moi les galanteries, et vous avez eu cette idée abominable de me faire passer ma vie dans une perpétuelle grossesse jusqu'au moment où je dégoûterais tous les hommes. Oh! ne niez pas! Je n'ai point compris pendant longtemps, puis j'ai deviné. Vous vous en êtes vanté même à votre sœur, qui me l'a dit, car elle m'aime et elle a été révoltée de votre grossièreté de rustre.

Ah! rappelez-vous nos luttes, les portes brisées, les serrures forcées! A quelle existence vous m'avez condamnée depuis onze ans, une existence de jument poulinière enfermée dans un haras. Puis, dès que j'é-

latest child, and since I'm still very beautiful and I practically can't lose my figure, despite your efforts, as you just realized when seeing me on your staircase, you find it's time for me to get pregnant again."

"But you're speaking nonsense!"

"No. I'm thirty and I have seven children, and we've been married eleven years, and you hope things will go on this way another ten years, after which you'll stop being jealous."

He seized her arm and, squeezing it:

"I won't allow you to speak to me this way much longer."

"As for me, I'll speak to you till I'm finished, until I've told you all that I have to say, and if you try to stop me, I'll raise my voice so I can be heard by the two servants on the box. I let you get in for this purpose only, because I have these witnesses who will force you to hear me out and control yourself. Listen. You've always been repugnant to me and I've always let you see it, because I've never lied, sir. You married me against my wishes, you forced my parents, who were in financial distress, to give me to you, because you're very rich. They compelled me to do it by making me cry.

"So you bought me, and as soon as I was in your power, as soon as I became for you a spouse ready to form an attachment, to forget your procedures of intimidation and coercion and to remember only that it was my duty to be a devoted wife and love you to the extent that I could, you became jealous, you did, as no man has ever been, with the jealousy of a spy, low, ignoble, degrading for you, insulting for me. I hadn't been married eight months when you suspected me of all sorts of treachery. You even let me know you did. What shame! And since you couldn't prevent me from being beautiful and attractive, from being called, in salons and in newspapers as well, one of the prettiest women in Paris, you searched in your imagination for ways to deflect men's attention from me, and you came up with that loathsome idea of having me spend my life in a perpetual pregnancy until the time when I'd disgust all men. Oh, don't deny it! I didn't understand for a long time, then I guessed it. You even boasted about it to your sister, who reported it to me, because she loves me and she was revolted by your peasantlike vulgarity.

"Oh, think back on our fights, the broken doors, the forced locks! What an existence you've sentenced me to for eleven years, the life of a brood mare imprisoned on a stud farm! Then, as soon as I was preg-

tais grosse, vous vous dégoûtiez aussi de moi, vous, et je ne vous voyais plus durant des mois. On m'envoyait à la campagne, dans le château de la famille, au vert, au pré, faire mon petit. Et quand je reparaissais, fraîche et belle, indestructible, toujours séduisante et toujours entourée d'hommages, espérant enfin que j'allais vivre un peu comme une jeune femme riche qui appartient au monde, la jalousie vous reprenait, et vous recommenciez à me poursuivre de l'infâme et haineux désir dont vous souffrez en ce moment, à mon côté. Et ce n'est pas le désir de me posséder—je ne me serais jamais refusée à vous—c'est le désir de me déformer.

Il s'est de plus passé cette chose abominable et si mystérieuse que j'ai été longtemps à la pénétrer (mais je suis devenue fine à vous voir agir et penser): vous vous êtes attaché à vos enfants de toute la sécurité qu'ils vous ont donnée pendant que je les portais dans ma taille. Vous avez fait de l'affection pour eux avec toute l'aversion que vous aviez pour moi, avec toutes vos craintes ignobles momentanément calmées et avec la joie de me voir grossir.

Ah! cette joie, combien de fois je l'ai sentie en vous, je l'ai rencontrée dans vos yeux, je l'ai devinée. Vos enfants, vous les aimez comme des victoires et non comme votre sang. Ce sont des victoires sur moi, sur ma jeunesse, sur ma beauté, sur mon charme, sur les compliments qu'on m'adressait, et sur ceux qu'on chuchotait autour de moi, sans me les dire. Et vous en êtes fier; vous paradez avec eux, vous les promenez en break au bois de Boulogne, sur des ânes à Montmorency. Vous les conduisez aux matinées théâtrales pour qu'on vous voie au milieu d'eux, qu'on dise «quel bon père» et qu'on le répète . .

Il lui avait pris le poignet avec une brutalité sauvage, et il le serrait si violemment qu'elle se tut, une plainte lui déchirant la gorge.

Et il lui dit tout bas:

—J'aime mes enfants, entendez-vous! Ce que vous venez de m'avouer est honteux de la part d'une mère. Mois vous êtes à moi. Je suis le maître . . . votre maître . . . je puis exiger de vous ce que je voudrai, quand je voudrai . . . et j'ai la loi . . . pour moi!

Il cherchait à lui écraser les doigts dans la pression de tenaille de son gros poignet musculeux. Elle, livide de douleur, s'efforçait en vain d'ôter sa main de cet étau qui la broyait; et la souffrance la faisait haleter, des larmes lui vinrent aux yeux.

—Vous voyez bien que je suis le maître, dit-il, et le plus fort.

Il avait un peu desserré son étreinte. Elle reprit:

nant, *you'd* be disgusted with me, too, and I wouldn't see you again for months. I was sent to the country, to the family château, put out to grass on the farm, to have my baby. And when I reappeared, fresh and beautiful, indestructible, still charming and still surrounded by compliments, finally hoping that my life would be somewhat like that of a wealthy young woman in society, jealousy would come over you again, and you'd start in again to persecute me with the base desire, full of hatred, from which you're suffering right now, here beside me. And it isn't the desire to possess me—I'd never have refused myself to you— it's the desire to ruin my figure.

"Furthermore, that abominable thing happened, something so mysterious that it took me a long time to understand it (but I've become crafty watching you act and think): you became attached to your children for all the feeling of security they gave you while I carried them in my womb. You created affection for them out of all the aversion you had for me, out of all your vulgar fears that were temporarily calmed, and out of your pleasure in seeing my body swell.

"Oh, how often I've sensed that pleasure which you were having! I found it in your eyes, I divined it. You love your children because they're your victories, not because they're your blood. They're victories over me, over my youth, over my beauty, over my charm, over the compliments I was given, and over those that were whispered in my vicinity, though not told me directly. And you're proud of them; you show them off in public, you take them riding in the break to the Bois de Boulogne, or donkey riding at Montmorency. You take them to matinees of plays so you can be seen among them, so people will say What a good father!' and will pass along the word . . ."

He had clutched her wrist with savage brutality and he was squeezing t so violently that she stopped talking, a lament tearing at her throat.

And he said to her very quietly:

"I love my children, do you hear? What you've just admitted to me s shameful coming from a mother. But you belong to me. I'm the master . . . your master . . . I can demand of you anything I like, whenever I like . . . and I have the law . . . on my side!"

He was trying to crush her fingers by the pincerlike pressure of his big, muscular wrist. She, livid with pain, was struggling in vain to free her hand from that vise which was mashing it; and, her suffering making her pant, tears came to her eyes.

"You see clearly that I'm the master," he said, "and the one who's tronger."

He had slackened his grip a little. She replied:

—Me croyez-vous pieuse?

Il balbutia, surpris:

—Mais oui.

—Pensez-vous que je croie à Dieu?

—Mais oui.

—Que je pourrais mentir en vous faisant un serment devant un autel où est enfermé le corps du Christ?

—Non.

—Voulez-vous m'accompagner dans une église?

—Pour quoi faire?

—Vous le verrez bien. Voulez-vous?

—Si vous y tenez, oui.

Elle éleva la voix, en appelant:

—Philippe.

Le cocher, inclinant un peu le cou, sans quitter ses chevaux des yeux, sembla tourner son oreille seule vers sa maîtresse, qui reprit:

—Allez à l'église Saint-Philippe-du-Roule.

Et la victoria qui arrivait à la porte du bois de Boulogne, retourna vers Paris.

La femme et le mari n'échangèrent plus une parole pendant ce nouveau trajet. Puis, lorsque la voiture fut arrêtée devant l'entrée du temple, Mme de Mascaret, sautant à terre, y pénétra, suivie à quelques pas, par le comte.

Elle alla, sans s'arrêter, jusqu'à la grille du chœur, et tombant à genoux contre une chaise cacha sa figure dans ses mains et pria. Elle pria longtemps, et lui, debout derrière elle, s'aperçut enfin qu'elle pleurait. Elle pleurait sans bruit, comme pleurent les femmes dans les grands chagrins poignants. C'était, dans tout son corps, une sorte d'ondulation qui finissait par un petit sanglot, caché, étouffé sous ses doigts.

Mais le comte de Mascaret jugea que la situation se prolongeait trop, et il la toucha sur l'épaule.

Ce contact la réveilla comme une brûlure. Se dressant, elle le re garda les yeux dans les yeux.

—Ce que j'ai à vous dire, le voici. Je n'ai peur de rien, vous ferez ce que vous voudrez. Vous me tuerez si cela vous plaît. Un de vos enfant n'est pas à vous, un seul. Je vous le jure devant le Dieu qui m'entend ici. C'était l'unique vengeance que j'eusse contre vous, contre votre abominable tyrannie de mâle, contre ces travaux forcés de l'engen drement auxquels vous m'avez condamnée. Qui fut mon amant? Vou

"Do you believe that I'm pious?"

He stammered in surprise:

"Of course."

"Do you think I believe in God?"

"Of course."

"That I could tell a lie if I swore an oath to you at an altar that encloses the body of Christ?"

"No."

"Are you willing to come into a church with me?"

"What for?"

"You'll see. Are you willing?"

"If you insist, yes."

She raised her voice, calling:

"Philippe!"

The coachman, bending his neck a little, without taking his eyes off his horses, seemed to be turning only his ear toward his mistress, who continued:

"Go to the church of Saint-Philippe-du-Roule!"

And the victoria, which was arriving at the entrance to the Bois de Boulogne, returned toward Paris.

The husband and wife didn't exchange another word during this new course. Then, when the carriage had halted in front of the church entrance, Madame de Mascaret hopped out and went in, followed at the distance of a few paces by the count.

Without stopping she walked all the way to the chancel grating and, falling to her knees against a chair, she hid her face in her hands and prayed. She prayed for some time, and he, standing behind her, finally noticed that she was weeping. She was weeping noiselessly, as women weep when they have great, lancing sorrows. All through her body there was a sort of undulation ending in a little sob, concealed, smothered beneath her fingers.

But the Comte de Mascaret deemed that the situation was going on too long, and he touched her on the shoulder.

That contact awakened her like a burn. Standing up, she looked right into his eyes.

"Here's what I have to tell you. I'm not afraid of anything, you can do whatever you like. You can kill me if that suits you. One of your children isn't yours, just one of them. I swear it to you in front of the God who hears me here. That was the sole vengeance I took on you, for your hateful male tyranny, for that 'hard labor' of giving birth to which you sentenced me. Who was my lover? You'll never know!

ne le saurez jamais! Vous soupçonnerez tout le monde. Vous ne le dé-
couvrirez point. Je me suis donnée à lui sans amour et sans plaisir
uniquement pour vous tromper. Et il m'a rendue mère aussi, lui. Qu'
est son enfant? Vous ne le saurez jamais. J'en ai sept, cherchez! Cela
je comptais vous le dire plus tard, bien plus tard, car on ne s'est vengé
d'un homme, en le trompant, que lorsqu'il le sait. Vous m'avez forcée
à vous le confesser aujourd'hui, j'ai fini.

Et elle s'enfuit à travers l'église, vers la porte ouverte sur la rue
s'attendant à entendre derrière elle le pas rapide de l'époux bravé, et
à s'affaisser sur le pavé sous le coup d'assommoir de son poing.

Mais elle n'entendit rien, et gagna sa voiture. Elle y monta d'un
saut, crispée d'angoisse, haletante de peur, et cria au cocher: «à l'hôtel!»

Les chevaux partirent au grand trot.


## II

La comtesse de Mascaret, enfermée en sa chambre, attendait l'heure
du dîner comme un condamné à mort attend l'heure du supplice
Qu'allait-il faire? Était-il rentré? Despote, emporté, prêt à toutes les
violences, qu'avait-il médité, qu'avait-il préparé, qu'avait-il résolu
Aucun bruit dans l'hôtel, et elle regardait à tout instant les aiguilles de
sa pendule. La femme de chambre était venue pour la toilette cré
pusculaire; puis elle était partie.

Huit heures sonnèrent, et, presque tout de suite, deux coups furent
frappés à la porte.

—Entrez.

Le maître d'hôtel parut et dit:

—Madame la comtesse est servie.

—Le comte est rentré?

—Oui, madame la comtesse. M. le comte est dans la salle à mange

Elle eut, pendant quelques secondes, la pensée de s'armer d'un
petit revolver qu'elle avait acheté quelque temps auparavant, en prévi
sion du drame qui se préparait dans son cœur. Mais elle songea que
tous les enfants seraient là, et elle ne prit rien, qu'un flacon de sels.

Lorsqu'elle entra dans la salle, son mari, debout près de son siège
attendait. Ils échangèrent un léger salut et s'assirent. Alors, les en
fants, à leur tour, prirent place. Les trois fils, avec leur précepteu
l'abbé Marin, étaient à la droite de la mère; les trois filles, avec la gou
vernante anglaise, Mlle Smith, étaient à gauche. Le dernier enfan
âgé de trois mois, restait seul à la chambre avec sa nourrice.

You'll suspect everyone. You won't discover him. I gave myself to him without love and without pleasure, solely to deceive you. And he, too, made me a mother. Which child is his? You'll never know. I have seven, try and find out! I intended to tell you this at a later date, a much later date, because a woman hasn't taken revenge on a man, by being unfaithful to him, until he knows it. You have forced me to confess it to you today. That's all I have to say."

And she ran away across the church, toward the door that was open to the street, expecting to hear behind her the rapid steps of the husband she had defied, and to crumple onto the floor beneath the staggering blow of his fist.

But she heard nothing, and she reached her carriage. She entered it with one leap, tense with anguish, panting with fear, and called to the coachman: "Home!"

The horses set out at a quick trot.

## II

The Comtesse de Mascaret, locked in her room, was awaiting the dinner hour as a condemned prisoner awaits the hour of his execution. What would he do? Had he come home? What had that impetuous despot, ready for any violence, been planning and preparing? What had he decided on? There was no sound in the house, and every minute she looked at the hands of her clock. Her chambermaid had come in to dress her for dinner, and had left again.

The clock struck eight, and almost immediately there were two knocks at the door.

"Come in."

The butler appeared and said:

"Dinner is ready, countess."

"Has the count come home?"

"Yes, countess. The count is in the dining room."

For a few seconds she had the idea of arming herself with the small revolver she had purchased some time earlier, foreseeing the drama that was preparing in her heart. But she recalled that all the children would be there, and she took along nothing but a bottle of salts.

When she entered the room, her husband, standing next to his chair, was waiting. They exchanged a brief nod and sat down. Then, in their turn, the children were seated. The three boys, with their tutor, Abbé Marin, were at their mother's right; the three girls, with their English governess, Miss Smith, at her left. The most recent child, three months old, was left alone in the bedroom with its nurse.

Les trois filles, toutes blondes, dont l'aînée avait dix ans, vêtues de toilettes bleues ornées de petites dentelles blanches, ressemblaient à d'exquises poupées. La plus jeune n'avait pas trois ans. Toutes, jolies déjà, promettaient de devenir belles comme leur mère.

Les trois fils, deux châtains, et l'aîné, âgé de neuf ans, déjà brun, semblaient annoncer des hommes vigoureux, de grande taille, aux larges épaules. La famille entière semblait bien du même sang fort et vivace.

L'abbé prononça le bénédicité selon l'usage, lorsque personne n'était invité, car, en pésence des étrangers, les enfants ne venaient point à table. Puis on se mit à dîner.

La comtesse, étreinte d'une émotion qu'elle n'avait point prévue, demeurait les yeux baissés, tandis que le comte examinait tantôt les trois garçons et tantôt les trois filles, avec des yeux incertains qui allaient d'une tête à l'autre, troublés d'angoisses. Tout à coup, en reposant devant lui son verre à pied, il le cassa, et l'eau rougie se répandit sur la nappe. Au léger bruit que fit ce léger accident la comtesse eut un soubresaut qui la souleva sur sa chaise. Pour la première fois ils se regardèrent. Alors, de moment en moment, malgré eux, malgré la crispation de leur chair et de leur cœur, dont les bouleversait chaque rencontre de leurs prunelles, ils ne cessaient plus de les croiser comme des canons de pistolet.

L'abbé, sentant qu'une gêne existait dont il ne devinait pas la cause essaya de semer une conversation. Il égrenait des sujets sans que ses inutiles tentatives fissent éclore une idée, fissent naître une parole.

La comtesse, par tact féminin, obéissant à ses instincts de femme du monde, essaya deux ou trois fois de lui répondre: mais en vain. Elle ne trouvait point ses mots dans la déroute de son esprit, et sa voix lui faisait presque peur dans le silence de la grande pièce où sonnaient seulement les petits heurts de l'argenterie et des assiettes.

Soudain son mari, se penchant en avant, lui dit:

—En ce lieu, au milieu de vos enfants, me jurez-vous la sincérité de ce que vous m'avez affirmé tantôt?

La haine fermentée dans ses veines la souleva soudain, et répondant à cette demande avec la même énergie qu'elle répondait à son regard, elle leva ses deux mains, la droite vers les fronts de ses fils, la gauche vers les fronts de ses filles, et d'un accent ferme, résolu, sans défaillance:

—Sur la tête de mes enfants, je jure que je vous ai dit la vérité.

Il se leva, et, avec un geste exaspéré ayant lancé sa serviette sur la

The three girls, all blonde, the eldest being ten, wore blue dresses trimmed with little lengths of white lace, and looked like exquisite dolls. The youngest was not yet three. All of them, already pretty, gave promise of becoming beautiful like their mother.

The three boys, two of them with light-brown hair, and the eldest, nine, already dark-haired, seemed to show that they'd become vigorous men, tall and broad-shouldered. The whole family looked as if they had the same strong, lively blood.

The abbé said grace as usual when there were no guests, because when strangers were present, the children didn't come to the table. Then they began to dine.

The countess, in the grip of an emotion she hadn't foreseen, kept her eyes lowered, while the count was examining, now the three boys, now the three girls, with uncertain eyes that moved from one face to the other, troubled with anguish. Suddenly, as he was putting his stemmed glass back down in front of him, he broke it, and the diluted wine spread over the tablecloth. At the slight sound caused by that minor accident, the countess gave a start that lifted her off her chair. For the first time they looked at each other. Then, every moment, in spite of themselves, in spite of that tension in their bodies and hearts which overcame them at each encounter of their eyes, they no longer ceased to cross glances that were like pistol barrels.

The abbé, sensing a constraint the cause of which he couldn't guess, tried to initiate a conversation. He strung out topics, but his useless attempts made no idea germinate, no word arise.

The countess, with feminine tact, in obedience to her instincts, those of a woman of the world, tried two or three times to answer him, but in vain. She couldn't find words in the tumult of her mind, and her voice almost frightened her in the silence of the large room, in which the only sounds were the slight clinks of the silverware and china.

All at once her husband, leaning forward, said to her:

"In this place, in the midst of your children, do you swear to me that what you declared to me earlier today is true?"

The hatred that had fermented in her veins suddenly jolted her and, replying to that question as energetically as she had been replying to his gaze, she raised both her hands, the right one toward the foreheads of her sons, and the left toward the foreheads of her daughters, and in firm, resolute, unwavering tones:

"On the heads of my children, I swear I've told you the truth."

He got up and, having hurled his napkin onto the table with a ges-

table, il se retourna en jetant sa chaise contre le mur, puis sortit sans ajouter un mot.

Mais elle, alors, poussant un grand soupir, comme après une première victoire, reprit d'une voix calmée:

—Ne faites pas attention, mes chéris, votre papa a éprouvé un gros chagrin tantôt. Et il a encore beaucoup de peine. Dans quelques jours il n'y paraîtra plus.

Alors elle causa avec l'abbé; elle causa avec Mlle Smith; elle eut pour tous ses enfants des paroles tendres, des gentillesses, de ces douces gâteries de mère qui dilatent les petits cœurs.

Quand le dîner fut fini, elle passa au salon avec toute sa maisonnée. Elle fit bavarder les aînés, conta des histoires aux derniers, et, lorsque fut venue l'heure du coucher général, elle les baisa très longuement, puis, les ayant envoyés dormir, elle rentra seule dans sa chambre.

Elle attendit, car elle ne doutait pas qu'il viendrait. Alors, ses enfants étant loin d'elle, elle se décida à défendre sa peau d'être humain comme elle avait défendu sa vie de femme du monde, et elle cacha, dans la poche de sa robe, le petit revolver chargé qu'elle avait acheté quelques jours plus tôt.

Les heures passaient, les heures sonnaient. Tous les bruits de l'hôtel s'éteignirent. Seuls les fiacres continuèrent dans les rues leur roulement vague, doux et lointain à travers les tentures des murs.

Elle attendait, énergique et nerveuse, sans peur de lui maintenant, prête à tout et presque triomphante, car elle avait trouvé pour lui un supplice de tous les instants et de toute la vie.

Mais les premières lueurs du jour glissèrent entre les franges du bas de ses rideaux, sans qu'il fût entré chez elle. Alors elle comprit, stupéfaite, qu'il ne viendrait pas. Ayant fermé sa porte à clef et poussé le verrou de sûreté qu'elle y avait fait appliquer, elle se mit au lit enfin et y demeura, les yeux ouverts, méditant, ne comprenant plus, ne devinant pas ce qu'il allait faire.

Sa femme de chambre, en lui apportant le thé, lui remit une lettre de son mari. Il lui annonçait qu'il entreprendrait un voyage assez long et la prévenait, en *post-scriptum*, que son notaire lui fournirait les sommes nécessaires à toutes ses dépenses.

## III

C'était à l'Opéra, pendant un entracte de *Robert le Diable*. Dans l'orchestre, les hommes debout, le chapeau sur la tête, le gilet largement ouvert sur la chemise blanche où brillaient l'or et les pierres de

ture of exasperation, he turned around, throwing his chair against the wall, then went out without adding a word.

But then she, heaving a great sigh, as if after a first victory, continued in a calmer voice:

"Pay no attention, children dear, your father experienced a great distress earlier today. And it still grieves him very much. In a few days you won't notice it any more."

Then she chatted with the abbé; she chatted with Miss Smith; she had a tender word for each of her children, some kind attention, one of those sweet maternal indulgences which make young hearts expand.

When dinner was over, she went into the drawing room with her whole household. She made the elder children converse, told stories to the younger ones, and, when their mutual bedtime arrived, she gave them long kisses, then, having sent them off to bed, she returned alone to her own room.

She waited, because she had no doubt that he'd come. Then, her children being far from her, she resolved to defend her human skin just as she had defended her status as a socialite, and in the pocket of her dress she hid the little loaded revolver she had bought a few days earlier.

The hours passed, the hours were struck. Every sound in the house was hushed. Only the cabs in the streets kept up their vague rumble, made soft and distant by the wall hangings.

She was waiting, energetic and nervous, without fear of him now, ready for anything and almost triumphant, because she had found something that would torment him every minute as long as he lived.

But the first gleams of daylight slipped in between the fringes at the bottom of her curtains, and he hadn't come into her room. Then, in amazement, she realized that he wasn't going to come. After locking her door and fastening it with the safety bolt she had had fitted to it, she finally went to bed and remained there, with open eyes, meditating, no longer understanding, unable to guess what he was going to do.

Her chambermaid, bringing in her tea, handed her a note from her husband. In it he announced to her that he was going on a very long trip, and he informed her, in a P.S., that his lawyer would furnish her with the amounts needed for all her expenses.

## III

It was at the Opéra, during an intermission in *Robert the Devil*. In the orchestra, the men, standing, hat on head, their waistcoats broadly open over their white shirts, on which the gold and jeweled buttons

boutons, regardaient les loges pleines de femmes décolletées, dia-
mantées, emperlées, épanouies dans cette serre illuminée où la
beauté des visages et l'éclat des épaules semblent fleurir pour les regards au milieu de la musique et des voix humaines.

Deux amis, le dos tourné à l'orchestre, lorgnaient, en causant, toute
cette galerie d'élégance, toute cette exposition de grâce vraie ou
fausse, de bijoux, de luxe et de prétention qui s'étalait en cercle autour du grand théâtre.

Un d'eux, Roger de Salins, dit à son compagnon Bernard Grandin:

—Regarde donc la comtesse de Mascaret comme elle est toujours
belle.

L'autre, à son tour, lorgna dans une loge de face, une grande femme
qui paraissait encore très jeune, et dont l'éclatante beauté semblait
appeler les yeux de tous les coins de la salle. Son teint pâle, aux reflets
d'ivoire, lui donnait un air de statue, tandis qu'en ses cheveux noirs
comme une nuit, un mince diadème en arc-en-ciel, poudré de diamants, brillait ainsi qu'une voie lactée.

Quand il l'eut regardée quelque temps, Bernard Grandin répondit
avec un accent badin de conviction sincère:

—Je te crois qu'elle est belle!

—Quel âge peut-elle avoir maintenant?

—Attends. Je vais te dire ça exactement. Je la connais depuis son
enfance. Je l'ai vue débuter dans le monde comme jeune fille. Elle a
. . . elle a . . . trente . . . trente . . . trente-six ans.

—Ce n'est pas possible?

—J'en suis sûr.

—Elle en porte vingt-cinq.

—Et elle a eu sept enfants.

—C'est incroyable.

—Ils vivent même tous les sept, et c'est une fort bonne mère. Je
vais un peu dans la maison qui est agréable, très calme, très saine. Elle
réalise le phénomène de la famille dans le monde.

—Est-ce bizarre? Et on n'a jamais rien dit d'elle?

—Jamais.

—Mais, son mari? Il est singulier, n'est-ce pas?

—Oui et non. Il y a peut-être eu entre eux un petit drame, un de
ces petits drames qu'on soupçonne, qu'on ne connaît jamais bien,
mais qu'on devine à peu près.

—Quoi?

—Je n'en sais rien, moi. Mascaret est grand viveur aujourd'hui
après avoir été un parfait époux. Tant qu'il est resté bon mari, il a eu

shone, were looking at the boxes full of women with plunging neck-
lines, adorned with diamonds and pearls, flowers in that illuminated
hothouse in which the beauty of faces and the gleaming of shoulders
seem to bloom for men's eyes amid the music and the human voices.

Two friends, their backs, to the orchestra, were chatting as they
turned their lorgnettes onto that entire gallery of elegance, that entire
exhibition of true or imitation grace, of jewels, luxury, and pretension
which spread in a circle around the huge theater.

One of them, Roger de Salins, said to his companion, Bernard
Grandin:

"Just look at the Comtesse de Mascaret, how beautiful she still is!"

The other man, in turn, ogled a tall woman in a box opposite; she
looked very young still, and her dazzling beauty seemed to attract eyes
from every corner of the house. Her pale complexion, with ivory reflections, made her resemble a statue, while in her hair, black as night,
a thin, rainbow-shaped diadem studded with diamonds, shone like a
Milky Way.

After observing her for a time, Bernard Grandin replied in a play-
ful tone of sincere conviction:

"I'll say she's beautiful!"

"How old would she be now?"

"Wait. I'll tell you exactly. I've known her since her childhood. I saw
her make her debut in society as a girl. She's . . . she's . . . thirty . . .
thirty . . . thirty-six."

"It's not possible."

"I'm sure."

"She looks twenty-five."

"And she's had seven children."

"It's unbelievable."

"In fact, all seven are still alive, and she's a very good mother. I visit
her house occasionally, and it's pleasant, very calm, very wholesome.
She embodies the phenomenon of the family in society."

"How peculiar! And there's never been any talk about her?"

"Never."

"But, her husband? He's an odd type, isn't he?"

"Yes and no. Maybe there was a little drama between them, one of
those little dramas which you suspect, which you're never sure of, but
which you can guess at, more or less."

"What?"

"I know nothing of it myself. Nowadays Mascaret is quite a playboy,
after having been a perfect husband. As long as he remained a good

un affreux caractère, ombrageux et grincheux. Depuis qu'il fait la fête, il est devenu très indifférent, mais on dirait qu'il a un souci, un chagrin, un ver rongeur quelconque, il vieillit beaucoup, lui.

Alors, les deux amis philosophèrent quelques minutes sur les peines secrètes, inconnaissables, que des dissemblances de caractères, ou peut-être des antipathies physiques, inaperçues d'abord, peuvent faire naître dans une famille.

Roger de Salins, qui continuait à lorgner Mme de Mascaret, reprit:

—Il est incompréhensible que cette femme-là ait eu sept enfants.

—Oui, en onze ans. Après quoi elle a clôturé, à trente ans, sa période de production pour entrer dans la brillante période de représentation, qui ne semble pas près de finir.

—Les pauvres femmes!

—Pourquoi les plains-tu?

—Pourquoi? Ah! mon cher, songe donc! Onze ans de grossesses pour une femme comme ça! quel enfer! C'est toute la jeunesse, toute la beauté, toute l'espérance de succès, tout l'idéal poétique de vie brillante, qu'on sacrifie à cette abominable loi de la reproduction qui fait de la femme normale une simple machine à pondre des êtres.

—Que veux-tu? c'est la nature!

—Oui, mais je dis que la nature est notre ennemie, qu'il faut toujours lutter contre la nature, car elle nous ramène sans cesse à l'animal. Ce qu'il y a de propre, de joli, d'élégant, d'idéal sur la terre, ce n'est pas Dieu qui l'y a mis, c'est l'homme, c'est le cerveau humain. C'est nous qui avons introduit dans la création, en la chantant, en l'interprétant, en l'admirant en poètes, en l'idéalisant en artistes, en l'expliquant en savants qui se trompent, mais qui trouvent aux phénomènes des raisons ingénieuses, un peu de grâce, de beauté, de charme inconnu et de mystère. Dieu n'a créé que des êtres grossiers, pleins de germes des maladies, qui, après quelques années d'épanouissement bestial, vieillissent dans les infirmités, avec toutes les laideurs et toutes les impuissances de la décrépitude humaine. Il ne les a faits, semble-t-il, que pour se reproduire salement et pour mourir ensuite, ainsi que les insectes éphémères des soirs d'été. J'ai dit «pour se reproduire salement»; j'insiste. Qu'y a-t-il, en effet, de plus ignoble, de plus répugnant que cet acte ordurier et ridicule de la reproduction des êtres, contre lequel toutes les âmes délicates sont et seront éternellement révoltées? Puisque tous les organes inventés par ce créateur économe et malveillant servent à deux fins, pourquoi n'en a-t-il pas choisi d'autres qui ne fussent point malpropres et souillés, pour leur confier cette mission sacrée, la plus noble et la plus exaltante des fonctions humaines? La

spouse, his character was awful: touchy and crabby. Since he's been making merry, he's become very indifferent, but you'd say he has a worry, a sorrow, some kind of gnawing worm; on his part, he's getting very old."

Then the two friends philosophized for a few minutes on the secret, unknowable sorrows which can be produced in a family by disparity of character or perhaps physical repugnance, unnoticed at first.

Roger de Salins, who was still training his lorgnette on Madame de Mascaret, went on:

"I can't understand how that woman had seven children."

"Yes, in eleven years. After that, at thirty, she put an end to her period of production and entered into her brilliant period of exhibition, which doesn't seem close to finishing."

"Poor women!"

"Why do you pity them?"

"Why? Oh, my dear fellow, just think! Eleven years of pregnancies for a woman like that! What a hell! That means all of one's youth, all of one's beauty, all of one's hopes for success, all of one's poetic ideal of a brilliant life, sacrificed to that abominable law of reproduction which makes the normal woman a mere machine for bringing forth young."

"What do you want? That's Nature!"

"Yes, but I say that Nature is our enemy, that we must always fight against Nature, because it always reduces us to animality. All that's clean, lovely, elegant, and ideal in the world was not put there by God, but by man, by the human brain. It's we who have introduced into creation—by singing of it, by interpreting it, by admiring it as poets, by idealizing it as artists, by explaining it as scientists who make mistakes but find ingenious reasons for its phenomena—a little grace, beauty, unknown charm, and mystery. God created only coarse beings, full of the germs of disease, who, after a few years of flourishing like beasts, grow old and infirm, with all the ugliness and impotence of human decrepitude. It seems that he made them only to reproduce themselves filthily and then die, just like mayflies on a summer evening. I said, 'to reproduce themselves filthily,' and I emphasize it. In fact, what is more vile, more repugnant than that excremental, ridiculous act of reproduction, which revolts every delicate soul and always will? Since every organ invented by that thrifty, malevolent creator has a double use, why didn't he choose others that weren't unclean and besmirched, to which to entrust that sacred mission, the noblest and most exalting of human functions? The mouth, which nourishes the body with physical food, also disseminates words and thoughts. The

bouche, qui nourrit le corps avec des aliments matériels, répand aussi la parole et la pensée. La chair se restaure par elle, et c'est par elle, en même temps, que se communique l'idée. L'odorat, qui donne aux poumons l'air vital, donne au cerveau tous les parfums du monde: l'odeur des fleurs, des bois, des arbres, de la mer. L'oreille, qui nous fait communiquer avec nos semblables, nous a permis encore d'inventer la musique, de créer du rêve, du bonheur, de l'infini et même du plaisir physique avec des sons! Mais on dirait que le Créateur, sournois et cynique, a voulu interdire à l'homme de jamais anoblir, embellir et idéaliser sa rencontre avec la femme. L' homme, cependant, a trouvé l'amour, ce qui n'est pas mal comme réplique au Dieu narquois, et il l'a si bien paré de poésie littéraire que la femme souvent oublie à quels contacts elle est forcée. Ceux, parmi nous, qui sont impuissants à se tromper en s'exaltant, ont inventé le vice et raffiné les débauches, ce qui est encore une manière de berner Dieu et de rendre hommage, un hommage impudique, à la beauté.

Mais l'être normal fait des enfants ainsi qu'une bête accouplée par la loi.

Regarde cette femme! n'est-ce pas abominable de penser que ce bijou, que cette perle née pour être belle, admirée, fêtée et adorée, a passé onze ans de sa vie à donner des héritiers au comte de Mascaret?

Bernard Grandin dit en riant:

—Il y a beaucoup de vrai dans tout cela; mais peu de gens te comprendraient.

Salins s'animait.

—Sais-tu comment je conçois Dieu, dit-il: comme un monstrueux organe créateur inconnu de nous, qui sème par l'espace des milliards de mondes, ainsi qu'un poisson unique pondrait des œufs dans la mer. Il crée parce que c'est sa fonction de Dieu; mais il est ignorant de ce qu'il fait, stupidement prolifique, inconscient des combinaisons de toutes sortes produites par ses germes éparpillés. La pensée humaine est un heureux petit accident des hasards de ses fécondations, un accident local, passager, imprévu, condamné à disparaître avec la terre, et à recommencer peut-être ici ou ailleurs, pareil ou différent, avec les nouvelles combinaisons des éternels recommencements. Nous lui devons, à ce petit accident de l'intelligence, d'être très mal en ce monde qui n'est pas fait pour nous, qui n'avait pas été préparé pour recevoir, loger, nourrir et contenter des êtres pensants, et nous lui devons aussi d'avoir à lutter sans cesse, quand nous sommes vraiment des raffinés et des civilisés, contre ce qu'on appelle encore les desseins de la Providence.

flesh is renewed by it and, at the same time, ideas are communicated by it. Our inhalation, which brings the air of life to the lungs, also gives the brain every scent in the world: the fragrance of flowers, forests, trees, the sea. The ear, which lets us communicate with our fellows, has also allowed us to invent music, to create dreams, happiness, infinity, and even physical pleasure with tones! But you'd say that the Creator, sly and cynical, wanted to forbid man ever to ennoble, beautify, and idealize his encounter with woman. And yet, man has discovered love, and that's not bad as a retort to that mocking God, and he has adorned it so finely with literary poetry that woman often forgets what physical contacts she is forced to make. Those among us who are powerless to deceive themselves by their own enthusiasm, have invented vice and refined upon debauchery, which is yet another way of hoodwinking God and paying homage, a shameless homage, to beauty.

"But normal people make children like animals coupled together by the law.

"Look at that woman! Isn't it abominable to think that that jewel, that pearl born to be beautiful, admired, celebrated, and adored, spent eleven years of her life giving heirs to the Comte de Mascaret?"

Bernard Grandin said with a laugh:

"There's a lot of truth in all that; but not many people would understand you."

Salins was becoming excited.

"Do you know how I picture God?" he asked. "As a monstrous creative organ unknown to us, who sows billions of worlds in space, the way a single fish lays eggs in the ocean. He creates because that's his function as God; but he doesn't know what he's doing, he's stupidly prolific, unconcerned with the combinations of all sorts produced by the germs he scatters abroad. Human thought is a happy little accident that's a random result of his fecundations, a local, temporary, unforeseen accident doomed to disappear when the earth does, perhaps to recur here or elsewhere, the same or different, with the new combinations of the eternally new beginnings. We owe to it, to that little accident of intelligence, our extreme discomfort in this world, which wasn't made for us, which hadn't been prepared for welcoming, lodging, feeding, and satisfying thinking creatures, and we also owe to it our need to struggle endlessly, when we're truly refined and civilized, against what people still call the designs of Providence."

Grandin, qui l'écoutait avec attention, connaissant de longue date les surprises éclatantes de sa fantaisie, lui demanda:

—Alors, tu crois que la pensée humaine est un produit spontané de l'aveugle parturition divine?

—Parbleu! une fonction fortuite des centres nerveux de notre cerveau, pareille aux actions chimiques imprévues dues à des mélanges nouveaux, pareille aussi à une production d'électricité, créée par des frottements ou des voisinages inattendus, à tous les phénomènes enfin engendrés par les fermentations infinies et fécondes de la matière qui vit.

Mais, mon cher, la preuve en éclate pour quiconque regarde autour de soi. Si la pensée humaine, voulue par un créateur conscient, avait dû être ce qu'elle est devenue, si différente de la pensée et de la résignation animales, exigeante, chercheuse, agitée, tourmentée, est-ce que le monde créé pour recevoir l'être que nous sommes aujourd'hui aurait été cet inconfortable petit parc à bestioles, ce champ à salades, ce potager sylvestre, rocheux et sphérique où votre Providence imprévoyante nous avait destinés à vivre nus, dans les grottes ou sous les arbres, nourris de la chair massacrée des animaux, nos frères, ou des légumes crus poussés sous le soleil et les pluies?

Mais il suffit de réfléchir une seconde pour comprendre que ce monde n'est pas fait pour des créatures comme nous. La pensée éclose et développée par un miracle nerveux des cellules de notre tête, toute impuissante, ignorante et confuse qu'elle est et qu'elle demeurera toujours, fait de nous tous, les intellectuels, d'éternels et misérables exilés sur cette terre.

Contemple-la, cette terre, telle que Dieu l'a donnée à ceux qui l'habitent. N'est-elle pas visiblement et uniquement disposée, plantée et boisée pour des animaux? Qu'y a-t-il pour nous? Rien. Et pour eux, tout: les cavernes, les arbres, les feuillages, les sources, le gîte, la nourriture et la boisson. Aussi les gens difficiles comme moi n'arrivent-ils jamais à s'y trouver bien. Ceux-là seuls qui se rapprochent de la brute sont contents et satisfaits. Mais les autres, les poètes, les délicats, les rêveurs, les chercheurs, les inquiets. Ah! les pauvres gens!

Je mange des choux et des carottes, sacrebleu, des oignons, des navets et des radis, parce que nous avons été contraints de nous y accoutumer, même d'y prendre goût, et parce qu'il ne pousse pas autre chose, mais c'est là une nourriture de lapins et de chèvres, comme l'herbe et le trèfle sont des nourritures de cheval et de vache. Quand je regarde les épis d'un champ de blé mûr, je ne doute pas que cela n'ait germé dans le sol pour des becs de moineaux ou d'alouettes, mais non point pour

Grandin, who was listening to him attentively, being long familiar with the dazzling surprises of his imagination, asked him:

"So you think human thought is a spontaneous product of God's blind parturition?"

"Yes, damn it!—a chance function of the nerve centers in our brain, similar to the unforeseen chemical reactions due to new mixtures, also similar to an electric voltage caused by the unexpected friction or proximity of objects; lastly, similar to all phenomena produced by the infinite, fertile fermentations of living matter.

"My dear fellow, the proof is obvious to anyone who looks around him. If human thought, willed by a conscious creator, had been meant to be what it has become, so different from the resigned thoughts of animals, so demanding, inquisitive, agitated, and tormented, would the world created to receive the creatures we are today have been this uncomfortable little menagerie of little animals, this lettuce field, this wooded, rocky, and spherical kitchen garden where your improvident Providence has destined us to live naked, in caves or under trees, nourished by the slaughtered flesh of the animals, our brothers, or by raw vegetables growing spontaneously in the sun and rain?

"You need only reflect a second to understand that this world wasn't made for beings like us. The mind which arose and was developed by a miracle in the nerve cells of our head, no matter how weak, ignorant, and confused it is and will always remain, turns all of us intellectuals into eternally miserable exiles on this earth.

"Observe this earth, as God has given it to those who inhabit it. Isn't it visibly and solely arranged, planted, and wooded for animals? What is there for us? Nothing. But for them, everything: the caves, the trees, the foliage, the springs, lodging, food, and drink. So, finicky people like me never get to feel comfortable here. Only those who approximate brute beasts are contented and satisfied. But the others, poets, delicate natures, dreamers, searchers, restless men: oh, the poor people!

"I eat cabbages and carrots, damn it, and onions, turnips, and radishes, because we've been compelled to get used to them, and even to enjoy them, and because nothing else grows, but they're rabbit and goat food, the way that grass and clover are horse and cow food. When I look at the ears on a ripe wheatfield, I have no doubt that it sprang out of the soil for the beaks of sparrows or larks, but not for my mouth. So, when I chew bread, I'm robbing the birds, just as I

ma bouche. En mastiquant du pain, je vole donc les oiseaux, comme je vole la belette et le renard en mangeant des poules. La caille, le pigeon et la perdrix ne sont-ils pas les proies naturelles de l'épervier; le mouton, le chevreuil et le bœuf, celle des grands carnassiers, plutôt que des viandes engraissées pour nous être servies rôties avec des truffes qui auraient été déterrées spécialement pour nous, par les cochons.

Mais, mon cher, les animaux n'ont rien à faire pour vivre ici-bas. Ils sont chez eux, logés et nourris, ils n'ont qu'à brouter ou à chasser et à s'entre-manger, selon leurs instincts, car Dieu n'a jamais prévu la douceur et les mœurs pacifiques; il n'a prévu que la mort des êtres acharnés à se détruire et à se dévorer.

Quant à nous! Ah! ah! il nous en a fallu du travail, de l'effort, de la patience, de l'invention, de l'imagination, de l'industrie, du talent et du génie pour rendre à peu près logeable ce sol de racines et de pierres. Mais songe à ce que nous avons fait, malgré la nature, contre la nature, pour nous installer d'une façon médiocre, à peine propre, à peine confortable, à peine élégante, pas digne de nous.

Et plus nous sommes civilisés, intelligents, raffinés, plus nous devons vaincre et dompter l'instinct animal qui représente en nous la volonté de Dieu.

Songe qu'il nous a fallu inventer la civilisation, toute la civilisation, qui comprend tant de choses, tant, tant, de toutes sortes, depuis les chaussettes jusqu'au téléphone. Songe à tout ce que tu vois tous les jours, à tout ce qui nous sert de toutes les façons.

Pour adoucir notre sort de brutes, nous avons découvert et fabriqué de tout, à commencer par des maisons, puis des nourritures exquises, des sauces, des bonbons, des pâtisseries, des boissons, des liqueurs, des étoffes, des vêtements, des parures, des lits, des sommiers, des voitures, des chemins de fer, des machines innombrables; nous avons, de plus, trouvé les sciences et les arts, l'écriture et les vers. Oui, nous avons créé les arts, la poésie, la musique, la peinture. Tout l'idéal vient de nous, et aussi toute la coquetterie de la vie, la toilette des femmes et le talent des hommes qui ont fini par un peu parer à nos yeux, par rendre moins nue, moins monotone et moins dure l'existence de simples reproducteurs pour laquelle la divine Providence nous avait uniquement animés.

Regarde ce théâtre. N'y a-t-il pas là-dedans un monde humain créé par nous, imprévu par les Destins éternels, ignoré d'Eux, compréhensible seulement par nos esprits, une distraction coquette, sensuelle, intelligente, inventée uniquement pour et par la petite bête mécontente et agitée que nous sommes?

rob the weasel and the fox when I eat chicken. Aren't quail, pigeons, and partridges the natural prey of hawks, and sheep, roe-deer, and oxen that of the large carnivores, rather than meat fattened in order to be served to us roasted, with truffles specially unearthed for us by pigs?

"But, my dear fellow, the animals don't need to do anything to live in this world. They're at home, with bed and board; they need only graze or hunt and eat one another, according to their instincts, because God never thought about gentleness or peaceful ways; all he provided for was the death of creatures hellbent on destroying and devouring one another.

"As for us—ha, ha! We needed labor, effort, patience, inventiveness, imagination, diligence, talent, and genius to make this soil of roots and rocks more or less livable. But think of what we've done, despite Nature, against Nature, to settle in in a way that's mediocre, barely clean, barely comfortable, barely elegant, not worthy of us.

"And the more civilized, intelligent, and refined we are, the more we have to overcome and tame the animal instinct that represents the will of God in us.

"Recall that we had to invent civilization, all of civilization, which embraces so many, many, many things of all kinds, from socks to the telephone. Think of everything you see every day, everything we use in every way.

"To soften our fate as brute animals, we've discovered and manufactured all sorts of things, beginning with houses; then, delicious foods, sauces, candies, pastries, beverages, liquors, fabrics, garments, jewelry, beds, mattresses, carriages, railroads, innumerable devices; in addition we've hit upon the sciences and arts, writing and poetry. Yes, we created the arts, poetry, music, painting. Everything idealistic comes from us, as does all the stylishness of life, women's wardrobes and men's talents, which have finally adorned in our eyes, making it less bare, monotonous, and harsh, the life of simple reproducers for which divine Providence had solely given us breath.

"Look at this theater. Doesn't it contain a human world created by us, unforeseen by the eternal Fates, unknown to them, understandable by our minds only, a stylish, sensual, intelligent entertainment invented solely for and by the dissatisfied, restless little animals we are?

Regarde cette femme, Mme de Mascaret. Dieu l'avait faite pour vivre dans une grotte, nue, ou enveloppée de peaux de bêtes. N'est-elle pas mieux ainsi? Mais, à ce propos, sait-on pourquoi et comment sa brute de mari, ayant près de lui une compagne pareille et, surtout après avoir été assez rustre pour la rendre sept fois mère, l'a lâchée tout à coup pour courir les gueuses?

Grandin répondit:

—Eh! mon cher, c'est probablement là l'unique raison. Il a fini par trouver que cela lui coûtait trop cher, de coucher toujours chez lui. Il est arrivé, par économie domestique, aux mêmes principes que tu poses en philosophe.

On frappait les trois coups pour le dernier acte. Les deux amis se retournèrent, ôtèrent leur chapeau et s'assirent.

## IV

Dans le coupé qui les ramenait chez eux après la représentation de l'Opéra, le comte et la comtesse de Mascaret, assis côte à côte, se taisaient. Mais voilà que le mari, tout à coup, dit à sa femme:

—Gabrielle!

—Que me voulez-vous?

—Ne trouvez-vous pas que ça a assez duré!

—Quoi donc?

—L'abominable supplice auquel, depuis six ans, vous me condamnez.

—Que voulez-vous, je n'y puis rien.

—Dites-moi lequel, enfin?

—Jamais.

—Songez que je ne puis plus voir mes enfants, les sentir autour de moi, sans avoir le cœur broyé par ce doute. Dites-moi lequel, et je vous jure que je pardonnerai, que je le traiterai comme les autres.

—Je n'en ai pas le droit.

—Vous ne voyez donc pas que je ne peux plus supporter cette vie, cette pensée qui me ronge, et cette question que je me pose sans cesse, cette question qui me torture chaque fois que je les regarde. J'en deviens fou.

Elle demanda:

—Vous avez donc beaucoup souffert?

—Affreusement. Est-ce que j'aurais accepté, sans cela, l'horreur de vivre à votre côté, et l'horreur, plus grande encore, de sentir, de savoir

"Look at that woman, Madame de Mascaret. God had made her for living in a cave, naked or swathed in animal skins. Isn't she better off this way? But, on that subject, does anyone know why and how her brute of a husband, having near him a wife like that, and especially after having been enough of a boor to make her a mother seven times, suddenly left her, and runs around with whores?"

Grandin replied:

"Ah, my dear fellow, that's probably the only reason. He finally found it was too expensive for him to sleep at home all the time. By way of domestic economy, he arrived at the same principles that you posit as a philosopher."

The three blows were struck for the last act. The two friends turned around, doffed their hats, and sat down.

## IV

In the brougham that was bringing them home after the performance at the Opéra, the Comte and Comtesse de Mascaret, seated side by side, were silent. But all at once the husband said to his wife:

"Gabrielle!"

"What do you want of me?"

"Don't you think this has lasted long enough?"

"What has?"

"The terrible torture you've condemned me to for six years."

"What do you mean? I can't do anything about it."

"Tell me which one, at last."

"Never."

"Remember that I can no longer see my children and feel them around me without having my heart crushed by this doubt. Tell me which one, and I swear to you that I'll be forgiving, that I'll treat that one like all the rest."

"I don't have the right."

"So you don't see that I can no longer endure this life, that thought which eats at me, and that question I ask myself ceaselessly, that question which torments me every time I look at them. It's driving me crazy."

She asked:

"So you've suffered a great deal?"

"Terribly. Otherwise, would I have agreed to the horror of living under the same roof, and the even greater horror of sensing, of know-

parmi eux qu'il y en a un, que je ne puis connaître, et qui m'empêche d'aimer les autres?

Elle répéta:

—Alors, vous avez vraiment souffert beaucoup?

Il répondit d'une voix contenue et douloureuse:

—Mais, puisque je vous répète tous les jours que c'est pour moi un intolérable supplice. Sans cela, serais-je revenu? serais-je demeuré dans cette maison, près de vous et près d'eux, si je ne les aimais pas, eux? Ah! vous vous êtes conduite avec moi d'une façon abominable. J'ai pour mes enfants la seule tendresse de mon cœur; vous le savez bien. Je suis pour eux un père des anciens temps, comme j'ai été pour vous le mari des anciennes familles, car je reste, moi, un homme d'instinct, un homme de la nature, un homme d'autrefois. Oui, je l'avoue, vous m'avez rendu jaloux atrocement, parce que vous êtes une femme d'une autre race, d'une autre âme, avec d'autres besoins. Ah! les choses que vous m'avez dites, je ne les oublierai jamais. A partir de ce jour, d'ailleurs, je ne me suis plus soucié de vous. Je ne vous ai pas tuée parce que je n'aurais plus gardé un moyen sur la terre de découvrir jamais lequel de nos . . . de vos enfants n'est pas à moi. J'ai attendu, mais j'ai souffert plus que vous ne sauriez croire, car je n'ose plus les aimer, sauf les deux aînés peut-être; je n'ose plus les regarder, les appeler, les embrasser; je ne peux plus en prendre un sur mes genoux sans me demander: «N'est-ce pas celui-là?» J'ai été avec vous correct et même doux et complaisant depuis six ans. Dites-moi la vérité et je vous jure que je ne ferai rien de mal.

Dans l'ombre de la voiture, il crut deviner qu'elle était émue, et sentant qu'elle allait enfin parler:

—Je vous prie, dit-il, je vous en supplie . . .

Elle murmura:

—J'ai été peut-être plus coupable que vous ne croyez. Mais je ne pouvais pas, je ne pouvais plus continuer cette vie odieuse de grossesses. Je n'avais qu'un moyen de vous chasser de mon lit. J'ai menti devant Dieu, et j'ai menti, la main levée sur la tête de mes enfants, car je ne vous ai jamais trompé.

Il lui saisit le bras dans l'ombre, et le serrant comme il avait fait au jour terrible de leur promenade au bois, il balbutia:

—Est-ce vrai?

—C'est vrai.

Mais lui, soulevé d'angoisse, gémit:

—Ah! je vais retomber en de nouveaux doutes qui ne finiront plus! Quel jour avez-vous menti, autrefois ou aujourd'hui? Comment vous

ing, that among them is one whom I can't acknowledge, and who prevents me from loving the others?"

She repeated:

"Then, you've really suffered a great deal?"

He replied in a controlled, sorrowful tone:

"Well, don't I repeat to you daily that it's an unbearable torture for me? Otherwise, would I have come back? Would I have remained in that house, along with you and with them, if I didn't love them? Oh, you have behaved abominably to me. My affection for my children is the only one in my heart; you know that very well. For them I'm an old-fashioned father, just as, for you, I've been a husband of the old-family kind; because I'm still a man of instinct, a natural man, a man of bygone days. Yes, I admit it, you've made me fearfully jealous, because you're a woman of another breed, with a different soul, with different needs. Ah, I'll never forget the things you've said to me! Besides, from that day on, I never concerned myself about you any more. I didn't kill you because I would no longer have retained any way on earth of ever discovering which one of our . . . of your children isn't mine. I've waited, but I've suffered more than you can imagine, because I no longer dare to love them, except the two eldest, perhaps; I no longer dare to look at them, to call to them, to kiss them; I can no longer take one of them on my knees without wondering: 'Isn't it this one?' I've been correct with you, and even gentle and obliging, for six years. Tell me the truth and I swear to you that I won't do anything hurtful."

In the darkness of the carriage, he thought he could sense that she was touched, and feeling that she was going to speak at last, he said:

"I beg you, I implore you . . ."

She murmured:

"Maybe I've been guiltier than you think. But I couldn't, I could no longer continue that hateful life of pregnancies. I had only one way of driving you from my bed. I lied in the presence of God, and I lied with my hand raised over my children's heads, because I've never been unfaithful to you."

He gripped her arm in the dark and, squeezing it as he had done on the awful day of their ride to the Bois, he stammered:

"Is it true?"

"It's true."

But he, provoked by anguish, groaned:

"Oh, I'm going to fall into new doubts that will never end! Which time did you lie, then or today? How can I believe you now? How is

croire à présent? Comment croire une femme après cela? Je ne saurai plus jamais ce que je dois penser. J'aimerais mieux que vous m'eussiez dit: «C'est Jacques, ou c'est Jeanne.»

La voiture pénétrait dans la cour de l'hôtel. Quand elle se fut arrêtée devant le perron, le comte descendit le premier et offrit, comme toujours, le bras à sa femme pour gravir les marches.

Puis, dès qu'ils atteignirent le premier étage:

—Puis-je vous parler encore quelques instants? dit-il.

Elle répondit:

—Je veux bien.

Ils entrèrent dans un petit salon, dont un valet de pied, un peu surpris, illuma les bougies.

Puis, quand ils furent seuls, il reprit:

—Comment savoir la vérité? Je vous ai suppliée mille fois de parler, vous êtes restée muette, impénétrable, inflexible, inexorable, et voilà qu'aujourd'hui vous venez me dire que vous avez menti. Pendant six ans vous avez pu me laisser croire une chose pareille! Non, c'est aujourd'hui que vous mentez, je ne sais pourquoi, par pitié pour moi, peut-être?

Elle répondit avec un air sincère et convaincu:

—Mais sans cela j'aurais eu encore quatre enfants pendant les six dernières années.

Il s'écria:

—C'est une mère qui parle ainsi?

—Ah! dit-elle, je ne me sens pas du tout la mère des enfants qui ne sont pas nés, il me suffit d'être la mère de ceux que j'ai et de les aimer de tout mon cœur. Je suis, nous sommes des femmes du monde civilisé, monsieur. Nous ne sommes plus et nous refusons d'être de simples femelles qui repeuplent la terre.

Elle se leva; mais il lui saisit les mains.

—Un mot, un mot seulement, Gabrielle. Dites-moi la vérité.

—Je viens de vous la dire. Je ne vous ai jamais trompé.

Il la regardait bien en face, si belle, avec ses yeux gris comme des ciels froids. Dans sa sombre coiffure, dans cette nuit opaque des cheveux noirs luisait le diadème poudré de diamants, pareil à une voie lactée. Alors, il sentit soudain, il sentit par une sorte d'intuition que cet être-là n'était plus seulement une femme destinée à perpétuer sa race, mais le produit bizarre et mystérieux de tous nos désirs compliqués, amassés en nous par les siècles, détournés de leur but primitif et divin, errant vers une beauté mystique, entrevue et insaisissable. Elles sont ainsi quelques-unes qui fleurissent uniquement pour nos

one to believe a woman after this? I'll never again know what I ought
to think. I'd prefer it if you'd said to me: 'It's Jacques' or 'It's
Jeanne.'"

The carriage was entering the courtyard of the town house. When
it halted in front of the stairs, the count got out first and, as always, offered his arm to his wife to climb the steps.

Then, as soon as they reached the second floor, he said:

"May I speak with you for a few moments more?"

She replied:

"I'm quite willing."

They entered a little parlor, in which the footman, somewhat surprised, lit the candles.

Then, when they were alone, he continued:

"How can I know the truth? I've implored you a thousand times
to speak, but you remained mute, impenetrable, inflexible, inexorable, and now today you've just told me that you lied. You had the
heart to let me believe something like that for six years! No, it's
today that you're lying, I don't know why—out of pity for me, perhaps."

She replied in a sincere, earnest tone:

"But otherwise I'd have had four more children in the last six
years."

He exclaimed:

"Is it a mother talking this way?"

"Oh," she said, "I don't consider myself in any way as the mother of
children who were never born; I'm satisfied with being the mother of
the ones I have, and loving them with all my heart. I am—we are
women of the civilized world, sir. We are no longer, and we refuse to
be, merely females who repeople the earth."

She got up; but he grasped her hands.

"One word, just one word, Gabrielle! Tell me the truth."

"I just have. I've never been unfaithful to you."

He was looking right into her face, so beautiful, with her gray eyes
like cool skies. In her dark hairdo, in that opaque night of her black
hair, gleamed the diadem studded with diamonds, like a Milky Way.
Then he suddenly felt, he felt by a sort of intuition, that that creature
was no longer merely a woman destined to perpetuate her species, but
the odd, mysterious product of all our complicated desires, heaped up
in us by the centuries, deflected from their original, divine goal and
wandering toward a mystical beauty, glimpsed but ungraspable. Thus
there are a few women who blossom solely for our dreams, adorned

rêves, parées de tout ce que la civilisation a mis de poésie, ce luxe idéal, de coquetterie et de charme esthétique autour de la femme, cette statue de chair qui avive, autant que les fièvres sensuelles, d'immatériels appétits.

L'époux demeurait debout devant elle, stupéfait de cette tardive et obscure découverte, touchant confusément la cause de sa jalousie ancienne, et comprenant mal tout cela.

Il dit enfin:

—Je vous crois. Je sens qu'en ce moment vous ne mentez pas; et, autrefois en effet, il m'avait toujours semblé que vous mentiez.

Elle lui tendit la main.

—Alors, nous sommes amis?

Il prit cette main et la baisa, en répondant:

—Nous sommes amis. Merci, Gabrielle.

Puis il sortit, en la regardant toujours, émerveillé qu'elle fût encore si belle, et sentant naître en lui une émotion étrange, plus redoutable peut-être que l'antique et simple amour!

with all the poetry (that ideal luxury), elegance, and esthetic charm which civilization has placed in woman, that statue of flesh which brings to life immaterial appetites, as much as sensual fevers do.

The husband remained standing before her, amazed at that belated, obscure discovery, confusedly putting his finger on the cause of his former jealousy, but not really understanding it all.

Finally he said:

"I believe you. I feel that at this moment you aren't lying; and, in fact, in the past I had always thought you were lying."

She held out her hand to him:

"So we're friends?"

He took that hand and kissed it, replying:

"We're friends. Thank you, Gabrielle."

Then he went out, still looking at her, amazed that she was still so beautiful, and feeling a strange emotion welling up in him, one more to be dreaded, perhaps, than his former simple love!

# A CATALOG OF SELECTED DOVER
# BOOKS IN ALL FIELDS OF INTEREST

CONCERNING THE SPIRITUAL IN ART, Wassily Kandinsky. Pioneering work by father of abstract art. Thoughts on color theory, nature of art. Analysis of earlier masters. 12 illustrations. 80pp. of text. 5⅜ x 8½. 0-486-23411-8

CELTIC ART: The Methods of Construction, George Bain. Simple geometric techniques for making Celtic interlacements, spirals, Kells-type initials, animals, humans, etc. Over 500 illustrations. 160pp. 9 x 12. (Available in U.S. only.) 0-486-22923-8

AN ATLAS OF ANATOMY FOR ARTISTS, Fritz Schider. Most thorough reference work on art anatomy in the world. Hundreds of illustrations, including selections from works by Vesalius, Leonardo, Goya, Ingres, Michelangelo, others. 593 illustrations. 192pp. 7⅛ x 10¼. 0-486-20241-0

CELTIC HAND STROKE-BY-STROKE (Irish Half-Uncial from "The Book of Kells"): An Arthur Baker Calligraphy Manual, Arthur Baker. Complete guide to creating each letter of the alphabet in distinctive Celtic manner. Covers hand position, strokes, pens, inks, paper, more. Illustrated. 48pp. 8¼ x 11. 0-486-24336-2

EASY ORIGAMI, John Montroll. Charming collection of 32 projects (hat, cup, pelican, piano, swan, many more) specially designed for the novice origami hobbyist. Clearly illustrated easy-to-follow instructions insure that even beginning papercrafters will achieve successful results. 48pp. 8¼ x 11. 0-486-27298-2

BLOOMINGDALE'S ILLUSTRATED 1886 CATALOG: Fashions, Dry Goods and Housewares, Bloomingdale Brothers. Famed merchants' extremely rare catalog depicting about 1,700 products: clothing, housewares, firearms, dry goods, jewelry, more. Invaluable for dating, identifying vintage items. Also, copyright-free graphics for artists, designers. Co-published with Henry Ford Museum & Greenfield Village. 160pp. 8¼ x 11. 0-486-25780-0

THE ART OF WORLDLY WISDOM, Baltasar Gracian. "Think with the few and speak with the many," "Friends are a second existence," and "Be able to forget" are among this 1637 volume's 300 pithy maxims. A perfect source of mental and spiritual refreshment, it can be opened at random and appreciated either in brief or at length. 128pp. 5⅜ x 8½. 0-486-44034-6

JOHNSON'S DICTIONARY: A Modern Selection, Samuel Johnson (E. L. McAdam and George Milne, eds.). This modern version reduces the original 1755 edition's 2,300 pages of definitions and literary examples to a more manageable length, retaining the verbal pleasure and historical curiosity of the original. 480pp. 5³⁄₁₆ x 8¼. 0-486-44089-3

ADVENTURES OF HUCKLEBERRY FINN, Mark Twain, Illustrated by E. W. Kemble. A work of eternal richness and complexity, a source of ongoing critical debate, and a literary landmark, Twain's 1885 masterpiece about a barefoot boy's journey of self-discovery has enthralled readers around the world. This handsome clothbound reproduction of the first edition features all 174 of the original black-and-white illustrations. 368pp. 5⅜ x 8½. 0-486-44322-1

STICKLEY CRAFTSMAN FURNITURE CATALOGS, Gustav Stickley and L. & J. G. Stickley. Beautiful, functional furniture in two authentic catalogs from 1910. 594 illustrations, including 277 photos, show settles, rockers, armchairs, reclining chairs, bookcases, desks, tables. 183pp. 6½ x 9¼. 0-486-23838-5

AMERICAN LOCOMOTIVES IN HISTORIC PHOTOGRAPHS: 1858 to 1949, Ron Ziel (ed.). A rare collection of 126 meticulously detailed official photographs, called "builder portraits," of American locomotives that majestically chronicle the rise of steam locomotive power in America. Introduction. Detailed captions. xi+ 129pp. 9 x 12. 0-486-27393-8

AMERICA'S LIGHTHOUSES: An Illustrated History, Francis Ross Holland, Jr. Delightfully written, profusely illustrated fact-filled survey of over 200 American lighthouses since 1716. History, anecdotes, technological advances, more. 240pp. 8 x 10¾. 0-486-25576-X

TOWARDS A NEW ARCHITECTURE, Le Corbusier. Pioneering manifesto by founder of "International School." Technical and aesthetic theories, views of industry, economics, relation of form to function, "mass-production split" and much more. Profusely illustrated. 320pp. 6⅛ x 9¼. (Available in U.S. only.) 0-486-25023-7

HOW THE OTHER HALF LIVES, Jacob Riis. Famous journalistic record, exposing poverty and degradation of New York slums around 1900, by major social reformer. 100 striking and influential photographs. 233pp. 10 x 7⅞. 0-486-22012-5

FRUIT KEY AND TWIG KEY TO TREES AND SHRUBS, William M. Harlow. One of the handiest and most widely used identification aids. Fruit key covers 120 deciduous and evergreen species; twig key 160 deciduous species. Easily used. Over 300 photographs. 126pp. 5⅜ x 8½. 0-486-20511-8

COMMON BIRD SONGS, Dr. Donald J. Borror. Songs of 60 most common U.S. birds: robins, sparrows, cardinals, bluejays, finches, more–arranged in order of increasing complexity. Up to 9 variations of songs of each species.
Cassette and manual 0-486-99911-4

ORCHIDS AS HOUSE PLANTS, Rebecca Tyson Northen. Grow cattleyas and many other kinds of orchids–in a window, in a case, or under artificial light. 63 illustrations. 148pp. 5⅜ x 8½. 0-486-23261-1

MONSTER MAZES, Dave Phillips. Masterful mazes at four levels of difficulty. Avoid deadly perils and evil creatures to find magical treasures. Solutions for all 32 exciting illustrated puzzles. 48pp. 8¼ x 11. 0-486-26005-4

MOZART'S DON GIOVANNI (DOVER OPERA LIBRETTO SERIES), Wolfgang Amadeus Mozart. Introduced and translated by Ellen H. Bleiler. Standard Italian libretto, with complete English translation. Convenient and thoroughly portable–an ideal companion for reading along with a recording or the performance itself. Introduction. List of characters. Plot summary. 121pp. 5¼ x 8½. 0-486-24944-1

FRANK LLOYD WRIGHT'S DANA HOUSE, Donald Hoffmann. Pictorial essay of residential masterpiece with over 160 interior and exterior photos, plans, elevations, sketches and studies. 128pp. 9¼ x 10¾. 0-486-29120-0

*CATALOG OF DOVER BOOKS*

LIGHT AND SHADE: A Classic Approach to Three-Dimensional Drawing, Mrs. Mary P. Merrifield. Handy reference clearly demonstrates principles of light and shade by revealing effects of common daylight, sunshine, and candle or artificial light on geometrical solids. 13 plates. 64pp. 5⅜ x 8½. 0-486-44143-1

ASTROLOGY AND ASTRONOMY: A Pictorial Archive of Signs and Symbols, Ernst and Johanna Lehner. Treasure trove of stories, lore, and myth, accompanied by more than 300 rare illustrations of planets, the Milky Way, signs of the zodiac, comets, meteors, and other astronomical phenomena. 192pp. 8⅜ x 11. 0-486-43981-X

JEWELRY MAKING: Techniques for Metal, Tim McCreight. Easy-to-follow instructions and carefully executed illustrations describe tools and techniques, use of gems and enamels, wire inlay, casting, and other topics. 72 line illustrations and diagrams. 176pp. 8¼ x 10⅞. 0-486-44043-5

MAKING BIRDHOUSES: Easy and Advanced Projects, Gladstone Califf. Easy-to-follow instructions include diagrams for everything from a one-room house for bluebirds to a forty-two-room structure for purple martins. 56 plates; 4 figures. 80pp. 8¾ x 6⅜. 0-486-44183-0

LITTLE BOOK OF LOG CABINS: How to Build and Furnish Them, William S. Wicks. Handy how-to manual, with instructions and illustrations for building cabins in the Adirondack style, fireplaces, stairways, furniture, beamed ceilings, and more. 102 line drawings. 96pp. 8¾ x 6⅜. 0-486-44259-4

THE SEASONS OF AMERICA PAST, Eric Sloane. From "sugaring time" and strawberry picking to Indian summer and fall harvest, a whole year's activities described in charming prose and enhanced with 79 of the author's own illustrations. 160pp. 8¼ x 11. 0-486-44220-9

THE METROPOLIS OF TOMORROW, Hugh Ferriss. Generous, prophetic vision of the metropolis of the future, as perceived in 1929. Powerful illustrations of towering structures, wide avenues, and rooftop parks–all features in many of today's modern cities. 59 illustrations. 144pp. 8¼ x 11. 0-486-43727-2

THE PATH TO ROME, Hilaire Belloc. This 1902 memoir abounds in lively vignettes from a vanished time, recounting a pilgrimage on foot across the Alps and Apennines in order to "see all Europe which the Christian Faith has saved." 77 of the author's original line drawings complement his sparkling prose. 272pp. 5⅜ x 8½. 0-486-44001-X

THE HISTORY OF RASSELAS: Prince of Abissinia, Samuel Johnson. Distinguished English writer attacks eighteenth-century optimism and man's unrealistic estimates of what life has to offer. 112pp. 5⅜ x 8½. 0-486-44094-X

A VOYAGE TO ARCTURUS, David Lindsay. A brilliant flight of pure fancy, where wild creatures crowd the fantastic landscape and demented torturers dominate victims with their bizarre mental powers. 272pp. 5⅜ x 8½. 0-486-44198-9